El Bronx

Jerome Charyn

El Bronx

Die Isaac-Sidel-Romane
9/12

DIAPHANES

Originalausgabe:
El Bronx
© 1997 by Jerome Charyn

Übersetzung: Jürgen Bürger
Überarbeitet von Sabine Schulz

1. Auflage 2017

© Diaphanes, Zürich-Berlin
www.diaphanes.net
Alle Rechte vorbehalten

Satz und Layout: 2edit, Zürich
Druck: Steinmeier, Deiningen

ISBN 978-3-03734-724-9

TEIL EINS

1

Es war Jagdsaison. Amerika befand sich mitten in einem Baseballkrieg... und einem wilden Streik. Die Spieler hatten ihren eigenen Zar, J. Michael Storm, ein Mann mit mehr Macht als der Baseball Commissioner und die Präsidenten beider Ligen. Er akzeptierte nur einen einzigen Gesprächspartner. Isaac Sidel, der Bürgermeister von New York, musste Vermittler in einem Krieg werden, den er nicht wollte. J. Michael flog aus Houston ein, wo er eine Anwaltskanzlei besaß, lehnte es aber ab, sich mit Isaac in der Gracie Mansion zu treffen. Er fuhr mit Sidel hinauf zum Yankee Stadium, setzte sich mit ihm in die Eigentümerloge, schaute auf das verlassene Spielfeld hinaus und legte los.

»Leere Stadien, Isaac, genau das sehe ich.«

»Und am Ende werden wir alle verlieren... ich bitte Sie, J. Michael, kann ich nicht mit einem Angebot zu den Eigentümern der Clubs gehen? Sagen wir, eine Obergrenze von zehn Millionen Dollar?«

»Nein, keine Gehaltsdeckelung. Das wäre nur eine andere Art von Sklaverei.«

»Sklaverei bei zehn Millionen im Jahr? Das sind pro Spiel einundsechzigtausendsiebenhundertachtundzwanzig Dollar und verschissene vierzig Cent.«

»Ach, werfen Sie doch nicht mit Zahlen um sich. Es geht ums Prinzip. Ich kann nicht verhandeln, wenn das Preisschildchen von vornherein manipuliert ist.«

»Heulsuse«, sagte Isaac. »Haben Sie nicht den Mindestlohn gefordert?«

»Das ist etwas ganz anderes. Einer der Jungs könnte sich den Arm brechen und nie wieder spielen. Da muss er sich doch einen Notgroschen zurücklegen dürfen.«

Isaac begann, in der VIP-Loge auf und ab zu schreiten wie ein wildes Tier. Er war hier der Hausherr. Die Yankees waren seine Mieter. »J., Sie verlassen mir das Gelände hier nicht, bevor ich ein Zugeständnis von Ihnen habe.«

J. Michael Storm fing an zu lachen. »Wollen Sie mich vielleicht abknallen?«, fragte er und deutete auf die große schwarze Kanone in Isaacs Hose.

»Ich werde etwas noch viel Schlimmeres tun. Ich werde Sie aus dem Fenster werfen.«

»Ich pralle vom Gras ab und komme sofort wieder zurückgesprungen.«

Kennengelernt hatte Isaac ihn vor zwanzig Jahren als radikalen Studenten auf der Columbia University. Der Sohn von Vorschullehrern war aus dem Süden gekommen, um in der großen Stadt den Raskolnikow zu spielen. Als junger Chief im Büro des First Deputy war Isaac selbst eine Art Raskolnikow gewesen, der sich in Gesellschaft von Mafiosi anscheinend wohler fühlte als bei seinen eigenen Captains. Er hatte J. Michael vor dem Gefängnis bewahrt, hatte in studentischen Zirkeln mit ihm diskutiert, hatte über Platon und Karl Marx philosophiert. Als J. Michael und sein Ho-Chi-Minh-Club das Büro des Rektors in der Low Library besetzten und den Mann einen halben Tag als Geisel festhielten, war es Isaac, der in die Low marschierte, mit den Ho Chi Minhs redete und den Rektor befreite, der gegen keinen der Radikalen Anzeige erstatten wollte.

»J., die Bronx wird sterben. Ohne die Yanks kann sie nicht überleben. Dieses Stadion hier ist das letzte Schmiermittel, das in der ganzen South Bronx noch übrig ist. Soll ich Ihnen sagen, welche Einnahmen es generiert? Ich rede hier nicht von Ticketverkäufen. Ich rede von den kleinen Geschäften an der Jerome Avenue, von den Leuten, die auf den Parkplätzen arbeiten, den Hotdog-Verkäufern...«

»Isaac, Sie brechen mir das Herz.«

»Was ist aus dem Sohn von Ho geworden?«

»Den habe ich in meiner Abschlussrobe zurückgelassen. Isaac, ich vertrete ein paar hundert Millionäre. Keiner von denen ist mit einem Silberlöffel im Arsch auf die Welt gekommen. Es sind Homeboys wie Sie und ich. Und sie werden nicht verhungern. Sie haben einen längeren Atem als jeder einzelne Teambesitzer im organisierten Baseball. Und sollte es hart auf hart kommen, kann ich ihnen jederzeit fette Verträge besorgen, um in Japan zu spielen.«

»Ja, immer mehr *gaijins* zu den Yokohama Giants.«

Marvin Hatter, der Präsident der Yankees, betrat die Loge. »Kann ich euch Jungs irgendwas bringen? Champagner und Walderdbeeren vielleicht?«

»Sie sollten uns nicht bespitzeln, Marve«, sagte J. Michael. »Ich kann Sie per Gerichtsbeschluss hier rausjagen lassen.«

»Das hier ist mein Baseballteam, Mr. Storm. Sie und der Bürgermeister sind nur zu Gast.«

»Irrtum. Sie sind Isaacs Mieter... und jetzt verpissen Sie sich, Marve.«

Der Yankees-Präsident verschwand aus der Loge, machtlos gegen diesen Wirbelwind, der unvermittelt den Kopf in seinen Händen vergrub. »Isaac, ich verliere mein kleines Mädchen.« Storms Frau Clarice war mit ihrer gemeinsamen Tochter, einer zwölfjährigen Schönheit namens Marianna, nach Manhattan gezogen. Isaac hatte das Mädchen, das ihn häufig in der Gracie Mansion besuchte, sehr gern.

»Sie sind ihr Vater. Laden Sie sie zum Mittagessen ein.«

»Kann ich nicht. Clarice hat sie gegen mich aufgestachelt.«

»Ich werde nicht zwischen Ihnen und Clarice vermitteln. Ich muss mich um einen Baseballkrieg kümmern.«

»Aber Sie könnten mich doch in Ihren Club einschmuggeln.«

»In welchen Club, J. Michael? Die Ho Chi Minhs?«

»In dieses verschissene kulturelle Bereicherungsprogramm … die Magier oder wie die heißen.«

»Sie meinen die Merliners.«

Isaac drängte ständig auf das Terrain anderer Leute. Er konnte sich kein Schuldezernat nach seinem Gusto basteln, also gründete er eine Schattenbehörde, eine Schule außerhalb der Schule, in der Kids aus den heruntergekommensten Gegenden der Bronx kleine Zauberer von der Goldküste Manhattans und Brooklyn Heights treffen konnten. Allerdings war es ihm unmöglich zu sagen, wer die eigentlichen Zauberer waren, wer wen *bereicherte*, die Ghetto-Kids die Goldküstler oder umgekehrt. Und Isaac hatte Marianna Storm rekrutiert, die in ihrem Turm am Sutton Place South saß und noch niemals in der Bronx gewesen war.

»J.«, sagte Isaac, »ich kann Sie dort nicht einschmuggeln. Das wäre unmoralisch. Ich würde Mariannas Vertrauen enttäuschen, wenn ich zuließe, dass ihr eigener Vater ihr auf die Pelle rückt.«

J. Michael zog ein enormes Scheckbuch aus einer Tasche unter seinem Herzen und stellte einen Scheck über fünfzigtausend Dollar aus, zahlbar an »Merlin/Isaac Sidel«. Isaac starrte das Blatt Papier an und zog seine Glock. »Sie haben das Recht zu schweigen…«

»Was zum Henker machen Sie da, Sidel?«

»Ich verhafte Sie. Ich bin ein Staatsdiener. Sie können nicht versuchen, mich in meiner eigenen Stadt zu bestechen.«

»Ich habe doch nur eine Spende für Ihren kleinen Verein gemacht… und wieso können Sie mich überhaupt verhaften? Sie sind doch nur der Scheißbürgermeister.«

»Ich besitze sämtliche Polizeibefugnisse«, sagte Isaac. Er schob seine Kanone wieder in die Hose und zerriss den Scheck mit unterdrücktem Stöhnen. Merlin war pleite, und Isaac konnte jede noch so kleine Summe dringend brauchen, doch er durfte sich nicht von J. Michael kompromittieren lassen und ihm erlauben, sich eine Machtbasis bei den Merliners aufzubauen.

Der Zar der Spieler verlor plötzlich das Interesse an Sidel. Er hatte einen Fernsehtermin in Downtown. Ob er den Bürgermeister irgendwo absetzen könne? Isaac beschloss, in der Bronx zu bleiben.

»Sie sind eine Enttäuschung für mich, J. Der Junge mit dem Schnauzbart im Büro des Rektors war mir lieber.«

»Und Sie hätten mich damals in den Knast gehen lassen sollen. Denn ich werde Ihnen die Bronx nicht geben. Die Yankees können sich von mir aus der Dinosaurier-Liga anschließen. Dieses Stadion hier ist tot.«

»Warum, J.?«

»Weil ich ein verdammtes Arschloch bin... Adios.«

J. Michael kramte eine Yankees-Mütze aus seiner Tasche, strich sie glatt, setzte sie sich auf den Schädel, zwinkerte und ließ Isaac allein in der Wildnis des Yankee Stadium, ihn, der mit DiMaggio, Charlie »Kingkong« Keller und dem *Dutchman* Tommy Henrich aufgewachsen war, der sie durch die Glasscheibe *spüren*, der sie auf ihren Phantompositionen sehen konnte, die Yankees von vor fünfzig Jahren. Er war Giants-Fan gewesen, aber er durfte sich keine sentimentalen Vorlieben erlauben. Er musste die Bronx retten.

Er marschierte aus dem verlassenen Stadion, wobei er den Spielereingang nahm, der ihm von einem Wachmann geöffnet wurde, und besuchte die Ladenbesitzer an der Jerome Avenue, von denen die meisten bereits schwarze Bänder in ihre Schaufenster gehängt hatten. Sie trauerten um die Yanks und signalisierten gleichzeitig ihre eigene Unfähigkeit, zu überleben.

»Haltet durch«, sagte Isaac, »wir finden einen Ausweg.«

Er wanderte tiefer in die Bronx hinein und betrat ein Crackhaus voller neunjähriger Kids, deren Finger und Lippen von den heißen Pfeifen in ihren Händen versengt waren.

»Ziehst du einen mit uns durch, Papi?«, fragte ihr Anführer. »Kostet dich fünfzehn Mäuse.«

»Warum fünfzehn?«, fragte Isaac und sah in ihre grimmigen und habgierigen Gesichter.

»Weil du unsere Pfeife mieten und Schutzgeld zahlen musst.«

Isaac begann zu weinen. Wie konnte er solchen erbarmungslosen Kapitalisten helfen?

»Ach, es wird dich schon keiner ausrauben, Opa«, trösteten sie ihn und zeigten Mitleid mit diesem Eisbären, der in ihren

Bau gewandert war. Dann bemerkten sie die Glock in seiner Hose. Sofort zogen sie gewaltige Schlachtermesser, die sie unter einer Decke verbargen. Sie konnten die Klingen kaum schwingen, die in ihren Händen zitterten.

»Willst du uns bestehlen?«

»Ach, habt ein Herz«, sagte Isaac und verließ diese kleine Höhle in der Bronx...

Er kehrte zur Gracie Mansion zurück. Marianna Storm war in der Küche und backte Kekse für Isaac. Sie war nach der Schule hergekommen, um ihn zu besuchen, und sie war das eifrigste Mitglied der Merliners, eine blonde Schönheit mit meergrünen Augen.

»Ich war heute Nachmittag mit deinem Dad zusammen«, sagte Isaac.

»Ich weiß.«

»Er war nicht bereit, über Baseball zu reden. Er hat angeboten, Merlin zu finanzieren, wenn ich ihm dafür helfe, dich zu sehen.«

»Und was hast du ihm geantwortet, Isaac?«

»Dass er sich sein Geld sonstwohin stecken soll. Ich habe angefangen, ihm seine Rechte vorzulesen... niemand besticht mich. Aber wie könnte ich den Vertreter der Spieler verhaften? Dann würden wir den Streik nie beenden. Was aber immer noch nicht erklärt, warum du ihn nicht sehen willst.«

»Isaac, sei nicht blöd. Er hat jemanden angeheuert, der Clarice umbringen sollte.«

»Das glaube ich nicht«, sagte Isaac. »J. Michael liebt dich. Er würde doch sein kleines Mädchen nicht zur Waise machen.«

»Er könnte sich trösten«, sagte Marianna. »Er hätte dann ja Mamas Millionen.«

»Der Mann besitzt doch selbst genug Millionen.«

»Nicht mehr. Daddy hat kostspielige Hobbys. Im Moment bin ich reicher als er.«

»Aber warum ist deine Mutter nicht zur Polizei gegangen?«

»Sie mag die Cops nicht. Und sie will nicht, dass sie ihre Nasen in Familienangelegenheiten stecken.«

»Aber sie hätte zu mir kommen können. Ich werde J. Michael die Beine brechen.«

»Genau davor hat sie ja Angst. Du bist viel zu emotional. Sie wird Daddy mit Hilfe ihrer Anwälte in der Luft zerreißen.«

»Interessiert mich nicht. Man heuert in meiner Stadt keinen Killer an und kommt ungeschoren damit durch.«

»Isaac, so was passiert jeden Tag.« Sie streifte Topfhandschuhe über und zog das Backblech aus dem Ofen. Es war Mariannas eigenes Rezept, Mokka-Makronen mit Walnüssen. Sie backte immer gleich hundert Stück, aber Isaac konnte nie genug davon bekommen. Er würde sie nicht mit seinen Stellvertretern teilen, sondern nur mit der Köchin selbst.

»Du darfst mit Mom nicht über den Killer sprechen, Isaac, versprochen?«

»Wie kann ich so etwas versprechen?«

»Isaac, und wenn ich dir nun keine Kekse mehr backe?«

»Dann wäre ich ein sehr unglücklicher Mann. Aber ... «

»Ich halt dich auf dem Laufenden«, unterbrach sie ihn und zog den Mantel über.

»Wo willst du hin? Wir haben noch gar nicht zusammen Kaffee getrunken.«

»Ich darf keinen Kaffee trinken. Ich bin doch erst zwölf. Vom Koffein kriege ich Herzrasen.«

»Und warum bettelst du mich dauernd um eine Tasse an?«

»Weil ich gern meinen Willen durchsetze... ich komme noch zu spät zu meinem Aikido-Training, falls du es unbedingt wissen musst.«

»Aikido«, wiederholte Isaac und war eifersüchtig darauf, dass dieses kleine Mädchen einen eigenen Kampfsportmeister hatte... und ein Holzschwert, das sie in einer Scheide aus Baumwolle aufbewahrte, die sie unter dem Arm trug. Sie drückte Isaac einen Kuss auf die Wange und rannte mit ihrem Schwert aus dem Amtssitz des Bürgermeisters. Isaac fühlte sich hundeelend. Er konnte weder Mariannas Gesellschaft genießen, noch konnte er die Bronx retten. Er verschlang sämtliche Kekse wie ein unersättlicher Bär. Die Kekse waren sein einziger Trost. Mit den schlimmsten Bauchschmerzen seines Lebens trottete er die Treppe zum Schlafzimmer hinauf.

2

Am nächsten Morgen hatte er eine Million Dinge zu erledigen. Bei Tagesanbruch schlich Isaac nach unten und machte sich einen Cappuccino. Ohne den Duft von Kaffeebohnen und angebrannter Milch kam er nicht in die Gänge. Seine Stellvertreter kamen vor acht, und von Mariannas Keksen konnte er ihnen nichts mehr anbieten. Sie versammelten sich im Wohnzimmer, während Harvey, der Kammerdiener des Bürgermeisters, eine Kanne Kaffee aufbrühte und am Tisch in einer silbernen Pfanne Rühreier zubereitete. Der Kämmerer war da und Martha Dime, die Leiterin des Rechtsamtes (die Anwältin der Stadt), außerdem Victor Sanchez, Chef des Bronx Sheriff's Office, dann Nicholas Bright, der erste stellvertretende Bürgermeister, der sich für Isaac Sidel um die Alltagsgeschäfte kümmerte, sowie Candida Cortez, die als stellvertretende Bürgermeisterin für den Haushalt zuständig war und deren wesentliche Aufgabe in der Wirtschaftsplanung der Stadt bestand, deren Bankkonten sie im Auge behielt. Und sie alle fielen über Harveys Rühreier her. Der Bürgermeister hatte auch eine Köchin, doch die war eher mittelmäßig, und deshalb hatte Isaac Mathilde die Leitung der Hauswäscherei übertragen. Er brachte es nicht über sich, jemanden zu feuern. Stattdessen ließ er die Leute rotieren, als Spielfiguren in seiner eigenen, ausgeklügelten Reise nach Jerusalem.

Der letzte Mitspieler traf spät ein. Rebecca Karp, die Graue Eminenz der Sidel'schen Verwaltung und mit Abstand das unpopulärste Stadtoberhaupt in der Geschichte New Yorks. Ohne sie unternahm Sidel keinen Schritt. Er hatte unter Becky Karp als Police Commissioner gedient, hatte mit ihr geschlafen – Meinungsumfragen hatten ihnen den Spitznamen »Isis und Osiris« verliehen, die klassische Inzucht-Nummer – und ihr eines der hinteren Schlafzimmer überlassen. Doch Rebecca schlief nur selten in der Mansion. Sie wollte Isaacs Popularität nicht schaden, indem sie die böse Schwester spielte.

Isaac hatte sie alle zu sich gebeten, weil sie ihm helfen sollten, das Ausbluten der Bronx zu beenden. Queens konnte mit einem toten Baseballstadion überleben; Queens hatte ein Filmstudio, einen Golfplatz und Tennisplätze, es gab Brotfabriken und Flughäfen, ein Elektrizitätswerk, eine Rennbahn. Die Bronx hatte nur das Yankee Stadium.

»Dieses Arschgesicht von Robert Moses«, brummte Isaac. Moses, einer der großen Bauunternehmer New Yorks, hatte in den fünfziger Jahren die Bronx in zwei Teile zerschnitten, indem er quer durch ganze Viertel eine Schneise schlug, um das Rückgrat des Stadtbezirks entlang eine Schnellstraße zu bauen. Und alles, was östlich dieser Schnellstraße lag, hatte angefangen, zu verrotten und zu sterben.

»Isaac«, zischte Rebecca, noch einen Schluck Kaffee im Mund. »Setz nicht diese Grabesmiene auf. Wir können nicht ungeschehen machen, was Moses angerichtet hat.«

»Soll ich also auf die Banker hören, Rebeccaschätzchen, und sagen: ›Vergesst El Bronx. Da leben eh nur Latinos, die Sozialhilfe kassieren, Crackbabys und Säuglinge mit Aids‹?«

»Isaac«, sagte Rebecca, »wo sind die Banker? Sollten sie nicht hier sein?«

»Ich habe sie nicht eingeladen.«

»Und wo ist Billy the Kid?«

Billy the Kid war der Gouverneur des Staates New York und Vorsitzender des Financial Control Board, der wie ein Geier über New York City hockte. Isaac gehörte diesem Ausschuss ebenfalls an, doch Billy beherrschte ihn. Billy the Kid wollte ins Weiße Haus, und er wollte keinen kranken Stadtteil am Hals haben. In El Bronx war für seine Wahlkampfschatulle kein Geld zu holen. Die Wähler dort galten als unberechenbar. Es wäre ihnen durchaus zuzutrauen, dass sie sich gegen Billy stellten und stattdessen den Republikanern zujubelten.

»Der wird an meinem Tisch bestimmt keine Eier essen. Billy ist kein Freund von Baseball. Liebend gern würde er den Streik in die Länge ziehen, um im letzten Augenblick einzugreifen und den strahlenden Engel zu spielen, der J. Michael angefleht hat, den Krieg zu beenden.«

»Aber Isaac«, sagte Candida Cortez, »ohne die Banker und Billy the Kid können wir die Bronx nicht retten.«

»Doch, können wir.«

»Wie denn?«, fragte Victor Sanchez. »Hetzen wir J. Michael Storm einen Killer auf den Hals, oder legen wir den Kerl selbst um?«

»Gar keine schlechte Idee.«

Rebecca stöhnte. »Ja, red nur von Mord. Das wird sich wunderbar im Protokoll machen.«

»Es wird kein Protokoll geben ... das hier ist ein zwangloses kleines Treffen. Kaffee und Eier.«

»Das Frühstück ist ja schön und gut, aber wenn wir die Yanks nicht zurückholen können, Sonnyboy, wird es bald keine Bronx mehr geben.«

»Wir könnten in der Zwischenzeit sparen«, meinte Martha Dime. »Hier ein Krankenhaus schließen, da ein paar Tagesstätten zusammenlegen.«

»Auf gar keinen Fall«, sagte der Bürgermeister.

»Isaac, wir können keine Wunder vollbringen. Die Zahlen geben das einfach nicht her«, sagte Candida Cortez. »Glauben Sie vielleicht, mir gefällt das? Als ich Kind war, gab es noch wilde Hunde im Crotona Park. Mein Vater musste sie mit seinem Gewehr erschießen. Aber die Hunde kommen zurück ...«

»Ich werde ihnen das Herz rausreißen«, sagte Isaac.

»Wir würden Sie gar nicht erst in den Park gehen lassen«, sagte Nicholas Bright. »Das wäre ein zu großes Versicherungsrisiko. Sie würden die Stadt jeden Tag hunderttausend Dollar kosten, wenn Sie im Krankenhaus landen.«

»Wie das? Ist ein bisschen sehr viel.«

»Es braucht zehn Leute, um Sie zu vertreten, sollten Sie ausfallen. Es wären rund um die Uhr Leibwächter und Krankenschwestern erforderlich ... Euer Ehren, im Interesse der Stadt verbiete ich Ihnen, den Crotona Park zu betreten.«

»In Ordnung«, sagte Isaac, »dann mache ich eben keine Jagd auf wilde Hunde. Aber, meine Damen und Herren, es wird nicht lange dauern, und die wilden Hunde jagen uns.«

Isaac verließ seine Stellvertreter und Dezernenten und ließ sich von einem seiner Leibwächter downtown zu Clarice Storm fahren. Clarice hatte ihr eigenes Sicherheitssystem, bestehend aus zwei Bodyguards, die Isaac filzten und verlangten, dass er seine Glock auf den Kaminsims legte.

»Ich bin der Bürgermeister«, musste Isaac geltend machen. »Ich begehe keine Verbrechen.«

»Lügner«, rief jemand von der Terrasse. Es war Clarice, um neun Uhr morgens bereits ein Glas Wodka in der Hand. Unter dem Bademantel mit dem Emblem eines Madrider Hotels war sie nackt. Clarice liebte es, Kleinigkeiten mitgehen zu lassen, wenn sie von einem Hotel zum nächsten zog: Handtücher, Bademäntel, Samtpantoffeln. Als J. Michael sie heiratete, war sie siebzehn gewesen und im letzten Schuljahr auf einem schicken Mädchenpensionat in der Nähe von Abilene, und sie war eine Kindsbraut geblieben, die sich von Wodka und Kartoffelchips ernährte.

Clarice knurrte ihre Bodyguards an und schlürfte den Wodka. »Isaac, bist du gekommen, weil du in mein Bett kriechen möchtest?«

»Nicht ganz. Marianna war gestern in der Mansion und ...«

»Isaac, ich warne dich, so früh am Morgen werde ich nicht mit dir über meine Tochter diskutieren. Sei ein Schatz und hol eine neue Flasche aus dem Eisfach.«

»Ich bin nicht dein Wodka-Page.«

»Dann verpiss dich. Ich hab dich nicht hergebeten, Mr. Mayor. Keine Angst, ich werde deine kleinen Merliners schon nicht im Stich lassen. Du darfst auch in Zukunft mein Penthouse benutzen, um die Kinder zu treffen und deine Hirngespinste zu nähren ... was hat Marianna gesagt?«

»Dass J. Michael dich umbringen will.«

»Wollen das nicht die meisten Ehemänner? Er hat die Nase voll von mir, oder ich habe die Nase voll von ihm. Kann mich an die richtige Reihenfolge nicht mehr erinnern.«

»Dass er sogar einen Killer engagiert hat.«

Mit einem Mal war Clarice hellwach. Der Wodkaschleier verschwand aus ihren Augen. »Das hätte sie dir nicht erzählen dürfen. Das ist reine Spekulation.«

»Hast du deswegen zwei Bodyguards mit Glocks?«

»Es bleibt alles in der Familie, Isaac. Sie beschützen mich vor J. Michael. Wärst du letzten Monat zum Kaffee gekommen, hättest du ein ordentliches Veilchen unter meinem Auge bemerkt. Ein kleines Geschenk von J. Er wollte, dass ich für ihn eines von Mariannas Treuhandvermögen anzapfe. Dem Baseballzar ist das Kleingeld ausgegangen.«

»Und wenn er dich umlegen lässt, ist er saniert?«

»Fast. Er kann sich mit Mariannas Geld amüsieren, kann die eine oder andere Versicherungspolice abkassieren und unsere gemeinsamen Konten plündern.«

»Nicht nach einem Mord. Die Gerichte würden nicht einen Penny an ihn rausrücken.«

»Und was, wenn dieser imaginäre Killer es wie einen Unfall aussehen ließe ... oder wie einen Selbstmord? Nichtsnutzige, sturzbesoffene Ehefrau macht Flattermann von eigener Terrasse?«

»Aber ich werde es erfahren, und ich werde J. Michael keine Ruhe lassen ... Clarice, ich könnte dir meinen Schwiegersohn ausleihen, Barbarossa. Er ist bei den Special Services. Ich glaube, im Moment arbeitet er als Personenschutz für Madonna. Ich könnte ihn von diesem Einsatz abziehen.«

»Keine Cops ... meine Jungs haben klare Befehle. Keine Warnschüsse.«

»Das ist Teil des Problems. Ihnen könnte der Finger zu locker am Abzug sitzen. Und dann wimmelt es hier nur so von Cops ... erzähl mir mehr von dem Killer.«

»Ach, da gibt's nicht viel zu erzählen. Er hat sich in mein Schlafzimmer geschlichen, bevor ich Milton und Sam engagiert habe. Ich war in meinem üblichen Wodka-Tran. Er rauchte eine Zigarette und setzte sich neben mich, dann hob er mich in seine Arme und trug mich zur Terrasse. Eigentlich war er ziemlich zärtlich.«

»Wie hat er ausgesehen? Hast du sein Gesicht gesehen?«

»Sei nicht albern. Würde er eine Zigarette rauchen, wenn ich sein Gesicht sehen könnte? Er trug eine Kapuze.«

»Eine Kapuze?«, sagte Isaac. »Du meinst, eine Strumpfmaske.«

»Überhaupt nicht. Eine ganz altmodische Kapuze, wie sie die Henker früher getragen haben, so eine mit Löchern für die Augen und einem winzigen Schlitz für den Mund.«

»Fantômas«, brummte Isaac vor sich hin.

»Wer ist Fantômas? Bin ihm nie begegnet.«

»Der König des Verbrechens«, sagte Isaac. »Eine Figur aus einem paar Dutzend Büchern. Alle meine Studenten mussten Bücher über Fantômas lesen, als ich an der Polizeiakademie gelehrt habe. Er konnte ganze Polizeiapparate unterwandern, einen Police Chief spielen... er ist der Bursche, der das Chaos anführt. Er benutzt gern Masken und Kapuzen.«

»Und du meinst, mein Freund mit der Kapuze war ein zweiter Fantômas?«

»Woher soll ich das wissen? Er hat dich also zur Terrasse getragen, und was ist dann passiert?«

»Marianna kam in mein Zimmer gestolpert. Fantômas blieb stehen und setzte mich wieder ab. Ich konnte ihn fauchen hören.«

»Marianna hat ihn gesehen?«

»Ich glaube schon. Sie konnte Fantômas gar nicht übersehen.«

»Und er ist einfach so wieder gegangen? Warum hast du den Portier nicht angerufen, hast ihn aufhalten lassen?«

»Isaac, Fantômas mag keine Türen. Er ist die Wand der Terrasse hinuntergeklettert und verschwunden.«

»Wie ein Scheißjuwelendieb… Clarice, wenn er Zutritt zu deinem Balkon hat, wenn er einfach so kommen und gehen kann, dann spielt es auch keine Rolle, wie viele Leibwächter du hast. Er hat den Schlüssel zu deinem Fort. Du musst hier weg, zieh um.«

»Und Fantômas aufgeben?«

»Das ist kein Spaß. Das nächste Mal ist Marianna vielleicht nicht in der Nähe. Und dieser Killer wird dich über die Mauer schmeißen.«

»Oder mit mir schlafen. Isaac, ich kann Augenlöcher lesen. Fantômas war angespitzt.«

»Ja, ja, genau das sagen doch alle Philosophen, nicht wahr? Sex und Tod sind zwei Seiten einer Medaille… angenommen, er schläft mit dir und schickt dich dann mit dem Fantômas-Express auf Reisen?«

»Aber ich werde ihm seine Maske runterreißen, wenn er kommt, und wenn ich Fantômas nicht mag, kratze ich ihm die Augen aus… Isaac, ich flirte nicht. Ich habe an den Terrassentüren doppelte Schlösser anbringen und eine Alarmanlage installieren lassen. Aber könntest du nicht mein Fantômas sein? Oder bist du immer noch dieser russischen Schlampe treu?«

»Sie ist Rumänin«, korrigierte Isaac. Seine Liebste war eine Doppelagentin, die aus der Gracie Mansion verschwunden war. Isaac hatte sie dem FBI abgegaunert, und eines

Nachmittags küsste Margaret Tolstoi Isaac auf den Mund und ließ ihn einfach sitzen. Inzwischen war sie seit sechs Monaten fort, und weder seine Nachforschungen noch all der Druck, den ein Bürgermeister ausüben konnte, waren imstande, sie zurückzubringen.

»Isaac, du bist vor mir sicher. Ich werde dich schon nicht verführen.«

Clarice umarmte den Bürgermeister, presste ihre Brust an seine, und Isaac konnte die körperliche Anziehungskraft nicht verleugnen, die sie auf ihn ausübte. In einer anderen Welt hätte Clarice ihn reizen können. Aber sie war Mariannas Mom, und Clarice anzufassen wäre wie Inzest gewesen.

Von Milton und Sam erhielt er seine Glock zurück und ließ sich von seinem Fahrer auf dem schnellsten Weg in die Bronx bringen, wo er hoffte, inmitten der Ruinen entspannen und Fantômas vergessen zu können. Die Jerome Avenue war zur Nuttenmeile verkommen. Autofahrer, die vom Cross Bronx Expressway kamen, hatten die freie Auswahl unter den Mädchen, die sich unter der Hochbahntrasse an der Jerome Avenue herumtrieben. Die Mädchen führten ihre Freier in den Innenhof des Castle Motel, eines riesigen Ziegelkastens mit fensterloser Fassade. Die Mädchen hatten eine eigene Patin, Mimi Brothers, eine Krankenschwester aus der Bronx, die in der Nähe des Motels einen Lieferwagen stehen hatte und Gratis-Kondome, Grippeimpfungen, Vitamine, Sexualkunde-Broschüren, Kaffee, Sandwiches und Schokoriegel verteilte. Auf Mimi Brothers' linken Bizeps waren die Worte »Heart of Gold« tätowiert, und in ihrem Van bewahrte sie einen Baseballschläger auf. Sollte ein durchgeknallter Freier im Schatten der Hochbahn eines der Mädchen angreifen, wäre Mimi sofort zur Stelle.

Isaac teilte sich mit ihr einen Schokoriegel.

»Mimi, ich verspreche dir, eines schönen Tages komme ich mit einer großen Axt und schlage dieses Scheiß-Motel kurz und klein.«

»Isaac, du bist ein Baby. Deshalb habe ich dich gewählt. Das Ding abzureißen würde überhaupt nichts ändern. Es wird immer ein Castle Motel geben. Wenn ein Mädchen drückt, weiß ich wenigstens immer, wo ich sie finde.«

Die Patin war knapp bei Kasse, und Isaac steckte ihr hundert Dollar zu. Dann schlenderte er ohne seinen Bodyguard die Featherbed Lane hinauf. Früher war dies die feinste Adresse in der West Bronx gewesen. Heute war es ein Garten zerbrochener Ziegel neben Robert Moses' Schnellstraße. Er verfluchte diesen Bauherrn, verfluchte ihn in seinem Grab. Doch während er so vor sich hin schimpfte, bemerkte der Bürgermeister etwas: ein Wandbild. Nicht die typische Tropenlandschaft irgendeines jungen Latino-Künstlers, auch kein abstruser Traum von Brüderlichkeit, der in der Bronx ohnehin nie Wirklichkeit werden würde. Es war vielmehr ein bebilderter Grabstein auf einer öden Ziegelwand. Da war das Gesicht eines gefallenen Gangmitglieds mit einer kleinen Botschaft, »Ruhe in Frieden, Homey«, und einer detaillierten Zeichnung der Featherbed Lane mitsamt den Autos, Prostituierten und Moses' Schnellstraße, wie ein trostloses Paradies, das bedrohlich über dem Planeten aufragte. Der Künstler hatte den Nachruf in einer Ecke mit einem großen *A* signiert.

Isaac ging weiter. Er stieß auf einen weiteren Nachruf desselben Künstlers, wieder ein illustrierter Grabstein mit einer Szene aus dem Alltag in der Bronx: Drogendealer und Polizeibeamte, gefangen in einer *danse macabre.*

Die Nachrufe beunruhigten und begeisterten Isaac zugleich. Die jungen Bandenmitglieder, die in der Bronx gestorben waren, hatten in *A* ihren Chronisten gefunden: Er malte keine Heerscharen von Engeln und Dämonen und auch keine metaphysische Wälder, sondern nur das psychische Wetter auf der Featherbed Lane.

Isaac rannte den Hügel hinunter, beinahe so aufgeregt wie damals, als er das erste Mal Anastasia alias Margaret Tolstoi gesehen hatte. Er wollte all seinen Stellvertretern von dem Künstler berichten, den er in den Ruinen entdeckt hatte, direkt neben der Schnellstraße, die die Bronx getötet hatte.

3

Die Bronx hatte ihren eigenen Geschichtsschreiber, Abner Gumm. Isaac brannte darauf, den Mann zu treffen, der wilde Hunde im Crotona Park, zerrissene Vorhänge im Paradise (einem der letzten noch existierenden Filmpaläste) und die verstörten Gesichter junger Häftlinge in einer Bronxer Jugendstrafanstalt fotografiert hatte. Er war seit fünfzig Jahren immer mit derselben simplen Kamera auf den Straßen unterwegs. Gumm bezog kein festes Gehalt als Geschichtsschreiber des Stadtteils. Er lebte von einer kleinen Erbschaft.

Der Bürgermeister lud ihn zum Mittagessen in seine Residenz ein. Wie Sidel war er Ende fünfzig. Er trug gebrauchte Kleidung genau wie Isaac, dem nicht entging, wie unbehaglich sich Gumm inmitten der Kronleuchter und antiken Sofas fühlte. Der Bezirkshistoriker war ein leicht gestörter Einsiedler, der längst eingewiesen worden wäre, hätte er mit Hilfe seiner Kamera nicht einen Weg zurück in die Welt gefunden. Schon nach fünf Minuten hatte Isaac ihn ins Herz geschlossen. Fast war ihm danach, Gumm einzuladen, in die Villa zu ziehen.

»A«, sagte Isaac, einen Zahnstocher zwischen den Zähnen. »Erzählen Sie mir von diesem verfluchten Genie. Geben Sie mir einen Tipp.«

Der Bezirkshistoriker begann zu blinzeln.

»Kommen Sie«, hakte Isaac nach. »Wir sind Straßenkinder… wir machen keine krummen Dinger. Sie müssen diese Wandbilder doch fotografiert haben. Man vergisst sie nicht mehr, wenn man sie einmal gesehen hat.«

Isaac und Abner begannen, Harveys kalte Kartoffelsuppe zu schlürfen. Beide hatten sich Servietten vor die Brust gesteckt… falls sie kleckern sollten. Es war clever von Isaac, einen Koch zu haben, der gleichzeitig sein Kammerdiener war. Harvey konnte den Bürgermeister und seine Gäste füttern und sie anschließend sauber machen.

»Wandbilder?«, musste Abner nachfragen.

»Die an der Featherbed Lane… zu Ehren der Einheimischen, die im Viertel ihr Leben gelassen haben.«

»Mr. Mayor, vor nicht mal einem Jahr habe ich ganze Fotoserien von der Featherbed Lane geschossen. Da waren keine Wandgemälde.«

»Das ist aber komisch. Sie sind urplötzlich erblüht… wie die Kirschbäume?«

»Nein. Die Gangs sind einfallsreich. Ich kann mit ihnen nicht Schritt halten.«

»Wie zum Beispiel die Phantom Fives?«

»Die Featherbed Lane gehört den Latin Jokers. Ich muss es wissen. Ich habe eine kleine Karte, die es mir erlaubt, in ihrem Gebiet zu knipsen.«

»Und wenn Sie keine solche Karte hätten?«

»Würde ich meine Kamera verlieren… und mein Leben.«

»Aber ich bin die Featherbed Lane entlangspaziert, und es ist nichts passiert. Ich bin keinem einzigen Joker begegnet.«

»Sie waren da, Mr. Mayor, aber sie sind Ihnen aus dem Weg gegangen. Sie sind eine Berühmtheit. Sie verfolgen Ihre

Heldentaten in der Glotze. Sie nennen Sie El Caballo, den Großen Juden.«

»Super«, sagte Isaac.

»Sie sollten sich geschmeichelt fühlen. Normalerweise sind sie einem Bürgermeister nicht so zugetan. Manhattan ist für die so was wie ein verbotener Planet.«

»Aber ich bin auch der Bürgermeister der Bronx.«

»Theoretisch ja. Aber Ihre Villa liegt nicht im Van Cortlandt Park. Und Sie hatten auch noch nie ein Powerfrühstück im Bronx Zoo.«

»Ich hasse Powerfrühstücke«, sagte Isaac.

»Aber Sie haben doch ständig welche.«

»Das gehört zu den Verpflichtungen und Lasten meines Amtes. Powerfrühstück und Powermittagessen.«

»Und sie sehen auch nicht, dass besonders viel Geld von Manhattan in die Bronx fließt.«

»Jesus, ich tue, was ich kann. Wir stehen mitten in einem Baseballkrieg, und außerdem ist es der Gouverneur, der die öffentlichen Mittel kontrolliert, nicht ich.«

»Billy the Kid hat für sie keinerlei Bedeutung. Sie interessieren sich ausschließlich für El Caballo.«

»Und ich interessiere mich für einen Künstler, der meinem Bezirkshistoriker noch unbekannt ist.«

»Ich bin nicht Gott, Mr. Mayor, aber ich werde noch mal auf der Featherbed Lane fotografieren.«

Abner wirkte auf einmal bedrückt, wollte seinen Nachtisch nicht mehr anrühren. Isaac hatte die miserable Angewohnheit, stets zu viel von seinen Soldaten zu erwarten. Abner Gumm hatte seinen Aktionsradius auf einen Bezirk verengt, der wie ein rauer Vorort von Manhattan war, eine Art Kindergarten, und diesen Kindergarten hatte er so gut er konnte erfasst. Aber er konnte nun mal nicht jeden kleinen Rembrandt katalogisieren.

»Es tut mir leid«, sagte Isaac. »Ich wollte Sie nicht unter Druck setzen. Sie sind schließlich keine Auskunftei…«

Der Bezirksgeschichtsschreiber wollte seinen Nachtisch immer noch nicht anrühren. Er versuchte, die Serviettennadel zu öffnen. Flink und gelenkig war er nur mit seiner Kamera. Harvey musste ihm helfen.

»Sie können die Villa fotografieren, wenn Sie mögen.«

»Ich wüsste nicht, was ich knipsen sollte… Manhattan ist nicht mein Thema.«

»Aber Sie sind im Haus des Bürgermeisters.«

»Verzeihen Sie mir, Euer Ehren, aber es ist wie ein besseres Hotel… ich würde nur Schatten aufnehmen.«

Und Gumm selbst ging wie ein Gespenst. Isaac war einsam und verlassen. Er hatte gegenüber Gumm den Naiven gespielt. Er wusste alles über die Latin Jokers. Als er noch zur Krisenfeuerwehr des First Deputy gehörte, hatte er aus ihren Reihen Undercovercops rekrutiert. Die besten Angriffstaktiken entlehnte Isaac bei Fantômas. Auf die Straße ging er stets verkleidet, und drei Monate lang war er der Anführer einer rivalisierenden Gang gewesen, die um ein Haar die Jokers ausgeschaltet hätte.

Später, als Isaac selbst Commish war, hatte er die Ivanhoes, die sich in Bereichen bewegten, die normalen Polizisten verboten waren. Doch er hatte die Ivanhoes auflösen müssen, und jetzt war ihm nur noch ein unabhängig operierender Spähtrupp geblieben, die Bronx Major Crimes Brigade. Eigentlich sollte er sich nicht mehr in Polizeiangelegenheiten einmischen, aber Isaac konnte gar nicht anders. Oft war er mit Brock Richardson unterwegs, dem jungen Assistant D.A, dem diese Sondereinheit zur Bekämpfung der Schwerkriminalität unterstand. Und Isaac schickte ihm ein Fax in sein Büro im Bronx County Building.

AN BROCK RICHARDSON, MAJOR CRIMES/BRONX
BETR.: MERLIN
WIR TREFFEN UNS UM 14.00 UHR
(GEZ.) SIDEL
P.S.: ICH SCHNEIDE DIR DIE EIER AB, WENN DU ZU SPÄT KOMMST

Brock hatte die Featherbed Lane nicht fotografiert. Brock war nicht der Geschichtsschreiber des Bezirks. Aber er schlief im gleichen Bettchen wie die Latin Jokers...

Isaac hörte jemanden in der Küche summen. Es klang nicht nach Harvey oder Mathilde oder einer der Hausangestellten. Mit gezückter Glock schritt er in die Küche. Marianna Storm bügelte die Hemden des Bürgermeisters. Mit einer aufreizenden Konzentriertheit beugte sie sich über das Bügelbrett. Sie hatte eine Sprühflasche mit Wasser und Harveys Hundert-Dollar-Bügeleisen. Aber Kekssteig konnte Isaac nirgendwo ausmachen. Der Backofen war kalt. Er gierte nach dem Duft frischer Mokka-Makronen...

»Marianna, Merliners müssen nicht bügeln, weißt du. Das gehört nicht zu ihren Aufgaben.«

»Clarice hat mir das Taschengeld gekürzt... du hast ihr gegenüber den Killer erwähnt, und nun ist Mom stocksauer. Es hatte doch unser Geheimnis bleiben sollen.«

»So eine Dreckssau mit Kapuze versucht, Clarice von ihrer Terrasse zu schmeißen, und da darf ich sie nicht befragen?«

»Er war keine Dreckssau«, sagte Marianna.

»Bist du etwa auch in ihn verliebt?«

»Verliebt? Clarice ist scharf auf ihn, das ist alles.«

»Sprich nicht so«, sagte Isaac. »Du bist erst zwölf.«

»Und ich bügle deine Hemden, Mr. Mayor. Das kostet dich zwanzig Mäuse die Stunde.«

»Das ist Diebstahl«, sagte Isaac. »Harvey bügelt für mich.«

»Freut mich zu hören. Er wird von der Stadt bezahlt, und du wirst mich bezahlen.«

»Aber du hast den Killer auch gesehen. Erzähl mir von ihm.«

»Fantômas? Er war höflich ... seine Stimme kam mir irgendwie bekannt vor. Ich bin mir ziemlich sicher, dass ich ihm schon mal irgendwo ohne Maske begegnet bin.«

»Dann denk nach«, sagte Isaac. »Du bekommst deinen Lohn, Marianna, aber fang an zu raten.«

»Wird mir schon wieder einfallen ... wenn ich seine Stimme wieder höre.«

»Das genügt mir nicht. Rate!«

Ein Mann in Cowboystiefeln betrat die Küche. Er trug ein Jeanshemd und unter dem Gürtel eine Glock, wie alle Angehörigen der Bronx Brigade. »Sie haben mich gesucht, Chef?«

Isaac ignorierte ihn. »Marianna, erkennst du diese Stimme? Ist er unser Fantômas?«

»Sei nicht albern«, antwortete Marianna. »Ohne Mr. Richardson hättest du kein Merlin.«

»He«, sagte Brock, »was zum Teufel ist hier los?«

Marianna schickte beide aus der Küche. »Könnt ihr ein Mädchen jetzt bitte mal in Ruhe bügeln lassen? Ich bin auch nur ein Mensch. Am Ende setze ich noch ein paar Ärmel in Brand.«

Isaac zog sich mit Brock auf die Veranda hinter dem Haus zurück. Sie setzten sich auf Schaukelstühle und legten die

Beine aufs Geländer. Richardson war ein Kiffer, aber nie würde er in Isaacs Gegenwart einen durchziehen, und ohne wirkte er immer ein bisschen von der Rolle. Eine Hand begann zu zittern.

»Mein Gott«, sagte Isaac, »wenn du dir keinen Joint ansteckst, brabbelst du in spätestens fünf Minuten nur noch wirres Zeug vor dich hin.«

»Mir geht's bestens«, sagte Brock.

»Du musst einen Jungen für mich suchen. Er macht Wandgemälde. Ich habe zwei davon auf der Featherbed Lane gesehen, das eine in der Nähe der Macombs Road, das andere direkt an der Hochbahn. Er signiert die Bilder mit einem *A*.«

Richardsons Hände hörten auf zu zittern. Er lächelte Isaac an und inhalierte einen imaginären Zug, als säße er auf einem Berg Tijuana Red. »Machen Sie sich keine Gedanken, Chef. Ich kann Sie sofort zu dem kleinen Mann bringen. Er heißt Aljoscha…«

4

Abner Gumm überquerte den »Burggraben«, eine Eisenbrücke, die in das Castle Motel führte. Niemand verwechselte ihn mit einem Freier. Der Junge, der das Tor bewachte, ein fünfzehnjähriger Latin Joker, bewaffnet mit einer Nighthawk, einer Maschinenpistole aus Fiberglas, zwinkerte dem Bezirksgeschichtsschreiber zu. »Hiya, Shooter.«
»Pass gut auf«, sagte Abner. »Und lins den Mädchen nicht dauernd in die BHs.«
»Shooter, die tragen keine BHs.«
»Dann mach die Augen zu, Abdul.«
»Wie soll ich dann den Laden bewachen?«
»Mit den Augen in deinem Arsch.«
Eine kleine Gruppe Prostituierter wartete hinter dem Burggraben auf ihren nachmittäglichen Schuss. Der Shooter musste sie mit Drogen versorgen, sonst waren sie weder im Motel noch auf der Straße zu irgendetwas zu gebrauchen. Er hatte eine Krankenschwester engagiert, Mimi Brothers, um auf sie aufzupassen. Er hatte ihr den Van gekauft und sie unter der Hochbahn platziert, wo sie den Mädchen Süßigkeiten geben und frühzeitig die Polizei oder eine dominikanische Gang ausmachen konnte, die das Motel ausnehmen wollten.

Der Geschichtsschreiber der Bronx war immer wieder in der Psychiatrie gewesen, ein Manisch-Depressiver, der seinen eigenen Urin trank und die Farbe von der Wand leckte. Er konnte keinen Job lange halten. Seine Mom und Dad, die sich in ein Franchise-Unternehmen für Frozen Yoghurt eingekauft hatten, hatten ihm eine Reihe Leibrenten hinterlassen, die alle fünf Jahre fällig wurden wie winzige Explosionen. Von diesen »Explosionen« lebte er, streifte durch die Bronx, fotografierte Gärten, Gebäude und Mauern, stets auf der Suche nach einer schmucklosen Struktur, die so karg war, dass sie seine eigene karge Musik freisetzen konnte, und wenn diese Musik nicht mehr zu ertragen war, tauchte er mit einem Koffer in der Hand in einer Psychiatrie auf, setzte sich mit Mimi Brothers zusammen, der Psychiatrieschwester, die Patienten wie ihn im Bett wusch. Mimi ermunterte ihn, Kleinunternehmer zu werden. Er borgte sich Geld und machte mehrere Motels unter dem Cross Bronx Expressway auf. Er hatte kein gesteigertes Verlangen nach landschaftlich reizvollen Strecken, Backstein und Beton entlang einer brutalen Linie waren ihm lieber...

Mit Hilfe gewisser Gangs war der Shooter geschäftlich erfolgreich geworden und hatte schon früh begriffen, dass er ohne sie nicht überleben konnte. Er hielt treu zu den Latin Jokers, die alle möglichen Arten von Bäumen und Pflanzen und Kunstgras für den Innenbereich des Motels zusammenstahlen, der inzwischen zu Gumms geheimem Garten geworden war. Er hatte das Motel wie einen Bunker gebaut. Innerhalb der äußeren Backsteinmauern befand sich eine Reihe Betonbungalows, jeder mit fünf oder sechs Schlafzimmern, einer Garage und Fenstern, die durchaus auch Schießscharten für Kanonen hätten sein können. Innerhalb dieser

Mauern war ein Freier absolut sicher. Und das galt auch für den Shooter.

Er genoss direkten Polizeischutz. Bernardo Dublin, ein Bronx Detective, der direkt aus den Reihen der Jokers kam, wohnte im Motel. Es war nicht die Anschrift, die Bernardo dem NYPD nannte, aber er bewahrte all seine Kleidung und Waffen bei dem Shooter auf. Er hatte rotes Haar und einen roten Schnauzbart und sah aus wie ein latino-irischer Linebacker. Sidel hatte Bernardo von der Straße geholt, ihn ausgebildet und durch die Polizeiakademie geschleust. Bernardo gehörte ein kleines Stück des Motels, er war zum stillen Teilhaber an den meisten Unternehmen des Shooters geworden. Er half den Prostituierten, nahm seine Mahlzeiten mit ihnen im Motel ein, lieh ihnen Geld, verdrosch jeden Freier, der die Mädchen misshandelte oder versuchte, eine von ihnen anzustecken. Er war so etwas wie ein Kleiderschrank von Puffmutter mit goldener Dienstmarke und einer Glock. Gumm fand ihn, wie er gekrümmt auf dem Boden im Wohnzimmer des Bungalows lag, den er und Bernardo sich teilten. Bernardo war nackt. Er trank polnischen Wodka. Seine Augen waren blutunterlaufen. Das rote Fell auf seinem Körper erinnerte an Rohseide.

»Bernardo, rat mal, wer mich zum Essen eingeladen hat.«

»Der Sensenmann.«

»Fast«, sagte Abner. »El Caballo. Er hat sich in Angel Carpenteros verliebt.«

Bernardos Schnurrbart begann zu beben. »Wie ist das passiert?«

»Wie es bei El Caballo immer ist. Er ist auf der Jerome Avenue rumgestolpert. Mimi hat ihn entdeckt, sonst wäre er noch ins Motel gekommen. Er war in der Featherbed Lane unterwegs und hat Angels Bilder gesehen. Er ist völlig ausgeflippt deswegen und hat den Bezirksgeschichtsschreiber kontaktiert. Mich.«

»Und wo liegt das Problem, Shooter?«

»Wenn El Caballo sich ein Wunderkind erschafft, wird er hier andauernd herumschnüffeln. Du wirst deine Bude verlieren, ich werde meine verlieren... Bernardo, er wird uns Wohnung für Wohnung dichtmachen.«

»Na und? Dann schlagen wir unsere Zelte eben woanders auf. Er ist der Bürgermeister. Und völlig übergeschnappt. Er hat die Konzentrationsspanne eines Affen... hast du ihn belogen, was Angel betrifft? Big Guy ist immer noch gut darin, Lügen zu erkennen.«

»Er wird Angel niemals finden... weil du den Jungen kaltmachen wirst.«

»Paulitos kleinen Bruder? Da träumst du aber, Shooter.«

»Paulito ist isoliert. Und wir werden dafür sorgen, dass es so bleibt. Er wird nicht mal mitbekommen, dass der Junge weg ist.«

»Aber ich werd's mitbekommen... er ist praktisch mein Patenkind.« Bernardo kroch, den Hintern in die Luft gerückt, auf dem Boden herum, verschwand unter dem Tisch, angelte nach seinem Holster und reichte es Gumm. »Leg Angel doch selber um, wenn du so scharf drauf bist.«

Gumm ließ das Holster baumeln, als hielte er eine tote Ratte am Schwanz. »Ich? Ich hab zwei linke Hände. Ich weiß nicht mal, wie man einen Abzug drückt.«

»Aber mit einer Kamera kannst du umgehen, was?«

»Ach, das ist doch nichts«, sagte Gumm. »Eine einfache Kiste mit Auslöser. Den Dreh hab ich schon mit fünf rausgehabt... den Film wechseln kann ich allerdings immer noch nicht.«

»Dann hör auch mit deinem Herr-der-Finsternis-Mist auf. Ich leg den Jungen nicht um.«

Gumms Walkie-Talkie begann zu quaken. »Shooter, Shooter, hörst du mich?«

»Mimi, hast du sie nicht mehr alle? Sprich ein bisschen leiser.«

»Zwei Bullen haben eben Daisy Pell kassiert.«

»Von wo kommen die?«

»Fox Street. Das vier-einser Revier.«

»Was wagen die sich so weit raus?«

»Wir werden berühmt... komm, sie bringen sie gerade über den Burggraben.«

»Ganz ruhig. Bernardo kümmert sich drum. Sag Abdul, er soll seine Nighthawk verstecken.«

Bernardo nahm Gumm das Holster wieder ab. Inzwischen hatte er sich angezogen. Er trug jetzt Jeans und Jeanshemd. Er streifte sich eine senffarbene Jacke über und zog Cowboystiefel an, dann spurtete er über den Rasen zur Rezeption, wo er auf zwei bullige Streifenpolizisten stieß, Daisy Pell zwischen sich, die Arme mit Handschellen auf den Rücken gefesselt. Sie brüllten gerade Shooters Hotelportier von der Tagesschicht an.

»Wir machen dir den Laden dicht, Kleiner. Wer ist hier der Boss?«

»Ich«, sagte Bernardo, der stocksauer wurde, als er sah, wie tief die Handschellen in Daisys Handgelenke schnitten.

»Tja, mein Sohn, wir haben diese junge Dame erwischt, als sie gerade einen Freier zu diesem Gebäude hier führen wollte.«

»Wo ist der Freier?«

Die Polizisten sahen sich an und zuckten die Achseln. »Was zum Teufel glaubst du, wer du bist?«

»Der Tod... nehmt Daisy die Handschellen ab. Die Dinger sind viel zu eng.«

»Und wie viel gibst du uns dafür, wenn wir dem kleinen Herzchen die Armbänder abnehmen?«

»Ich schenk euch das Leben«, erwiderte Bernardo, zog seine Glock und grub die Mündung zwischen die Augen des einen Polizisten. Der andere fummelte sofort mit seinen Schlüsseln herum und öffnete die Handschellen. Daisy Pell drückte Bernardo einen Kuss auf die Wange und verschwand aus der Rezeption.

»Ruft euer Revier an«, sagte Bernardo.

»Was?«

»Ruft euer Revier an. Holt mir euren Chef an die Leitung. Ich möchte ihn fragen, wie zwei Clowns aus der Fox Street dazu kommen, das Castle Motel auszunehmen. Hat er euch auf die Idee gebracht?«

»Nein. Wir haben nur...«

Bernardo hielt seine goldene Dienstmarke auf den Mund des zweiten Polizisten und ließ ihn das Metall küssen.

»Ich gehöre zur Anti-Gang-Brigade. Detective Bernardo Dublin. Soll ich euch meine Dienstnummer aufschreiben?«

»Nein, Detective. Das ist nicht...«

»Wir observieren dieses Motel seit Monaten, und wenn sich Arschlöcher wie ihr in unsere Arbeit einmischen, wenn sie anfangen, getürkte Festnahmen durchzuführen und Schlüsselgeld zu verlangen, dann müssen wir so etwas sofort unterbinden... runter auf die Knie. Beide.«

»Wieso?«

Bernardo verpasste dem ersten Polizisten einen Tritt in den Unterleib. Beide gingen sofort auf die Knie, pressten sich auf den Boden, mieden Bernardos Blick.

»Wer bin ich?«

»Der Tod ... Bernardo Dublin.«

»Vergesst das bloß nicht.«

Bernardo trieb die beiden Polizisten mit einem Hagel von Schlägen und Tritten an die Wand. Der Shooter kam ins Büro gesprungen und setzte sich für die beiden Polizisten ein.

»Bernardo, du bringst sie noch um. Solche Komplikationen brauchen wir hier nicht.«

»Sie hätten Daisy nicht wehtun sollen und ihr die Handschellen so straff anlegen.«

»Sie wird drüber wegkommen«, sagte der Shooter.

Bernardo trat auf das Kunstgras hinaus, das ihn immer an einen Übungsplatz fürs Bogenschießen erinnerte, allerdings ohne die Bogenschützen. Er dachte an Angel Carpenteros, den Jungen, den er für den Shooter umlegen sollte, und er fragte sich, wie Angel das Castle Motel wohl gemalt hätte. Vielleicht mit Bogenschützen und langen, schlanken Pfeilen, die den Panzer von Frauen, Bäumen und Männern durchbohren konnten.

TEIL ZWEI

5

ROOSTER RAMIREZ VON DER FEATHERBED LANE
RUHE IN FRIEDEN, HOMEY
BEZAHLT VON DEN LATIN JOKERS

Rooster hatte rotes Haar. Von seinen Augen war auf dem Wandbild kaum etwas zu erkennen. Auf dem Kopf trug er ein blaues Taschentuch mit vier kleinen Knoten, die die Königswürde symbolisierten; er war einer der Weisen der Jokers gewesen. Rooster war dreizehn, als er starb. Und Angel brauchte eine ganze Stunde, um das Taschentuch mit den Knoten zu malen und es wie eine Krone aussehen zu lassen.

Angel arbeitete nicht gern nach Fotos. Er musste ein Gesicht in- und auswendig kennen. Dennoch verbrachte er Stunden damit, in den Familienalben eines toten Jungen zu blättern und sich so viel wie möglich einzuprägen. Er war wie ein Aasgeier, aber das gehörte zu seinem Beruf. Für die vielen toten Homeys in der South Bronx war Angel der einzige Künstler in der Stadt. Er malte Denkmäler auf eine Wand. Wenn ein Homey fiel, getroffen von den Kugeln der Cops oder irgendeines Arschlochs, beauftragte die Gang des Homeys Angel, ein Kriegerdenkmal zu erstellen.

Die Joker würden niemals mit ihm feilschen. Angel genoss den Status eines Priesters. Er verfasste die kurzen Texte, entschied, wie das Bild aussehen würde. Die Jokers suchten die Wand aus, den Rest erledigte Angel. Sein großer Bruder Paulito, der im Hochsicherheitstrakt auf Rikers Island saß, war der Kopf der Jokers. Paulito führte die Gang von seiner Zelle aus. Und wegen Paul hatte Angel das Monopol für Kriegerdenkmäler erlangt und konnte seine astronomischen Preise verlangen. Rooster Ramirez, RIP, hatte die Jokers fünfhundert Flocken gekostet.

Er war zwölf Jahre alt und das reichste Kind seiner Klasse, bis er aufhörte, in die Schule zu gehen. Er hatte ein Unternehmen zu leiten, und er musste sich um seine verschiedenen Konten kümmern. Nach Sonnenuntergang konnte Angel nicht mehr malen. Licht war sehr wertvoll für ihn, Licht war ein unberechenbarer Gott. Er konnte es nicht in einem Klassenzimmer verplempern, indem er sich an Buchstabierwettbewerben beteiligte und Lügen lernte.

Er stand auf seiner Leiter und wurde gerade mit Roosters roten Haaren fertig, als es ihm eiskalt über den Rücken lief. Er musste sich nicht erst umdrehen. Er konnte Richardsons parfümierte Seife riechen.

»Du hättest nicht kommen dürfen«, sagte Angel. »Wenn die Jokers dich erwischen, verlier ich meine Lizenz.«

Richardson lachte. »Wer bringt dir bei, so geschwollen zu reden, Homey?«

Er trug gern Hosenträger und Cowboystiefel und eine Kanone in der Hose. Er war kein Polizist, dennoch leitete er eine ganze Einheit Cops, deren einziger Job darin bestand, in der Bronx Gangs zu zerschlagen.

»Du hast mich nicht besucht, Homey, und in der Schule warst du auch nicht.«

»Ich bin Künstler.«

»Herzlichen Glückwunsch. Aber Picasso war auch kein Schulschwänzer.«

»Hätte er in der Bronx gelebt, wäre er einer gewesen.«

»Aljoscha«, sagte Richardson. Aljoscha war so etwas wie ein Heiliger in einem Buch mit dem Titel *Die Brüder Karamasow*. Und Aljoscha war ebenfalls ein »Heiliger« in Richardsons Büchern im Bezirksgericht. Angel hatte versucht, *Die Brüder Karamasow* zu lesen, aber er hatte nicht eine Zeile verstanden. Ein Vater legte seine Söhne aufs Kreuz, bis die Söhne schließlich anfingen, sich zu wehren. Und alle waren verliebt in eine schöne Blondine namens Gruschenka.

»Ich befreie mich«, sagte Angel.

»Homey, du gehörst zu uns.«

»Ich habe ein Recht, meine Seele zurückzukaufen. Ich habe mir in der Bibliothek Bücher über das Gesetz angesehen.«

»Dann sieh sie dir noch mal an. Du wirst von mir bezahlt, Aljoscha. Und du bleibst hier.«

»Du hast Minderjährige auf die schiefe Bahn gebracht«, sagte Angel. »Du könntest in den Knast gehen dafür.«

Richardson packte Angel an der Hose und hob ihn von der Leiter. »Und wer könnte schnurstracks zurück nach Spofford wandern?«

Angel hatte im Alter von elf Jahren drei Monate in der Jugendstrafanstalt Spofford verbracht; er musste für die älteren Jungs die Tunte machen. Nicht einmal Paulitos Ruf reichte bis in einen Kinderknast. Die älteren Jungs hatten ihn gezwungen, sich die Lippen zu schminken und ein Kleid anzuziehen. Er musste mit hochhackigen Schuhen herumstolzieren, und einer der Wärter hatte an ihm herumgespielt. Richardson war es, der ihn dort herausholte, und jetzt war er Richardsons kleiner Mann, ein Spitzel der Bronx Brigade mit festem Gehalt, der die Gang seines eigenen Bruders verpfiffen hatte.

»Lass mich runter.«

Richardson warf Angel in seinen senffarbenen Ford. Seine Männer liebten das dunkle Gelb; die Wände in ihrem Hauptquartier waren senffarben, sie hatten senffarbene Notizbücher und senffarbene Schuhe.

»Richardson, lass mich meine Leiter mitnehmen.«

»Lass sie hier«, antwortete Richardson und fuhr die Featherbed Lane hinunter. Angel war nicht beunruhigt. Er galt als heiliger Junge im Viertel. Niemand würde es wagen, seinen Kram anzufassen … oder fragen, warum dieser Bulle, Brock Richardson, ihn mitgenommen hatte; Richardson hatte den Latin Jokers den Krieg erklärt, und deshalb war es nur normal, dass er Paulitos kleinen Bruder kidnappte, den Künstlerpriester der Jokers.

Er drehte Angel und sich einen Joint. Richardsons Einheit war voller Kiffer. Wenn man in sein Hauptquartier kam, war man ständig umgeben von Grasgeruch. Er nannte es Medizin und Senfsamen. Seine Hände trugen Flecken der gleichen Senffarbe. Und er machte auch Angel abhängig. Der Junge lehnte sich in dem senffarbenen Ford zurück und träumte davon, aus der Bronx wegzukommen. Er würde sich von dem Geld, das er mit seinen Wandbildern machte, eine Eigentumswohnung kaufen und im Dunkeln hocken, bis Paulito aus Rikers nach Hause kam. Ohne Paul konnte er nicht wirklich feiern.

»Richardson, wann kommt mein Bruder wieder raus?«

»Er ist sicher aufgehoben, wo er jetzt ist … Paulito hat ein beschissenes Gefängnis ganz für sich allein. Auf der Straße würde er sterben. Ich müsste ihn töten.«

»Er ist erst neunzehn, und seine Haare werden schon grau.«

»Na und? Das verleiht ihm Rang und Würde. Immerhin ist er Chef einer Gang.«

»Er ist ein alter Mann«, sagte Angel, dem die Augen von all dem senffarbenen Rauch brannten. Doch selbst in seinem Marihuana-Tran bekam er mit, dass Richardson am Gerichtsgebäude vorbeigefahren war.

»Richardson, wohin, zum Henker, fahren wir?«

»Zum Kindergarten.«

»Ich dachte, du hättest es so gedreht, dass ich nicht in die Schule muss.«

»Es ist ein ganz besonderer Kindergarten für kleine Genies.«

»Richardson, lass mich raus.«

Richardson begann bereits abzudrehen von all den Senfkörnern, die er inhaliert hatte. Er zog seine Glock und hielt sie Angel zwischen die Augen.

»Ich blas dir dein Scheißhirn weg.«

»Richardson, du kannst es dir nicht erlauben, mich abzuknallen. Ich bin dein kleiner Mann.«

Richardson hätte überhaupt keine Waffe tragen dürfen. Aber er war ein Strafverfolger mit einer eigenen Einheit, ein Indianerkrieger. Und Angel musste lachen, denn die einzigen Indianer in der Bronx waren wilde Kids wie Rooster Ramirez, die allesamt weitaus edler waren als jeder Mann in Richardsons Einheit.

Alle Latin Jokers trugen Glocks. Eine sehr launische Waffe. Man konnte sich leicht selbst in den Fuß schießen, wenn man sie nicht richtig trug. Angel konnte sich nicht mehr erinnern, wer damit angefangen hatte. Die Marines oder die Mafia. Jedenfalls war sie zum größten Statussymbol in der Bronx geworden. Man konnte die falsche Lederjacke tragen, im falschen Auto fahren, aber eine Glock musste man haben.

Sie überquerten die Third Avenue Bridge, und Angel war nicht sicher, ob ihm nach Manhattan zumute war. Er musste das Bild für Rooster zu Ende bringen. Richardson fuhr in einen Park mit einem Wächter am Einfahrtstor. Dann stiegen sie aus und gingen zu einer Villa mit weißen Wänden und einer grünen Tür.

Das Haus war voller Menschen. Alle sahen aus wie *putas* und Cops und *maricónes*. Angel wäre am liebsten abgehauen. Aber Richardson zwinkerte ihm mit seinen senffarbenen Augen zu. »Benimm dich. Du bist mein Schützling... errätst du, wo wir sind?«

»Klar. Es ist die Villa von irgendeinem heißen Millionär, der *putas* und *maricónes* züchtet.«

»Es ist das Haus des Bürgermeisters, kleiner Mann.«

Angel wusste alles über den Großen Juden, Isaac Sidel, der erste Polizeipräsident, der Bürgermeister von New York geworden war. Angel hatte ihn in der Glotze gesehen, mit den Koteletten und den dunklen Zigeuneraugen. Der Große Jude hätte direkt aus dem Karamasow-Land entsprungen sein können. Auf Beerdigungen flennte er immer, und wenn er in der Privatkutsche des Bürgermeisters herumfuhr, hatte er genau wie Papa Karamasow immer eine Decke über den Knien. Aber er war weder ein Geizhals noch ein Raffzahn. Er würde niemals in seiner Villa hocken bleiben und sich mit reichen Leuten umgeben. Er wollte die Welt erneuern. Und jetzt begriff Angel auch, um was es bei dieser kleinen Party ging. Sidel war über die Schulen hinausgegangen und hatte seine eigene Kulturelle-Bereicherungs-Scheiße angefangen. Namensgeber war Merlin, der Zauberer am Hof von König

Arthur. Und die *maricónes* hießen Merliners. Angel musste so schnell wie möglich hier weg. Er dachte ja gar nicht daran, sich König Isaacs Hof anzuschließen. Der Große Jude könnte ihn wieder in eine öffentliche Schule stecken, und das würde Angels Künstlerkarriere einen herben Schlag versetzen.

Er schoss an Richardson vorbei und schaffte es fast bis zur Tür, doch da packte ihn von hinten eine Hand und zog ihn zurück in die Menge. »*Maricón*«, knurrte er, als er sich umdrehte und diese verräterischen Koteletten sah, die Sidel gehörten, dem Typen, der keine Wahl verlieren konnte, der die Bronx mit neunzig Prozent aller Stimmen im Sturm genommen hatte.

»Aljoscha«, sagte der Große Jude, und Angel war zutiefst erschrocken, denn Richardson hatte seinen Decknamen verraten. Isaac musste gewusst haben, dass Angel Carpenteros alias Aljoscha das Maskottchen und der geheime Spitzel der Bronx Brigade war.

Richardson tauchte hinter ihm auf. »Brock«, sagte der Bürgermeister, »danke, dass du mir Aljoscha hergebracht hast. Ich habe mich schon darauf gefreut, den kleinen Moralisten kennenzulernen.«

»Muralist, meinen Sie wohl«, korrigierte Richardson.

»Nein, nein«, sagte der Bürgermeister. »Er ist ein Moralist ... das berührt mich ja so. Seine Farben sind wie Urteilssprüche.«

»Mr. Mayor«, sagte Angel, jetzt etwas mutiger. »Es ist ein ganzer Haufen Kinder in diesem Raum. Wie haben Sie erraten, wer ich bin?«

»An deinem Kittel.«

Angel trug seine Malerklamotten. Richardson hatte ihm keine Gelegenheit gegeben, sich normale Straßenkleidung anzuziehen.

»Ich habe Brock gebeten, dich zu fragen, ob du dich nicht den Merliners anschließen möchtest... spielst du in seiner Baseballmannschaft?«

»Mr. Mayor«, sagte Angel, »ich hab nicht viel Zeit für Baseball.«

Beinahe mochte Angel den Großen Juden. Die Jokers waren weitaus besser gekleidet als der Bürgermeister von New York, der eine Jacke trug, die aus einer Kleiderkammer für Bedürftige hätte stammen können. Er sah aus wie ein intellektueller Penner.

Seine Gehilfen zupften an seinen Ärmeln, und Isaac musste mit ihnen fort, um zehn Rätsel gleichzeitig zu lösen, einschließlich eines Baseballstreiks, der die Bronx langsam, aber sicher in den Untergang trieb.

»Richardson«, sagte der Junge, »wenn der Bürgermeister weiß, wer ich bin, werde ich die Villa nicht lebend verlassen.«

»Angel, er lebt in den Wolken. Er weiß einen Scheißdreck.«

»Aber du hast ihm gesagt, ich heiße Aljoscha.«

»Na und? Du unterschreibst deine Wandgemälde doch mit einem dicken fetten *A*. Das *A* könnte alles bedeuten. Ich baue dich auf, kleiner Mann. Aljoscha klingt wie ein Künstler aus der Bronx.«

»Aber was ist, wenn er einen Blick in deine Bücher wirft und dort auf Aljoscha stößt?«

»Er kann keinen Blick hineinwerfen. Meine Bücher sind vertraulich. Aber angenommen, er tut's doch. Er wird denken, ich hätte diesen Namen von dem echten Aljoscha übernommen. *Von dir.*«

»Gefällt mir trotzdem nicht. Merlin kannst du stecken lassen. Ich will nicht bereichert werden.«

»Zu spät. Ich habe Pluspunkte bei dem Großen Juden gesammelt. Ich habe für ihn Aljoscha gefunden. Ich habe den Jungen mit den Wandgemälden gefunden. Ich kann ihn nicht wegbringen. Das wäre Selbstmord für mich und meine Männer. Isaac würde uns ganz klar einen Tritt in den Hintern geben.«

»Aber er wird erfahren, dass ich ein Schulschwänzer bin.«

»Niemals. Er wird genau das erfahren, was wir ihn wissen lassen wollen. Wir sind die Krieger, du und ich. Er ist nur ein König in einer verzauberten Hütte. Hast du ihn dir genau angesehen? Seine Schnürsenkel sind nicht mal zugebunden. Er trägt zwei verschiedene Socken. Er ist wie ein Vogel Strauß mit dem Kopf im Sand.«

»Ich bin nicht...«

Und dann sah er eine blonde Göre mit blauen Augen, eine kleine Gruschenka, die gerade mit König Isaac redete. Ihre Munterkeit und ihre Schönheit verwirrten Angel. Sie stammte unmöglich aus der South Bronx. Wie ein Vögelchen nippte sie an ihrer Kaffeetasse. In ihrem Ärmel steckte eine zusammengeknüllte Serviette.

»Wer ist das?«

»Gehört zu den Merliners«, sagte Richardson.

Sidel brachte sie herüber. »Aljoscha, ich möchte dir Marianna Storm vorstellen. Sie wird eine deiner Kameradinnen sein.«

Marianna Storm richtete ihre blauen Augen auf »Aljoscha«, und mit einem Mal war er froh, dass er einen Decknamen hatte.

»Aljoscha ist der brillanteste Künstler, den wir in der Bronx haben.«

»Onkel Isaac, stellt er in einer der Downtown-Galerien aus?«

Isaac rümpfte die Nase. »Der Junge stellt nicht in Galerien aus. Hauswände sind seine Leinwand. Absolut unkommerziell. Aljoscha gedenkt der Toten.«

Und ehe Aljoscha sich ihre Telefonnummer notieren konnte, schleifte Richardson ihn unter hastig gemurmelten Entschuldigungen in Isaacs und Marianna Storms Richtung aus der Villa. »Isaac, der Junge hat keine Zeit für gesellschaftliche Veranstaltungen. Er ist mit seinen Wandgemälden schon einen Monat im Rückstand.«

In Richardsons Auto begann Angel zu schmollen.

»Warum konnte ich mich nicht ein bisschen umschauen? Die kleine *puta* mag mich.«

»Aljoscha, du kannst quatschen, soviel du willst, herumstolzieren wie ein Gockel …«

»Vorsicht mit dem Wort Gockel. Rooster ist wegen uns gestorben.«

»Tut mir leid. Ich werde vorsichtiger sein. Ich leihe dich an die Merliners aus, aber zu weit darf das nicht gehen. Am Ende vertraust du dich noch dieser Marianna Storm an, und ich verliere meinen besten kleinen Mann. Spiel das Spiel des Großen Juden mit, küss Marianna Storm im Dunkeln, fummel an ihren Titten herum, aber erzähl auf gar keinen Fall von dir selbst. Ihr Vater ist die absolute Nummer eins im Baseball. J. Michael Storm.«

»Nie gehört.«

Richardson brachte Aljoscha ins Gerichtsgebäude. Sie setzten sich in die senffarbenen Räume der Brigade und sahen sich Verbrecherfotos jedes einzelnen prominenten Gangmitglieds in der South Bronx an. Der halbe Stadtbezirk war Niemandsland. Die Cops hatten in der Bronx nichts zu sagen. Sie waren wie eine Armee, die immer dann einmarschierte, wenn es zwischen den Gangs explodierte. Allein durch Richardsons Infiltration konnte eine Gang vernichtet werden. Durch Richardsons chirurgische Schläge.

Aljoscha saß hinter drei abgeschlossenen Türen und plauderte die Eigenheiten von Banditen aus der Bronx wie Dog Face und David Six Fingers und El Rabbito aus, die einer nach dem anderen fallen würden, während Aljoscha sich wie ein kleiner Heiliger unter ihnen bewegte und ihre Aktivitäten genau aufzeichnete.

»Rabbito will David Six Fingers umlegen, weil David mit Rabbitos *puta* gepennt hat, und zum Beweis hat er ihren Slip. Ich hab den Slip gesehen. Ganz rot.«

»Und wann soll das Massaker stattfinden?«

»Ich bin kein Gedankenleser, Richardson. Aber wo, kannst du dir sicher ausrechnen. In Davids Bastelladen an der Jerome Avenue. Weil, David ist verrückt nach Modellflugzeugen, und er lebt praktisch von Flugzeugkleber. Kann ich jetzt nach Hause?«

»Noch nicht. Was ist mit den Jokers?«

»Richardson, die schlafen. Ohne Paulito können die sich nicht rühren.«

»Da habe ich aber was ganz anderes gehört. Sie haben sich in Hunts Point herumgetrieben. Und sie haben eine neue Sozialsiedlung übernommen.«

»Was erwartest du? Du hast so viele Gangs ausgeschaltet, dass die Jokers das Vakuum füllen müssen, damit nicht sofort irgendein dominikanisches Kartell in die Siedlung drängt und anfängt, in großem Stil zu dealen.«

»Gib mir den Namen von Paulitos neuem Kundschafter.«

»Mein Bruder ist nicht blöd. Er sucht sich einen Typen aus, und der kriegt dann eins auf die Rübe.«

»Aljoscha, wer ist Pauls Späher?«

»Mouse.«

»Mousy ist ein Krüppel, Herrgott noch mal!«

»Du hast es erfasst. Mit einem Krüppel rechnet kein Mensch.«

»Ich glaube dir nicht«, sagte Richardson. »Das ist unter dem Niveau deines Bruders. Wer hat ihm diese bescheuerte Idee ins Hirn gesetzt?«

»Ich. Aljoscha.«

Richardson starrte ihn an. »Hat Mousy dir jemals irgendwas getan?«

»Sein Cousin Felipe war in Spofford. Und Felipe hat mich gezwungen, ihm den Schwanz zu lutschen.«

»Also muss Mousy leiden?«

»Kannst du sehen, wie du willst, Richardson. Aber Mousy hält die Gang zusammen. Er ist der General der Jokers. Wenn du ihn nicht aufhältst, übernimmt er die ganze Bronx.«

»Ich kann doch nicht losziehen und ihm einen Killer auf den Hals hetzen. Das wäre unmoralisch.«

»Lass es von David Six Fingers erledigen. Er hasst Mouse.«

»Aber David steht nicht auf meiner Gehaltsliste. Am Ende gerate ich noch zwischen die Fronten… wenn ich Bandenchefs anheuere, damit die sich gegenseitig ausschalten.«

»Richardson, kann ich jetzt nach Hause?«

»Nicht, bevor du mir versprichst, mit David zu sprechen. Ich geb dir einen Hunderter extra.«

»Es ist gefährlich. Ein Joker kann Davids Bastelladen nicht einfach so betreten.«

»Komm schon. Du stehst unter Schutz. Du bist ein Priester.«

»David wird misstrauisch, wenn ich den neuen General meines Bruders verpfeife. Er wird mir Flugzeugkleber in die Augen spritzen.«

Aljoscha fuhr mit dem Fahrstuhl nach unten, der Richtern, Politikern und eingetragenen Spitzeln vorbehalten war. Er erreichte den Keller, der früher einmal ein winziges Gefängnis gewesen war und heute als Kantine für Gerichtsdiener und die Eliteeinheit des D.A. fungierte. Die Cops aus dieser Einheit wurden auch Apachen genannt, weil sie die Bronx terrorisierten. Es waren Freibeuter, die abkassierten, wo sie nur konnten, und ihre Beute hier im Keller bunkerten. Sie beraubten kleine Händler, Gangs wie die Latin Jokers und die Phantom Fives, große Dealer und weniger ehrgeizige Piraten-Cops, denen es am Organisationsgeschick der Apachen fehlte. Richardsons Männer rekrutierten sich aus den Apachen. Und *seine* Apachen waren so bösartig, weil einige von ihnen selbst aus den Reihen der Gangs kamen und von Sidel persönlich ins NYPD geholt worden waren, als dieser noch zum Büro des Polizeipräsidenten gehörte...

Aljoscha durchquerte das kleine Lagerhaus der Apachen und schlich sich durch die Hintertür nach draußen, wodurch er genau gegenüber vom großen weißen Yankee Stadium mit seinen ganzen Fahnen landete. Aljoscha war noch nie in diesem Stadion gewesen. Seine Onkel hatten ihm von einem anderen Stadion erzählt, einem Phantomspielfeld auf der anderen Seite des Harlem River, wo früher ein Team von Latino All Stars gespielt hatte. Juan Marichal, Orlando Cepeda, die Alou-Brüder, die wie die Apachen spielten und die National League fertigmachten. Dieses Stadion jedoch war abgerissen und an seiner Stelle eine Sozialsiedlung errichtet worden. Und Aljoscha fragte sich, was aus dem Yankee Stadium werden würde, das inmitten eines Baseballstreiks wie ein weiteres Phantomfeld dalag. Die Yankees hatten die Bronx am Leben gehalten. Jetzt bekamen die Ladenbesitzer reihenweise Herzinfarkte und mussten von ihrem Eingemachten leben.

Aljoscha war es egal. Er konnte sein größtes Wandgemälde auf diese Phantommauern malen. Er würde es den Alou-Brüdern widmen. Er würde jedes einzelne Gebäude in der South Bronx malen, sogar jene, die abgefackelt worden waren, und das Ganze *Puertoricanisches Paradies* nennen. Aber vorher hatte er noch etwas zu erledigen.

Er ging in David Six Fingers' Bastelladen an der Jerome Avenue direkt unter den Hochbahngleisen. David hatte sein ganzes Leben im Schatten der Gleise verbracht. Er war dreiunddreißig Jahre alt, Kriegsberater der Phantom Fives, einer Gang ohne echte Krieger. Paulito ließ die Gang existieren, weil er David mochte, an dessen rechter Hand sich zwei Daumen befanden und der Paulito Modellflugzeuge verkauft hatte, als dieser noch ein kleiner Junge war. David schnüffelte in seinem finsteren Loch den ganzen Tag Flugzeugkleber und rauchte Haschisch. Er hatte zwei Bodyguards, die auf dem Boden hockten und auf einem unebenen Spielbrett Monopoly spielten, die Glocks immer in Reichweite. Aljoscha hätte sie mit ihren eigenen Kanonen umlegen können. Aber dann hätte er seinen Priesterstatus verloren.

David Six Fingers saß im Halbdunkel, hielt mit seinem zusätzlichen Daumen eine Rasierklinge und schnitzte ein Raumschiff, das wie eine Kugel mit zwei Köpfen aussah. Er baute eine Weltraumstation, die die Bronx mit dem Mars verbinden würde. Er besaß die Konzentration und die Schönheit eines Jungen. Der Modellbau hatte ihn vor der bitteren Rebellenkarriere eines Bandenführers bewahrt. Er baute Modelle von Autos und Flugzeugen mit der gleichen flinken Fantasie, die er benutzte, um Angriffe auf eine feindliche Gang zu planen. Aber die Angriffe schlugen fehl. Davids Krieger verfügten nicht über seinen analytischen Verstand. Und der Bastelladen war fast wie eine Gruft. Es kamen keine Kinder mehr, um seine Waren zu kaufen. David Six Fingers musste für sich allein basteln. Aber ein Bastelladen war für Kinder gedacht, und die ausbleibenden Einnahmen brachten David ins Grab.

»Niño, ich warte darauf, dass dein Bruder mir eine Lizenz zum Verkaufen gibt.«

»Paulito kann keine Lizenzen geben. Er ist am Verfaulen. Die Apachen haben ihn in den Hochsicherheitstrakt gesteckt und den Schlüssel verschluckt.«

»Und ist das hier kein Hochsicherheitsknast? Ein Bastelladen ohne Bastler?«

»Beklag dich nicht. Deine Probleme haben noch nicht mal angefangen.«

David Six Fingers ließ die Rasierklinge über seine Hand gleiten wie eine Echse. »Niño, ich lass mich nicht gern von malenden kleinen Nervensägen bedrohen.«

»Das ist keine Drohung, David. Mousy hat große Pläne. Er hat sich in deinen Bastelladen verliebt. Er will ihn für die Jokers ... als Kantine.«

»Ohne das OK deines Bruders unternimmt Mouse einen Scheißdreck.«

»Ich hab's dir doch gesagt. Paul hat keine Verbindung nach draußen. Es ist die Show von Mouse.«

»Und was soll ich deiner Meinung nach tun? Mouse um Gnade anflehen?«

»Nein. Schlitz ihn mit deiner Rasierklinge auf, von einem Ohr zum anderen. Das ist die einzige Lösung«, sagte Aljoscha.

»Und warum erzählst du mir das alles?«

»Mousys Cousin hat mich gezwungen, ihm den Schwanz zu lutschen.«

David blinzelte und ließ die Klinge sinken. »Wo? Wann?«

»In Spofford. Und wenn Mouse nicht mal den eigenen Cousin im Griff hat, dann verdient er den Tod. David, mach, was du willst. Leg Mouse um, oder lass dich von ihm umlegen.«

Aljoscha kaufte sich von dem Taschengeld, das Richardson ihm gegeben hatte, einen Flying Tiger, was David Six Fingers sprachlos machte. Der Flying Tiger war perfekt. David hatte einen Monat mit den Details verbracht, hatte jede einzelne Strebe immer wieder geschliffen und poliert. Er hatte sich in die tiefsten Tiefen des zweiten Weltkriegs verkrochen, und er hatte historische Maschinen wie die Messerschmitt und den Flying Tiger gebastelt ...

»Soll ich's dir in Seidenpapier einschlagen?«

»Nein«, sagte Aljoscha. »Ich trag's so nach Hause.«

»Es ist zerbrechlich. Der Wind könnte ... «

Aljoscha verließ den Bastelladen, seine Finger umklammerten den Bug des Flugzeugs. Er nahm ein Taxi rauf zur Mt. Eden Avenue und rannte in das Haus, in dem er früher mit Paulito gelebt hatte und heute allein wohnte. Er war der einzige Mieter. Der letzte Eigentümer hatte das Gebäude bereits aufgegeben. Es gab weder Elektrizität noch fließendes Wasser. Doch Paulito hatte einen hervorragenden Installateur und Elektriker kommen lassen, der Rohrleitungen und Stromanschlüsse mit dem benachbarten Pflegeheim verband, und so hatte Aljoscha, was er brauchte. Er spendete sogar jeden Monat eine Summe an das Heim. Es war, als zahlte er seine Gas- und Stromrechnung. Und es machte ihm nicht wirklich etwas aus, allein zu sein. Seine Mutter war an Tuberkulose gestorben, und sein Papi war weiß der Himmel wo und richtete Unheil an. Aljoscha war ein Kind der Gerichte, aber kein Gericht war gekommen und hatte Anspruch auf ihn erhoben ... nachdem er Spofford verlassen hatte. Eigentlich sollte er sich in der Obhut von Carmelita, seiner unverheirateten Tante, befinden, doch Carmelita hatte auch ohne ihn mehr als genug Probleme. Ein unehelicher Sohn, der sie verprügelte, ein Verlobter, der ihr noch das letzte Hemd klaute. Und Aljoscha gefiel das Viertel nicht. Carmelitas Wohnung bot nur die Aussicht auf den Cross Bronx Expressway, ein Betonband, das sich wie eine fette Honigwabe voller Lastwagen und Autos in den Himmel erhob. Ihm war die Totenstille der Mt. Eden Avenue lieber.

Aljoscha stieg mit seinem Flying Tiger aufs Dach. Er konnte noch den Flugzeugkleber unter der Papierbespannung der Tragflächen riechen. Niemand sonst auf diesem Planeten konnte ein Modellflugzeug bauen wie David Six Fingers. Er war nicht zum Bandenchef geboren. Aber die Phantom Fives waren die einzigen Homeys, die ihr Hauptquartier in einem Bastelladen hatten.

Aljoscha ließ das Flugzeug starten, ließ es über das Dach gleiten, hinein in die finstere Macht des Windes, schaute zu, wie die Bespannung aufzureißen begann und die Holzverstrebungen darunter sichtbar wurde... bis das Gerippe freilag. Kleine Stücke von Davids bestem Balsaholz brachen weg, und trotzdem flog der Flying Tiger noch, so unzerstörbar wie die Latin Jokers, und dann brach eine Tragfläche, und der Tiger krachte in eine Wand des Pflegeheims.

6

Aljoscha musste den frommen kleinen Priester spielen, als Mousy auf einem Parkplatz hinter der Featherbed Lane gefunden wurde. Man hatte ihm die Kehle durchgeschnitten, das war Davids Markenzeichen, aber da waren auch Schürfwunden unter seinen Augen. Bevor er gestorben war, war er noch brutal zusammengeschlagen worden. Dafür aber fehlte es David an Durchhaltevermögen; für so etwas waren seine Finger viel zu zart. Aljoscha interessierte nicht, wessen Markenzeichen es war. Die Jokers beauftragten ihn, Mousy auf eine Wand zu malen. Aljoscha packte ihn neben den Rooster. Aber er vergrößerte Mouse, vervielfachte ihn mit seinen Kreiden und seinen Pinseln und seinen Spraydosen, zeichnete ihn praktisch ohne Buckel, denn er wollte Mouse all die Perfektion verleihen, die einem General gebührte. Allein mit seinem Kopf war er einen halben Tag beschäftigt. Wie Michelangelo stand er auf seiner Leiter, hatte den Körper halb verdreht, um im richtigen Winkel sprayen zu können.

Aber ein Jäger aus Downtown fiel über den Jungen her und versuchte, ihn von seiner Leiter zu holen. »Lass das, Richardson, hör auf, Mann!«, schimpfte Aljoscha und ruderte heftig mit den Armen. »Ich bin nicht in Stimmung.« Aber es war gar nicht der Blutsauger. Es war ein Chauffeur in einer Manhattan-Limousine. Und dieser Chauffeur war kein normaler

Taxifahrer. Er trug eine Glock unter der Jacke. Aljoscha fragte sich, ob er vom FBI war oder nur ein Profi-Kidnapper, der für eine Knast-Gang arbeitete, die sich an Paulito und den Jokers rächen wollte.

»Leck mich«, sagte Aljoscha, »deine Schwester hat einen Schwanz.«

Der Chauffeur ballte die Faust, doch dann entdeckte Aljoscha Marianna Storm in der Limousine, und er sagte: »In Ordnung, immer mit der Ruhe, Opa. Ich komm ja schon runter.«

Doch der Fahrer wollte nicht hören. Er warf Aljoscha zu Marianna Storm in die Limousine. »Ich hoffe, es macht dir nichts aus«, sagte sie. »Ich war zufälligerweise in der Gegend, und Onkel Isaac hat mich gebeten, dich abzuholen.«

»Mich wegen was abzuholen?«

»Wegen Merlin. Wir treffen uns bei mir.«

»Und du hast gerade eine Sightseeingtour mit dem großen Barrakuda auf der Featherbed Lane gemacht, oder was?«

»Du meinst Milton? Der ist mein Leibwächter. Aber er hätte Sie nicht so grob anfassen dürfen, Mr. Aljoscha.« Und sie wandte sich an den Chauffeur und fuhr ihn an. »Milton, sag, dass es dir leidtut … du hättest nicht so grob sein dürfen.«

»Tut mir leid, kleine Mom«, nuschelte der Chauffeur.

»Mir sollst du das nicht sagen, Holzkopf. Mr. Aljoscha!«

Der Chauffeur griff nach hinten und umklammerte Aljoschas Hand. »Tut mir leid, Sir.«

»Gut«, sagte Marianna, »wir haben nicht den ganzen Tag Zeit, Mr. Aljoscha. Nehmen Sie seine Entschuldigung an oder nicht?«

»Wozu brauchst du einen Bodyguard?«

»Das ist eine dumme Frage«, antwortete sie. »Schau mich an.«

Aljoscha sah ein Mädchen mit langen weißen Strümpfen, einem karierten Rock und einem silbernen Medaillon.

»Meine Mom ist reich«, sagte sie. »Ich bin extrem Kidnapping-gefährdet.«

»Und wieso kommst du dann ins Joker-Land?«

»Sind Sie taub, Mr. Aljoscha?«

»Ich heiße Angel Carpenteros. Die Bullen nennen mich Aljoscha.«

»Und Onkel Isaac. Ich bin hergekommen, um dich abzuholen und einen kurzen Blick auf deine Kunstwerke zu werfen.«

»Mit einem kurzen Blick ist es nicht getan«, sagte Aljoscha. »Es ist ein Kriegerdenkmal.«

»Das weiß ich selbst«, sagte Marianna Storm, lehnte sich auf ihrem Sitz zurück und gab ihrem Leibwächter ein Zeichen, der daraufhin Aljoscha in sechseinhalb Minuten aus der Bronx in eine Welt am Sutton Place South brachte, wo alle reichen Barrakudas lebten... und dort folgte er ihm und ihr hinauf in eine Penthouse-Wohnung mit einer Terrasse, die einen Rundumblick auf ganz Manhattan bot. Aljoscha konnte sämtliche Brücken und Scharten im Wasser sehen, die weiß blitzten wie Lines. Paulito hatte recht, sich so viele Koks-Dollars zu krallen, wie er nur konnte. Koks war die große Melodie Manhattans. Und Paulitos Gang wurde auf der Straße abgeschlachtet, weil sie ohne Paul den Stoff nicht verschieben und den Handel nicht kontrollieren konnten. Wilde Männer wie die Dominos vom Fort Tyron Park machten sich mit all ihren *brujas* und ihrer Santo-Domingo-Scheiße über die Bronx her und verkauften den Stoff auf den Schulhöfen und verdienten mit all den kleinen Dealern, ihren kleinen Dixie Cups, eine schnelle Million. Es hatte keinen Sinn, einen Dixie Cup umzulegen, denn sofort tauchten neue von dort auf, woher die alten gekommen waren. Und Aljoscha war niedergedrückt wie nur was, bis er den Großen Juden sah, der in dem Penthouse Kartoffelchips mampfte.

Die Merliners scharten sich um ihn, Kids aus Uptown und Downtown, die er für seine eigene Manhattan-Melodie zusammenbrachte. Und neben ihm stand sein Prachtstück, Bernardo Dublin, der selbst einmal zu den Jokers gehört hatte … bis er Isaac in die Arme gefallen war. Bernardo war ein Mischling mit irischem Dad, und die Iren in der Police Plaza hatten ihn adoptiert. Im Moment arbeitete er bei Richardson und den anderen Apachen. Bernardo war es gewesen, der Rooster Ramirez mit Roosters eigener Kanone umgelegt hatte, als er ihn auf frischer Tat bei einem Raubüberfall erwischte und den Todesengel spielte. Aljoscha hasste Bernardo und schuldete ihm gleichzeitig eine Menge. Denn nicht Richardson selbst war nach Spofford gekommen und hatte ihn rausgeholt. Bernardo war durch dieses Kindergefängnis gerauscht, hatte sich mit den Wärtern angelegt und Aljoscha ohne richterliche Vollmacht dem Gefängnisdirektor entrissen.

Bernardo Dublin war eins dreiundachtzig groß, hatte rotes Haar wie der verblichene Rooster Ramirez und einen etwas dunkleren Schnurrbart. Er hatte die Grübchen eines Chorknaben. Sidel präsentierte ihn seinen Untertanen.

»Ich hatte meine Religion«, sagte Bernardo. »Der König hat mich mit ein paar Ohrfeigen wieder zur Besinnung gebracht.«

»Ich hab dich nie angefasst«, sagte Isaac, den Mund voller Kartoffelchips. »Und ich bin wohl kaum ein König, Bernardo.«

»Mit Worten geohrfeigt. Der Bürgermeister hat mir das Lesen beigebracht.«

»Das ist eine Lüge. Ermutigt habe ich dich, das ist alles. Und damals hatte ich auch noch keine Villa. Ich war Polizist und watete in der Jauche ... ich bin nicht hier, um Bernardo zu preisen, sondern um von ihm zu lernen. Wir alle können von Bernardo Dublin lernen.«

»Hört nicht auf Isaac. Draußen auf der Straße bin ich ein Schläger. Ich arbeite mit jungen Gangstern. Ich rede vernünftig mit ihnen, wie Isaac vernünftig mit mir geredet hat. Ich bin so was wie ein Prediger.«

Marianna Storm war schon beinahe in ihn verliebt, aber die Grübchen und das rote Haar konnten Aljoscha nicht täuschen. Bernardo Dublin war eine Schlange. Bernardo war es, der Mouse umgelegt hatte, der ihn zusammengeschlagen, ihm die Kehle durchgeschnitten hatte wie ein Trittbrettfahrer. Er hatte David Six Fingers bestohlen, hatte schamlos Davids Handschrift kopiert. Er versteckte sich immer hinter dem Markenzeichen eines anderen.

»Ich bin ein Bekehrter«, sagte Bernardo, während sich die Merliners dicht um ihn drängten. »Ich hätte es zu überhaupt nichts gebracht, hätte Isaac mir nicht eine Liste mit Büchern in die Hand gedrückt ... «

Aljoscha setzte sich von den Merliners ab und schlich hinunter, aber am Sutton Place South gab es keine Mietwagen. Er musste bis rauf nach Harlem zu Fuß gehen, bevor er jemanden fand, der ihn über den Fluss in die Bronx brachte.

Marianna wurde nicht recht schlau daraus. Aber ein Wort galoppierte ihr immer wieder durch den Kopf, *Fantômas, Fantômas,* als wäre Fantômas ein Pony, das sie ritt. Sie besaß ein Pony, Lord Charles, auf der Ranch ihres Großvaters. Aber sie stellte sich dieses Pferd mit einer Maske vor. Sie errötete, weil

Bernardo sie beobachtete. Sie mochte ihn... und Aljoscha, den Jungen, der in seiner Kunst verschwinden wollte. Das Gemälde hatte ihr Angst gemacht, denn es offenbarte eine Wundheit, die aus ihr selbst hätte kommen können. Aljoschas Farben waren wie die unterschiedlichen Temperaturen einer blutenden Sonne. Und Bernardo war Teil dieser Farben. Er hätte aus Aljoschas Gemälde herausgetreten sein können.

Aber sie hätte sich Bernardo niemals mit einer Maske vorstellen können. Und dann kam Clarice von einer ihrer Partys nach Hause getorkelt... und sank in Bernardos Arme.

»Bernardo, seien Sie ein Schatz und besorgen Sie mir einen Drink.«

»Wir haben keine alkoholischen Getränke«, antwortete Bernardo. »Das hier ist ein Kindertreffen, Mrs. Storm. Aber ich kann Ihnen einen super Shirley Temple mixen.«

»Keine Shirley Temples«, sagte Clarice. »Warum plünderst du nicht das Eisfach? Dort liegt eine wunderschöne Flasche polnischer Wodka.«

»Aber Sie werden Isaac das Herz brechen, wenn Sie Alkohol ins Spiel bringen, Ma'am. Was ist, wenn die Merliners alle betrunken werden?«

»Dann werden wir uns verdammt prächtig amüsieren.«

»Und Isaac würde uns beiden den Hintern versohlen.«

»Wäre doch sexy, Mr. Bernardo Dublin, oder?«

Und Marianna musste nicht Nancy Drew, die kleine Detektivin, spielen. Sie konnte Bernardos Augen unter einer Kapuze *spüren,* und das beunruhigte sie, denn Clarice musste sie ebenfalls gespürt haben. Er trug diese Kapuze, um seinen Schnurrbart und die roten Haare zu verbergen. Doch er besaß auch die Großspurigkeit und Gewitztheit von Fantômas. Er hielt Clarice, stützte sie, als stünde er im Begriff, einen Pokaldeckel zu drehen. Und Marianna konnte einfach nicht glauben, dass Bernardo Dublin, Berater der Merliners, in Clarices Schlafzimmer gekrochen sein sollte, um sie über die Terrassenmauer zu werfen.

7

Aljoscha rannte nicht zu seinem Wandgemälde zurück. Mouse konnte warten. Er ging schnurstracks zu David. Vor dem Bastelladen standen keine Phantom Fives Wache, und von draußen konnte Aljoscha nicht erkennen, ob sich drinnen was bewegte, denn vor dem Fenster hing ein schwerer schwarzer Vorhang wie der Schleier eines Trauernden. Er hoffte, dass David noch am Leben war. Er wollte David nicht umbringen. Keine *bruja* musste ihm sagen, dass es Unglück bringen würde, sechs Finger auf eine Wand zu malen. Er mochte David. Er würde die Modellflugzeuge vermissen und auch die Rasierklinge, die er in seinem zusätzlichen Daumen versteckte.

Aljoscha klopfte gegen die Scheibe. »David, ich bin's. Angel Carpenteros.«

Er sah, wie jemand an dem Vorhang zupfte. Ein Auge tauchte auf, wie eine Krake, und blinzelte ihn an. Dann öffnete sich die Tür einen Spaltbreit, und Aljoscha musste sich schräg hineinquetschen. In dem Bastelladen herrschte ein heilloses Durcheinander. Die Verstrebungen verschiedener Flugzeuge lagen auf dem Boden wie eine irre Ansammlung von Flügeln. Hunderte Schachfiguren lagen herum, die Hälfte von ihnen guillotiniert. Jemand hatte allen weißen Pferden, Läufern, Königinnen und Königen die Köpfe abgehackt…

»Ich bin Waise«, sagte David. »Meine letzten beiden Soldaten haben mich verlassen.«

»Was'n los?«

»Was wohl? Als ich fort war, haben die Jokers mir ihre Visitenkarte hinterlassen. Ich schwöre bei meiner Mutter, ich habe Mouse nie angerührt.«

»Es waren nicht die Jokers, David. Sie würden deine Schachfiguren niemals so zerhacken. Schach ist der Gang heilig... es war Bernardo. Er hat Mouse umgelegt. Das ist ein alter Apachentrick. Er beseitigt die Jokers, er beseitigt dich, damit er unser Viertel an die Dominos verkaufen kann.«

»Bernardo würde unser Scheißviertel den tollwütigen Dominikanern geben?«

»Was kümmert's ihn, solange er seinen Schnitt macht? Er beschützt die Dominos und ihre Dixie Cups, gibt ihnen eine Scheißlizenz, und er räumt auf.«

»Ich bring ihn um«, sagte David, und die Rasierklinge blitzte an seinem Daumen auf.

»Kommt nicht in Frage, David. Genau das erwartet er von dir. Häng dich an seine Fersen, und er knallt dich ab und sackt seinen verschissenen Orden von der Stadt ein. Aber wenn die Jokers dich nicht schnappen, David, wird er sich selbst um dich kümmern. Ich hab's in seinen Augen gesehen.«

»Dann bist du eine *bruja*.«

»Nein«, sagte Aljoscha. »Ich bin keine *bruja*. Aber ich durchschaue Bernardo. Du solltest dich besser verstecken.«

»Wo denn, Mann? Soll ich nach Miami gehen und den Kubanern Schneetüten vertickten? Oder Frank Sinatra in Palm Springs besuchen? Ich bin unter der Hochbahn geboren. Hier ist mein Zuhause. Ich hasse es außerhalb der Bronx.«

»Dann schließ deine Tür ab und leg dir ein paar Hundert Pfeile bereit. Denn die Apachen werden kommen.«

»Was wirst du tun?«

Aljoscha lief zu einer der Hexen, die in einem Keller an der Burnside Avenue lebten. Sie hatte einen Pickel auf der Nase und überall sonst Warzen. Eine *bruja* musste jede Menge Schönheitsflecken haben, andernfalls konnte man ihr nicht trauen. Aljoscha entzündete bei ihr eine rote Kerze. Man konnte einer *bruja* weder Befehle geben noch sie irgendwas fragen. Man konnte sie nur als Nachrichtenbrett benutzen. Aljoscha gab ihr fünfzig Dollar und wünschte sich etwas ... dass Bernardo erblindete.

Doch er musste seinen Wunsch laut ausgesprochen haben. Die *bruja* rieb an ihrem Pickel. »Angelito, für fünfhundert kann ich Bernardo kaltmachen lassen.«

Aljoscha nahm seinen Fünfziger zurück. »Du bist eine *bruja*«, sagte er. »Du kannst nicht ins Geschäft einsteigen.«

Er haute ab, bevor sein Wunsch wie ein Bumerang wirkte und sie *ihn* erblinden ließ. Er nahm einen Mietwagen nach Queens und überquerte die Rikers Island Bridge. Am Wachhäuschen hielten sie ihn auf.

»Ich muss zu meinem Bruder«, sagte er. »Paulito Carpenteros ... er ist im Hochsicherheitstrakt.«

»Ja, wen haben wir denn da?«, sagte der Wärter in seiner Kabine. »Einen kleinen Latin Joker. Tja, dein Bruder ist gerade am Schwänzelutschen. Er kann dich jetzt nicht treffen.«

»Das ist eine Lüge«, sagte Aljoscha.

Der Wärter lachte, telefonierte und ließ Aljoscha auf die Insel, ein Scheiß-Monopoly-Spielfeld mit Gefängnisgebäuden in sonderbaren Formationen, wie Käfer mit den Beinen in der Luft. Paulitos Gebäude hatte mindestens dreizehn Beine. Die

Wärter waren so etwas wie Hightech-Clowns. Sie trugen Sackschützer und Helme mit langen Plastikvisieren. Sie stießen Aljoscha mit ihren langen Schlagstöcken und brachten ihn in ein Besuchszimmer, in dem Paulito hinter einem Sprechgitter wartete. Er war erst neunzehn und könnte doch bereits hundert gewesen sein. Er trug ein silbernes Kreuz aus blauen Perlen und die Kopfbedeckung der Jokers, bestehend aus einem geknoteten blauen Taschentuch. Seine Hände waren mit winzigen Schnittwunden übersät. Sein weißes Haar hatte angefangen, gelb zu werden.

»Ich hoffe, es ist was Wichtiges, Angel. Für diesen Besuch werde ich zwanzig Schläge kriegen.«

»Bernardo will David Six Fingers allemachen... und dann wird es in der Bronx keinen Bastelladen mehr geben.«

»Deine Homeys sterben, und du machst dir Sorgen um David Six Fingers?«

»Paulito, du hast seine Modellflugzeuge geliebt. Hast du wenigstens immer gesagt.«

»Scheiß auf seine Flieger.«

»Aber Bernardo ist eine Scheiß-Ratte. Er war dabei, als die Jokers gegründet wurden. Er hat mal dazugehört.«

»Dummkopf, er ist immer noch einer von uns.«

»Aber er ist ein Cop... und die Dominos drängen in unsere Viertel... und David wird die Scheiße abbekommen. Wie kann Bernardo einer von uns sein? Er wird bei jedem Dixie Cup abkassieren.«

»Und wir auch.«

»Aber die Dixie Cups werden auf den Schulhöfen verkaufen... an achtjährige Kinder.«

»Und wie soll ich das bitte regeln, häh?«

»Dir gehört das Viertel, Paul.«

»Ich hab es an Bernardo ausgeliehen, solange ich auf dem Friedhof festsitze. Die Dixie Cups werden nicht mal in die Nähe eines Scheißschulhofs kommen.«

»Und wer soll sie kontrollieren?«

»Bernardo.«

»Die Apachen interessieren sich nicht für Kinder.«

Paulito trat von dem Sprechgitter zurück, und Aljoscha verschwand, bevor die Wärter ihm die Taschen ausrauben konnten.

Er hatte Besuch, als er nach Hause kam. Der große Bernardo hatte sämtliche Schlösser geknackt und sich eine Tasse Kaffee gemacht. Mit seinem senffarbenen Holster stand er da wie der König der Mt. Eden Avenue. Aber er lächelte nicht. Sein dunkelroter Schnurrbart zuckte. Er nippte an seinem Kaffee, drehte sich um und schlug Aljoscha ins Gesicht. Aljoscha landete mit blutigem Mund auf dem Boden, während der Apache auf ihn eintrat wie auf einen Hund.

»Du bist zu einer *bruja* gegangen und hast sie gebeten, mich zu blenden.«

»Man kann eine *bruja* um gar nichts bitten«, sagte der Junge und rang zwischen zwei von Bernardos Tritten nach Luft. »Ich hab mir nur was gewünscht.«

»Und du hast mich blind und tot gewünscht.«

»Ist doch sowieso egal, Bernardo. *Brujas* hören nie zu.«

»Sie hat zugehört... du kleiner Schwanzlutscher, habe ich vielleicht nicht meine Dienstmarke riskiert, als ich dich aus Spofford rausgeholt habe? Ich musste zehn Anwälten in den Arsch treten.«

»Nenn mich nicht Schwanzlutscher.«

»Und wie soll ich dich nennen? Hast du etwa keinen Lippenstift getragen, als ich dich gefunden habe?«

»Mousys Cousin hat mich dazu gezwungen.«

»Und was ist aus Mouse geworden? Er steht jetzt auf deiner Wandgemäldeliste.«

»Dank dir, Bernardo. Du hast ihn dir geschnappt und ihm die Kehle durchgeschnitten, damit es aussieht, als hätte David es getan.«

Aljoscha sah nur noch rote Haare und kleine braune Augen, als Bernardo anfing, erbarmungslos auf ihn einzutreten. »Ich bin ein Mörder, ja? Sag das noch mal. Wer hat Mouse abgestochen?«

Aljoscha musste sich zusammenkugeln und wie ein Teleskop zusammenziehen, um gegen den Schmerz anzukämpfen. »Ich weiß nicht, Bernardo. Ich hab mich geirrt.«

Die Tritte hörten auf. Bernardo in seinen senffarbenen Stiefeln beugte sich über ihn. »Angel, ich wollte dich nicht so fest treten.« Er zog sein Taschentuch heraus und wischte das Blut von Aljoschas Mund. Dann hob er ihn hoch, setzte ihn auf einen Sessel und gab ihm eine Tasse Kaffee aus Aljoschas Espressomaschine. »Du hättest nicht vom Bürgermeister weglaufen sollen. Dieses Merlin-Ding hat er wegen kleinen Schwanzlutschern wie dir gegründet.«

»Also, ich brauch keine kulturelle Bereicherung«, sagte Aljoscha, während sich Blutfäden in seine Kaffeetasse zogen.

»Du solltest dankbar sein, dass Big Guy sich für dich interessiert. Er hat mich bei den Jokers rausgefischt. Ich dürfte kein Cop sein. Das ist nicht legal. Aber Isaac hat mein Vorstrafenregister verschwinden lassen. Er hat meine ganze Scheißakte verschwinden lassen.«

»Er ist Merlin, der Zauberer.«

»Halt's Maul. Er hat mir das Geschenk gegeben. Ich war ein beschissener unwissender Kokser, bis Big Guy mich zurechtgebogen hat. Er hat mir beigebracht, wie man lebt. Warst du schon mal in Frankreich, in Chantilly? Hast du jemals den Graben des kleinen Schlosses überquert und das Gemälde von der Frau mit der Schlange um den Hals gesehen? Ich schon.«

»Es gibt jede Menge Schlangenfrauen in der Bronx.«

»Halt's Maul. Ich war in Europa und auf Hawaii. Wo bist du schon gewesen?«

»Nirgendwo, Bernardo. Der einzige Graben, den ich jemals überquert habe, war die Third Avenue Bridge.«

»Halt's Maul. Big Guy liebt deine Wandgemälde. Du solltest froh und glücklich sein.«

»Wie komme ich nach Chantilly?«

»Du begleitest mich in Davids Museum. Wir werden ein bisschen Flugzeugkleber schnüffeln.«

»Lass ihn in Ruhe. Er kann dir nichts anhaben. Er hat nicht mal eine Gang.«

»Er ist immer noch ein General. Es wird keine Phantom Fives mehr geben, wenn ich mit David fertig bin. Seine Gang stirbt mit ihm.«

Aljoscha konnte die Logik aus Bernardos rotem Haar wachsen sehen. »Was ist so wichtig an den Phantom Fives?«

»Sei nicht blöd. Die Dominos kommen. Und ich muss ihnen Garantien bieten.«

»Aber ihre Dixie Cups werden sich in David verlieben. Sie könnten Davids Flugzeuge fliegen lassen, während sie Dope verkaufen.«

»Halt's Maul. David ist draußen.«

»Ich werd dir nicht helfen, ihn abzuschlachten.«

»Doch, das wirst du. Dein kleiner Arsch gehört mir. Paulito hat dich mir versprochen... glaubst du vielleicht, ich hätte dich aus Spofford geholt, weil du so toll aussiehst?«

»Paulito hätte nichts versprechen dürfen... er ist ein Scheiß-Apache.«

Bernardo packte Aljoscha am Kragen und hob ihn einfach so aus dem Sessel. »Ohne Paul bist du ein Nichts. Du hättest keine Wandgemälde, du hättest nicht eine einzige Kaffeebohne.«

»Ich kann auch ohne Pauls Aufträge malen.«

»Halt's Maul. Deinem Bruder gehört jede einzelne Wand in der Bronx. Vergiss das nicht.« Er ließ Aljoscha wieder in den Sessel fallen. »Und jetzt trink deinen Kaffee aus.«

Sie gingen den Hügel hinunter zur Jerome Avenue. Aljoscha konnte sehen, wie die Dixie Cups im Dunkeln arbeiteten. Der Älteste von ihnen war nicht einmal so alt wie Aljoscha. Sie waren wie Rinder, die man herumschubsen und gegen anderes Vieh austauschen konnte.

Aljoscha wusste nicht, was er tun sollte. Wie konnte er David Six Fingers warnen, wenn Bernardo ihm auf der Pelle saß? David musste den Verstand verloren haben. Oder er spielte den Fuchs. Denn er hatte den schwarzen Vorhang vor seinem Fenster abgenommen. Und er hatte das Fenster dekoriert, wie Aljoscha eine Wand dekorieren würde. Six Fingers hatte einen Himmel als Hintergrund gemalt, mit einer wunderschönen roten Sonne und keinem einzigen kaputten Gebäude.

Aljoscha musste nicht klingeln. Davids Tür war offen. Alle Lampen brannten: Im Bastelladen herrschte sanft glühende Mitternacht. Aljoscha sah Messerschmitts und Lockheed Lightnings und Spitfires von der Decke hängen wie blinde

Kronleuchter. David musste seine besten Modellflugzeuge neu gebaut haben, denn auf dem Boden lagen keine Streben mehr.

Bernardo stand hinter Aljoscha und rief: »David, David-Schatz, wo zum Teufel steckst du?«

Aber er hätte es sich schenken können zu rufen. Aljoscha machte sich beinahe in die Hose. Er kam sich vor wie eine *bruja*, die Davids Mitternachtssonne lesen konnte. Er war nicht einmal erschrocken, als er einen von Davids Schuhen auf dem Gang entdeckte. David Six Fingers saß auf einem Stuhl neben seiner Geldkassette, eine Rasierklinge in seinem missgebildeten Daumen. Er hatte sich die Kehle aufgeschnitten und verblutete mit einem Lächeln im Gesicht.

Aljoscha konnte es nicht mal Selbstmord nennen. David Six Fingers hatte seine Seele gerettet. Denn es war nicht David, den Bernardo in einen Leichensack verpackte und ins Leichenschauhaus schickte. David hatte seinen Körper in dem Augenblick verlassen, als er in seinem eigenen Blut saß, und war in diese blinden Kronleuchter gegangen, in die Messerschmitts und die Lightnings, die Aljoscha aus der Luft holte, bevor Bernardo auch nur ein Wort sagen konnte. Er nahm sie mit nach Hause zur Mt. Eden Avenue.

Niemand beauftragte ihn, ein Wandgemälde anzufertigen. Die Phantom Fives waren untergegangen. Aber Aljoscha malte David auf die Außenseite seines eigenen Hauses. Er stand auf seiner Leiter und malte die Jerome Avenue mit ihren Hochbahngleisen; alle Gebäude hatten nur ein einziges beleuchtetes Fenster wie ein brennendes Auge. Und Aljoscha malte eine Messerschmitt über die Gleise. David stand in der Mitte, und Aljoscha zeichnete die Details von Davids zusätzlichem Daumen. Sollten ihn doch sämtliche *brujas* und Teufel der Bronx verfolgen. Er konnte David nicht ohne diesen Daumen malen.

Dixie Cups tauchten unter Aljoschas Leiter auf. Sie bekreuzigten sich und stopften Aljoscha Zehndollarscheine in die Hose. Die Dominos kamen in einem Cadillac und bliesen sich auf die Hände, blinzelten zu dem Wandgemälde auf und fuhren wieder. Und dann hörte Aljoscha hinter sich ein Schluchzen.

Der Große Jude war in die South Bronx gekommen. Sidel mit seinen weißen Koteletten. Er weinte so sehr, dass ihm eine Kanone aus der Hose fiel und mit dem dumpfen, toten Klang einer Glock auf den Bürgersteig prallte. Und jetzt erinnerte sich Aljoscha. Sidel war es, der mit der Mode angefangen hatte, er war der erste Polizist in New York, der eine eigene »Designerkanone« besaß. Er hatte die Glock aus Österreich mitgebracht, nachdem er den Geburtsort irgendeiner *bruja* namens Freud aufgesucht hatte.

»Onkel Isaac«, sagte Aljoscha und nahm sich damit Freiheiten gegenüber dem Großen Juden heraus. »Sie sollten nicht weinen, wenn ich male. Das bringt Unglück.«

»Tut mir leid«, sagte Isaac und putzte sich die Nase mit einem senffarbenen Taschentuch, das ihm die Apachen geschenkt haben mussten. Er schaute schweigend zu, während Aljoscha die Aufschrift malte.

DAVID SIX FINGERS VON DER JEROME STREET
RUHE IN FRIEDEN, GENERAL
BEZAHLT VOM RETTUNGSFONDS DER PHANTOM FIVES

»Er muss ein Goldjunge gewesen sein«, sagte Isaac.

»Er war der Anführer einer Gang. Er hat Menschen die Kehle durchgeschnitten.«

»Ich habe schon viel Schlimmeres getan«, sagte Isaac.

»Euer Ehren, Sie müssen nicht beichten.«

»Tu ich auch nicht. Ich wollte nur, dass du weißt, wo wir standen. Das nächste Treffen von Merlin findet bei mir statt.«

»Ich weiß noch nicht, ob ich komme«, sagte Aljoscha.

»Das will ich aber hoffen«, sagte der Bürgermeister. »Du bist ein Merliner, einer von uns.«

Und der Große Jude verschwand in seinem Wagen wie der Zauberer, der er war.

»Merliners«, brummte Aljoscha vor sich hin, »Merliners«, und widmete sich wieder seinem Wandgemälde.

TEIL DREI

8

Der Baseballzar war auf dem Absprung nach Milwaukee. Isaac musste sich in der First-Class-Lounge von JFK mit ihm zusammensetzen. Isaac hatte kein Ticket Erster Klasse, er hatte überhaupt kein Ticket, und J. Michael musste ihn in die Lounge schmuggeln. Hier war er ein Eindringling, und J. Michael amüsierte sich köstlich darüber. Er bestellte sich etwas Vegetarisches vor dem Flug. Die Stewardess brachte ihm Stäbchen, und Isaac schaute zu, wie J. Michael gegrilltes Gemüse verspeiste und drei Screwdriver schlürfte.

»J., geben Sie mir einen einzigen beschissenen Hoffnungsschimmer, mit dem ich zu meinen Leuten zurückkehren kann.«

»Warum? Die Teambesitzer reden bereits über Phantom-Teams mit Spielern, die sie aus dem Gebüsch pflücken können… wie sie es während des zweiten Weltkriegs getan haben. Ich werde sie bestrafen müssen, Isaac. Das ist die einzige Lösung.«

»J., ich hoffe, Sie ertrinken in Ihrem eigenen vergifteten Speichel.«

»Isaac, ich bin ein Held. Die Demokraten und die Republikaner strecken beide schon die Fühler aus.«

»Fühler nach was?«

»Ich würde für jede Partei einen sagenhaften Fänger bei der nächsten Wahl abgeben.«

»Bei Ihrer Vergangenheit? Die werden Sie kreuzigen.«

»Wetten Sie nicht drauf. Ex-Radikale sind der letzte Schrei. Kam nicht auch Ronnie Reagan aus der extremen Linken angekrochen? J. Michael Storm als Vizepräsident, der Mann, der bis aufs Blut gegen die Baseballbesitzer gekämpft hat, der nicht vor den Monopolen zu Kreuze gekrochen ist.«

»Das kauft Ihnen kein Mensch ab. Die Spieler haben ihr eigenes Monopol...«

»Isaac, genießen Sie einfach die Sonne. Der Streik macht Sie prominent. Sogar Billy the Kid lässt Sie in Ruhe.«

»Er weiß, dass ich ihm die Nase abbeiße, wenn er mir zu nahe kommt.«

»Das ist nicht der Grund, alter Junge. Ich habe letzten Monat Seligman getroffen... vom Democratic National Committee. Die freunden sich langsam mit Ihnen an, Isaac. Ein Kerl wie Sie, mit Ihrer Popularität bei den Wählern. ›Das Holz, aus dem Vizepräsidenten geschnitzt sind‹, genau das hat Seligman gesagt. Aber nicht dieses Mal. Zwei New Yorker auf einem Ticket – das geht nicht. Das würde den Jungs aus den Südstaaten eine Scheißangst einjagen und unsere Chancen im Westen ruinieren. Aber Sie haben eine große Zukunft, Mr. Mayor.«

»Die einzige Zukunft, die ich will, ist ein Ende des Streiks.«

»Dann reden Sie mit den Clubbesitzern, und machen Sie ihnen Feuer unterm Arsch. Denn sollten sie wirklich Phantomspieler einsetzen, werde ich persönlich den Baseball vernichten. Und das können Sie ruhig wortwörtlich so wiedergeben.«

»Was ist mit Ihrem eigenen Phantomspieler?«

»Was zum Teufel meinen Sie damit?«

»Jemand hat versucht, Clarice kaltzumachen ... und er trug eine Maske.«

»Sie glauben ihren Hirngespinsten, was, Isaac?«

»Marianna hat ihn auch gesehen.«

»Und Sie meinen ...?«

»Ihnen geht das Geld aus, und leugnen Sie jetzt nicht.«

»Also suche ich mir einen Mann mit Maske und setze ihn auf Clarice an? Isaac, ich habe nicht das Geld, um in *der* Liga mitzuspielen. Raskolnikow wird langsam alt. Ich habe zwei Geliebte, die ich mir nicht leisten kann ... «

»Warum schlagen Sie mir nicht ins Gesicht? Ich habe Sie beschuldigt, an Clarices Ermordung zu arbeiten.«

»Weil ich nicht so harmlos bin, dass ich nicht schon selbst daran gedacht hätte. Aber Strategien scheinen nie aufzugehen. Ich bin nicht aus reiner Menschenliebe zum Spielerzaren geworden. Ich bin ein Kommandant im aktiven Dienst – und ein verdammt guter dazu. Ich hätte nichts dagegen, wenn Clarice tot wäre. Dann hätte ich meine Tochter zurück ... «

»Das bezweifle ich, J.«

»Vertrauen Sie mir. Ich würde sie schon wieder für mich gewinnen. Aber wenn ich den Fänger für Billy the Kid spielen soll, kann ich mir im Moment keinen Mord in der Familie leisten.«

»Sie kaltschnäuziger Sauhund. Ich hätte Sie im Knast verfaulen lassen sollen ... der große Apostel von Onkel Ho.«

»Isaac, haben Sie Onkel Ho jemals gelesen? Er war noch kaltschnäuziger als ich ... aber wunderschön. Er sagte, ein einziges Band kann eine ganze Ereigniskette vernichten. Und dieses Band suche ich schon mein ganzes Leben.«

J. Michael stand auf, nuckelte an seinem Screwdriver und schickte sich an, in seine Maschine zu steigen. Isaac wusste immer noch nicht, was er von Fantômas denken sollte.

Auf der Rückfahrt nach Manhattan rief er die Special Services an, machte seinen Schwiegersohn in einem Theater am Broadway ausfindig, ließ ihn nach dem ersten Akt anpiepen und ging auf der gegenüberliegenden Straßenseite in einen griechischen Schnellimbiss, wo er sich einen Hirtensalat mit Feta bestellen und ein Glas geharzten Rosé trinken konnte, während er auf Barbarossa wartete.

Joe betrat das Diner und sah traumhaft aus mit seiner handgemalten Krawatte (die musste Isaacs Tochter für Joe ausgesucht haben). Bevor Marilyn anfing, sich um ihn zu kümmern, trug er wie alle Homicide Detectives immer nur schwarzes Leder. Jetzt erschien er in Taubenblau und Papageiengrün.

»Joey, wer ist es denn heute Abend? Madonna oder Michelle Pfeiffer?«

»Beinahe. Eine Prinzessin aus Surinam. Sie ist vierzehn.«

»Toll. Wir könnten sie für die Merliners kidnappen.«

»Dad, ich will zurück zu meiner alten Einheit ... jeder Cop, dem ich begegne, hat eine Scheißangst vor mir. Ich bin schlimmer als die Pest. Isaac Sidels Schwiegersohn. Ohne die Straße werde ich sterben.«

»Du hast doch Marilyn.«

»Dad, wir haben nicht über meine Frau gesprochen.«

»Joey, ich habe dich nicht aus dem Verkehr gezogen. Jemand scheint zu meinen, mir damit einen Gefallen zu tun.«

»Jemand wie Sweets?«

Sweets war unter Isaac First Deputy gewesen und jetzt selbst der Commish. Er ließ Isaac nicht mal in die Nähe der Police Plaza. Aber Isaac hatte ihn gezwungen, Joe einen anderen

Job zu geben. Isaac wollte nicht, dass sein Schwiegersohn über Dächer rannte. Joe war Marilyns zehnter oder elfter Mann, und Isaac könnte es nicht ertragen, sie Witwe werden zu sehen. Außerdem mochte er Barbarossa wirklich.

»Ich habe einen kleinen Job für dich, Joey.«

»Dad, nimmst du mich in die Ivanhoes auf? Soll ich mich bekreuzigen und schwören, all deine Geheimnisse zu wahren?«

»Ich habe keine Geheimnisse. Ich möchte, dass du einer gewissen Lady folgst, ihr immer auf den Fersen bleibst, hingehst, wohin sie geht.«

Barbarossa lächelte. Isaacs Schwiegersohn sah aus wie Clark Gable in *Vom Winde verweht*, mit kleinen Narben auf dem Gesicht und einem weißen Handschuh, der eine Kriegsverletzung aus Vietnam verbarg.

»Dad, hast du eine Neue?«

»Ich bin mit Margaret Tolstoi verlobt.«

»Aber sie ist verschwunden.«

»Ich werde sie schon noch zurückbekommen. Die Lady ist die Frau von J. Michael Storm.«

»Deinem alten Schüler?«

»J. war nie mein Schüler. Ich hab ihm geholfen, nicht mehr in den Knast zu kommen. Jemand versucht, seine Frau umzulegen.«

»Und du glaubst, Storm steckt dahinter?«

»Ich weiß es nicht. Aber der Täter hat eine ausgesprochen seltsame Vorgehensweise. Er trägt eine Kapuze, wenn er Clarice besucht... wie Fantômas.«

»Und von mir erwartest du nun, dass ich den Penner finde? Lieber bewache ich weiter die Prinzessin von Surinam. Sag der Lady, sie soll zur Polizei gehen.«

»Du bist die Polizei.«

»Nein, bin ich nicht. Ich bin Sidels Schwiegersohn, was bedeutet, ich muss ein Cape tragen wie Captain Marvel und mich in eines der Rätsel stürzen, die du so gern produzierst. Dad, lass es sein. Du bist nicht mehr der Pink Commish.«

»Joey, Clarice hat ein Kind. Ich mache mir Sorgen um sie. Ich will nicht, dass dieser Scheiß-Fantômas auf Zehenspitzen durch ihr Schlafzimmer schleicht. Er ist ein echter Akrobat, klettert Wände hinauf... tu mir einen Gefallen. Bring mir Fantômas, und ich sorge dafür, dass du wieder auf Streife gehst. Dann kannst du so viele Mörder fangen, wie du willst.«

»Und bis es so weit ist, bin ich ein Heimatloser... in Sidels Diensten.«

»Eine Sache noch. Wir sagen der Lady nicht, dass wir ein Auge auf sie haben. Das bleibt unter uns, zwischen dir und mir...«

»Und Fantômas«, ergänzte Barbarossa.

Isaac kritzelte Clarices Adresse auf einen Zettel und gab Barbarossa ein Foto, das er bei einem Treffen der Merliners von ihr und Marianna geschossen hatte. Joe war verblüfft: Er konnte Mutter und Tochter kaum auseinanderhalten. Ein sagenhaftes Angriffsteam.

»Die sehen aus wie Zwillinge... Dad, Marilyn mag es nicht, wenn du vergisst, zum Dinner zu kommen.«

»Ich bin der Bürgermeister. Mir gehen ständig Millionen Dinge durch den Kopf.«

»Wie zum Beispiel, mit Retsina zu gurgeln und von Irren zu träumen, die Wände hochklettern.«

»Joey, ich träume niemals... hilf mir einfach.«

»Dann enttäusche Marilyn nicht wieder... nächsten Freitag. Bring ein Mädchen mit oder ein paar von deinen Gören.«

»Ich muss in meinen Terminkalender schauen.«
»Scheiß auf deinen Terminkalender, Dad.«
Er gab Isaac einen Kuss auf die Stirn, verließ den Imbiss und kehrte zurück zu seiner Prinzessin aus Surinam.

9

Billy the Kid ging Isaac allmählich ernsthaft auf die Nerven. Der Gouverneur verlangte, dass der Bürgermeister sich mit ihm traf. Isaac reagierte nicht. Er dachte an die Krankenhäuser, die Billy the Kid in den elendesten Teilen Brooklyns und der Bronx schließen wollte. Billy hatte die Banker hinter sich. In den Krankenhäusern versickerte das Geld. Überall leere Betten. Doch Isaac kannte die kreative Arithmetik, die Billy gern anwendete. Die Bürger von Brownsville und El Bronx konnten es sich kaum leisten, in den Krankenhäusern zu leben oder zu sterben, die für sie erbaut worden waren. An dem bürokratischen Labyrinth kamen sie nicht vorbei. Und Isaac konnte ihnen keine Krankenversicherung finanzieren. So ein großer Zauberer war er denn doch nicht.

Er wich Billy the Kid aus. Er saß in seinem Hubschrauber und kreiste über der Stadt, wo er sicher war. Isaac stand Tag und Nacht ein Hubschrauber zur Verfügung. Am Himmel konnte er am besten denken, den Arsch in einem Schalensitz, den Wind unter dem Kragen, während die Möwen über ihm auseinanderstoben, aus Angst vor den Rotorblättern. Er landete auf den Dächern gewisser Siedlungen und betrachtete das trostlose Reich, das Teil von Isaacs Siedlungsbestand war. Hier war er der Pharao, Herr über bröckelnde, verwahrloste Gebäude, die er am liebsten in die Luft gejagt hätte.

Und als er gerade auf einem Dach stand, stießen plötzlich zwei Hubschrauber vom Himmel herab. Sie waren größer als Isaacs Maschine und vollgepackt mit Polizisten in Zivil. Isaac fragte sich, ob der Secret Service bereits Billy the Kids Personenschutz übernommen hatte, obwohl er bisher noch an keiner einzigen Vorwahl teilgenommen hatte. Oder vielleicht machte der Gouverneur es auch Isaac nach und hatte sich einen eigenen Kader Ivanhoes zugelegt. Es spielte im Grunde keine Rolle. Es waren brutale Männer mit gläsernen Waffen, den Nighthawks, die auch von dominikanischen Drogenbaronen bevorzugt wurden. Aber das hier waren keine Dominikaner. Sie trugen winzige Ohrenstöpsel. Sie umzingelten Isaac. Er stieg aus seinem Hubschrauber und kletterte in einen größeren, in dem Billy the Kid mit einem Bärenfell über den Knien saß.

»Isaac, Sie sollten sich nicht mit dem zukünftigen Präsidenten der Vereinigten Staaten anlegen.«

»Gewinnen Sie erst mal eine Vorwahl, bevor Sie hier den Larry raushängen lassen.«

»Die Vorwahlen sind eine Falle. Ich habe nicht vor, mich selbst zu vernichten. Wenn es so weit ist, werde ich alle Delegierten auf meiner Seite haben, die ich brauche.«

»Eine geschlossene Parteiversammlung, Billy, was?«

»Überhaupt nicht. Wenn die Kandidaten erst mal angefangen haben, sich gegenseitig aus dem Rennen zu schießen, bleibt ein einsamer Adler übrig. Billy the Kid.«

»Und wer wird Billy the Kid ins Rennen bringen, ihn nominieren?«

»Sie. Mein Mann für Law and Order. Sie werden die Parteiversammlung blenden.«

»Billy«, sagte Isaac und griff sich ans Herz, »lieber würde ich erblinden, als Sie zum Präsidenten zu nominieren. Sie sind ein Mörder und ein Wahnsinniger.«

»Wer ist das nicht?«, sagte Billy the Kid und kniff seine blauen Augen zusammen. Er hatte sich eine schwarze Prostituierte vom Hals geschafft, die ihm und seinen Wahlplänen einen Strich durch die Rechnung hätte machen können. Er hatte Männer und Frauen zusammenschlagen lassen, um die krummen Linien in seiner Vergangenheit zu glätten. Es wäre ihm durchaus zuzutrauen, Sidel zu verlieren, ihn ins Meer zu schmeißen. Isaac war schon jetzt seekrank.

»Viel Spaß, Billy. Aber wenn Sie mich das nächste Mal kidnappen, reiße ich Ihnen die Gurgel raus.«

»Sie kidnappen, Sidel? Nennen Sie so einen freundschaftlichen Schwatz im Himmel über Brooklyn? ... Sie spielen hübsch den braven Jungen und nominieren mich. Denn falls Sie das nicht tun, wird Ihr Baseballkrieg niemals aufhören.«

»Ah, deshalb war J. Michael so wenig darauf versessen, mit mir zu verhandeln. Sie haben ihn an der Leine.«

»An einer sehr kurzen. Er wäre wahnsinnig gern mein Vizepräsident.«

»Billy, ich würde mich nicht zu sehr auf J. verlassen. Er war der übelste radikale Student, dem ich je begegnet bin. Es wäre ihm zuzutrauen, dass er Sie auf dem Weg ins Weiße Haus stürzt.«

»Lassen Sie J. Michael nur meine Sorge sein... wollen Sie die Bronx?«

»Ja.«

»Dann benehmen Sie sich«, sagte Billy. Seine Augen waren mörderblau. Er gab seinem Piloten ein Zeichen, und Billys Hubschrauber schaukelte auf die Siedlung zu.

»Und was ist, wenn der Streik für immer und ewig weitergeht?«, fragte Isaac, als der Hubschrauber auf dem Dach aufsetzte, wo Billy the Kid ihn gefunden hatte.

»Dann sind Sie aus dem Schneider, Sidel. Sie können den Parteitag boykottieren.«

Isaac starrte in den Wind. Billys Hubschrauber begann sich zu heben wie eine verwirrte Hummel.

»Was ist mit Margaret Tolstoi?«, fragte Isaac noch, doch Billy konnte ihn nicht mehr hören. Isaac brüllte weiter. »Wissen Sie, wo sie ist?«

Billy the Kid winkte ihm zu, und Isaac kehrte zu seinem eigenen kleinen Hubschrauber zurück. Er flog in die Bronx hinüber, landete auf einer Anhöhe im Claremont Park, stieg aus und machte Aljoscha ausfindig, der auf der Featherbed Lane entlangschlenderte.

»Komm mit.«

Aljoscha murrte nicht. Er folgte El Caballo in den Claremont Park, kletterte in den Hubschrauber und ließ dieses Rattenland hinter sich. Er hatte noch nie mitten im Himmel gesessen, zwischen Wolken, die Zuckerwatte hätten sein können. El Bronx sah aus wie eine längliche, sanft gewellte Prärie, wo noch das raueste Gebäude seine eigene gekrümmte Geometrie besaß. Er wollte es gegenüber Onkel Isaac nicht zugeben, aber mit einem Hubschrauber über Paulitos Revier zu kreisen war besser als Disneyland, und dazu musste er die Bronx nicht mal verlassen. Der Hubschrauber zog seinen Schatten über die Dächer wie ein dunkler, kratziger Vogel, aber Isaac erlaubte nicht, dass er sich aus dem Schalensitz beugte, um jeden Kratzer zu verfolgen.

Sie holperten den Harlem River entlang in diese Canyon-Stadt namens Manhattan, die Aljoscha nicht gefiel, denn *seine* Geometrie verschwand unter all den Nasen aus Glas und Stahl und Stein. Er sah Dächer und Decken, aber es war schwer, einen Boden zu finden... bis der Hubschrauber auf einem schmalen Feld neben den Vereinten Nationen niederging, wo bereits eine Limousine auf El Caballo wartete. Aber Isaac wollte nicht in einen Wagen steigen. Er schleifte Aljoscha zum Sutton Place South hinauf, bellte den Portier an, und sein Lieblings-Merliner Marianna Storm kam mit ihrem silbernen Medaillon und in ihren weißen Söckchen aus dem Fahrstuhl geschwebt. Sie lächelte Aljoscha an und ließ sich von El Caballo die Hand küssen.

»Hallo, Prinzessin«, sagte Isaac.

»Keine Schmeicheleien. Danach ist mir im Moment nicht.«

Sie hakte sich bei Aljoscha unter, und mit El Caballo an ihrer Seite spazierten sie Richtung Downtown, während die Menschen sie und den Bürgermeister anstarrten. In der Nähe des Grand Central stiegen sie einen Hügel hinauf und gelangten zu einem winzigen Dorf, das wie die Featherbed Lane aussah. Dort gab es einen Park und ein Fahrradgeschäft. Aljoscha musterte Backsteinwände, die hervorragend für seine Wandgemälde geeignet gewesen wären.

»Euer Ehren, wer lebt hier?«

»Das ist Tudor City«, antwortete Isaac.

»Ja, ja, aber Namen interessieren mich nicht. Wer lebt hier?«

»Ärzte, Zahnärzte... und meine Tochter.«

»Und sie wollen mich nicht engagieren.«

»Für was engagieren?«

»Um ihre Wände und Mauern zu verschönern... haben die hier nicht auch ein paar tote Söhne und Töchter? Onkel, könnten sie nicht ein paar Denkmäler gebrauchen?«

»Ich werde mich umhören«, sagte Isaac.

Die Gebäude erinnerten an einige der Schlösser, die Aljoscha in der Bronx gesehen hatte, an der Kingsbridge Terrace und in der Fort Independence Street, Schlösser, die sechzig Jahre alt waren und in denen einmal reiche Leute gewohnt haben mussten, die versucht hatten, der Fäulnis Manhattans zu entkommen. Vielleicht konnte Aljoscha irgendwo ein Schloss für Paulito und sich finden. Allerdings würde er eine breiter gefächerte Kundschaft benötigen als die Latin Jokers. Selbst wenn die Jokers fielen wie die Fliegen, könnte Aljoscha niemals reich genug werden…

Eine *chiquita* mit braunen Augen und lockigem Haar öffnete die Tür. Sie hatte einen kaum sichtbaren Schnurrbart. Aljoscha war fasziniert, wie sie mit einer Hand auf der Hüfte dastand. El Caballos Tochter, Marilyn the Wild. Sie hatte einen Cop geheiratet, der mindestens ein so harter Brocken war wie Bernardo Dublin: Joe Barbarossa, der mit dem weißen Handschuh an einer Hand.

Die *chiquita* servierte Lammkoteletts an einem großen Tisch. Er mochte ihren Duft, als sie neben ihm schwebte, geschickt ein Lammkotelett aufspießte und auf seinen Teller legte. Er schlürfte mit Marianna Limonade, während Marilyn Whiskey und Wein trank mit Isaac und diesem knallharten Kerl, der ausgesprochen höflich war und zum Lunch sogar seine Glock abgelegt hatte. Marianna zwickte Aljoscha unter dem Tisch.

»Verlieb dich ja nicht in Marilyn the Wild«, raunte Marianna. »Sie hat schon einen Mann, falls du es noch nicht bemerkt haben solltest.«

»Doch, hab's bemerkt«, flüsterte Aljoscha zurück. Plötzlich überkam ihn eine tiefe Traurigkeit, weil er sich an keine einzige gemeinsame Mahlzeit mit seiner Mom und seinem Papi und mit Paulito erinnern konnte. Seine Mom hatte schon Blut in eine Serviette gehustet, als er noch ein kleiner Junge gewesen war, und sie starb, während sie das gleiche Blut aushustete. Aljoscha hatte ihr die Mahlzeiten zubereiten müssen, während sein Papi unterwegs war und Fernseher klaute und Paulito als der Oberbefehlshaber der Jokers das Revier der Gang erweiterte. Marilyn the Wild roch wie seine Mom, ging wie seine Mom, hatte genau den gleichen Hüftschwung wie seine Mom.

Isaac zog sich nach dem Essen mit Barbarossa zurück, und Aljoscha spielte Gin Rummy mit Marianna und Marilyn the Wild. Er versuchte, Isaac nicht zu belauschen, konnte aber nicht anders. Er war ein geborener Spion, verheiratet mit der Bronx Brigade.

»Bernardo?«, sagte Isaac. »Ich kann's nicht glauben.«

»Dad, es ist, als wär's sein persönlicher Feinkostladen ... er kommt und geht, wann immer er will.«

»Aber Clarice könnte ihn auch engagiert haben, um sie vor Fantômas zu beschützen.«

»Ja, und ich könnte eine Geschlechtsumwandlung durchführen lassen und mit Madonnas Titten rumlaufen ... Dad, er ist ständig bei ihr. Ich bin ihnen zum Bronx Zoo gefolgt. Sie haben auf den Wiesen gevögelt wie die Grashüpfer.«

»Psst«, machte Isaac und verdrehte die Augen in Mariannas Richtung. Aber im Unterschied zu Aljoscha war sie keine Schnüfflerin.

»Du willst es dir einfach nicht zusammenreimen, Dad. Du willst nicht das große Ganze sehen. Ich kann dir nicht sagen, warum Bernardo mit seiner Maske dort war. Jemand könnte ihn bezahlt haben, um ihr Angst einzujagen. Aber bingo, ihm gefällt, was er sieht ... «

»Das reimt sich nicht zusammen, Joey. Er hat Clarice nicht zum ersten Mal gesehen. Er gehört zu den Merliners, um Himmels willen. Ohne ihn hätte ich niemals damit anfangen können.«

»Dad, du verstehst nicht, was ich sage. Nur wenn er Fantômas ist, verliebt er sich.«

»Ach, du bist mir zu romantisch.«

»Gar nicht, dafür aber Bernardo sehr wohl. Und Clarice verliebt sich in die Maske.«

»Also kommt er, um Clarice etwas anzutun, und dann steigt er mit ihr ins Bett.«

»Aber geht es bei Fantômas denn nicht im Grunde genau darum? ... Gefahr und Sex.«

»Joey, halt mir keine Vorträge, bitte ... ich bin von Bernardo enttäuscht.«

»Dad, drehen sich deine besten Schüler nicht immer wieder um und ziehen dir eins über die Rübe?«

»Ständig«, knurrte Isaac, und die Party war vorbei. Er sammelte Marianna und Aljoscha ein und schickte sich an zu gehen, aber Marilyn trieb ihn in die Enge.

»Hat dir das Essen geschmeckt?«

»Köstlich.«

»Isaac, wir haben kaum miteinander geredet.«

»Wir sind uns viel zu ähnlich, als dass wir das tun müssten. Ich sehe dich an, und du siehst mich an. Das ist besser als reden.«

»Und wir werden uns für den Rest unseres Lebens weiter aus dem Weg gehen ... wir tanzen auf verschiedenen Planeten. Na los, verschwinde von hier, Mr. Mayor.«

Sie küsste Aljoscha und Marianna, umarmte beide und schob sie aus der Tür.

Isaac stürzte mit ihnen die steinernen Stufen hinter Tudor City hinunter und kehrte zu dem kleinen Heliport neben den Vereinten Nationen zurück. El Caballo brachte Aljoscha wieder in den Himmel, und Baby Gruschenka hatte beschlossen mitzukommen.

Während der Hubschrauber aufstieg, schloss Marianna die Augen und drückte sich in ihren Schalensitz. Isaac hatte sie bereits angeschnallt. Jeder Schnösel am Sutton Place South zwischen zwölf und zwanzig versuchte, Marianna den Hof zu machen, aber sie interessierte sich nur für einen Künstler aus der Bronx, der tote Menschen skizzierte und am liebsten mit den Fingern aß. Sie sah Aljoscha an, aber er bastelte an Wolken in seinem Kopf. So sind Künstler eben, stellte sie sich vor. Immer mit dem Kopf in den Wolken.

»Aljoscha«, sagte sie, »kannst du nicht von was anderem träumen als von deinen Zeichnungen?«

Er träumte nicht von Zeichnungen. Er träumte von Bernardo, dem harten Brocken. Aljoscha verstand nichts von Masken. Er sah, dass El Caballo schlief, daher brüllte er Marianna gegen den Lärm der Rotoren ins Ohr. »Wer ist Fantômas?«

»Der Mörderfreund meiner Mutter«, brüllte sie zurück. »Er trägt gern eine Maske.«

Aljoscha war immer noch verwirrt, aber er nahm Baby Gruschenkas Hand. »Könnte ich *dein* Fantômas sein?«

»Angel Carpenteros, du hast mich ja noch nicht mal geküsst.«

Aljoscha streckte sich in seinem Schalensitz so weit er konnte und küsste Marianna auf den Mund, während El Caballo schnarchte und der Hubschrauber über die Third Avenue Bridge donnerte.

10

Bernardo hatte nie beabsichtigt, im Motel Hof zu halten. Aber er konnte die *madres* von Mt. Eden und Jerome Street nicht abweisen, die draußen vor seinem Bungalow ohne Schirm oder Kopftuch im Regen standen. Abdul, der Torjunge, hatte schreckliche Angst vor ihnen, denn sie sahen aus wie *brujas* mit nassen schwarzen Haaren. Und wenn Bernardo von seinem Hauptquartier in der Boro Hall eintraf und ihre traurigen Gesichter sah, lud er sie eben auf eine Tasse Kaffee und ein Eis in seinen Bungalow ein, borgte ihnen Handtücher und seinen Fön. Dann fragte er: »Mütter, kann ich euch helfen?«

Die *madres* scharten sich dann um seinen Ledersessel und erzählten ihm ihre Leidensgeschichten. Diese Geschichten wurden immer schlimmer, seit die Dominos über El Bronx *abgesprungen* waren. Die Fallschirmspringer und ihre Dixie Cups verkauften im Viertel Drogen an *niños,* belästigten kleine Mädchen und hatten auf einem Schulhof an der Walton Avenue sogar eine zurückgebliebene Zwölfjährige vergewaltigt.

»Mütter, ich würde gern bei dem Mädchen vorbeischauen, wenn ihr euer Eis aufgegessen habt. Sie könnte mir etwas über die Angreifer erzählen. Ich bin nur ein Polizist. Ich brauche Hinweise.«

»Sie liegt im Koma, Don Bernardo... aber wir können Ihnen Sachen erzählen, wichtige Sachen. Derjenige, der sie angegriffen hat, er hatte ein milchiges Auge... und einen blauen Schnurrbart.«

»Einen blauen Schnurrbart«, wiederholte Bernardo.

»Nennt sich Panther.«

»Mütter, ich werde mein Bestes tun... es wird keine weiteren Panther geben in der Bronx.«

Er küsste die Mütter, die ihn daraufhin segneten und ihm ihre Rosenkränze gaben, um ihn vor dem Panther zu beschützen. Bernardo aß eine weitere Portion Eis, verstaute die Rosenkränze in seiner Jackentasche, ließ seine Glock auf dem Sessel liegen und rief Abdul, der wie Bernardo selbst ein Mischling war. Abdul hatte eine ägyptische Mutter, und sein Dad kam aus Panama, aber er war ein Stadtwolf, ein Kind der *barrios,* ein Kamikaze, der jedes Himmelfahrtskommando zu überleben schien.

»Sag nichts«, sagte Bernardo. »Tu nichts. Lass einfach die gläserne Kanone aus deiner Jacke hervorlugen. Das sagt mehr als Worte.«

»Bernardo, auf wen haben wir es abgesehen?«

»Einen Domino mit einem blauen Schnurrbart.«

»Das ist übel. Ohne seine Armee geht Panther nirgends hin.«

»Dann ist es eben unser Scheißpech«, sagte Bernardo.

Unter der Hochbahn gingen sie zur Shakespeare Avenue; in einer Telefonzelle trällerte Bernardo ein paar Worte, und ein weißer Cadillac erschien. Bernardo stieg ohne Abdul in den Cadillac. Martin Lima, einer der fünf kommandierenden Prinzen der Dominos, saß mit fünf Teenagern auf dem Schoß auf einem Kissenstapel. Er hatte keine Bodyguards, nur einen Fahrer mit einer Nighthawk in der Armbeuge.

Die Mädchen fingen an, mit ihren Wimpern zu klimpern. Sie waren kaum alt genug, um schon Brüste entwickelt zu haben, und sie waren die persönlichen Crack-Babys des Prinzen, mit brutal rotem Lippenstift ... und Glocks, die sie sich an die Schenkel geschnallt hatten. Bernardo hätte Lima am liebsten erwürgt, aber in die sexuellen Ansichten eines Prinzen konnte er sich unmöglich einmischen, ganz besonders nicht, wenn die Mädchen aus dem Harem der Dominos in Washington Heights kamen.

»*Jefe*«, sagte Bernardo, »verzeih mir, aber ich muss das fragen. Die *niñas* auf deinem Schoß, sind die von hier?«

»Dublin, ich habe mit dir und den Jokern einen Vertrag unterschrieben. Ich würde niemals *niñas* aus der Bronx anfassen ... Aber hast du mich deshalb angerufen? Kontrollierst du für die Jokers die Tussen?«

Martin Lima war ein fetter Junge mit Pockennarben im Gesicht, ein Computerfreak aus der Fort Washington Avenue, dem es Spaß machte, Leute umzubringen, und der die Buchhaltung der Dominos auf einer einzigen Diskette gespeichert hatte. Er hatte aus den Dominos eine Multimillionen-Gang mit Schweizer Bankkonten gemacht, während die Jokers sich abmühten, ihr Geld zusammenzuhalten.

»*Jefe*, du musst mir den Burschen mit dem blauen Schnurrbart ausliefern.«

»Was hat er verbrochen?«

»Er hat eine *idiota* vergewaltigt ... eine von uns.«

Martin Lima ließ die Crack-Babys auf seinem Schoß hüpfen, und Bernardo musste diese Geste interpretieren: Der Prinz war sauer auf den Panther, sauer auf Bernardo, sauer auf sich selbst.

»Wenn das stimmt, Dublin, kümmere ich mich selbst um ihn. Ich bin so was wie König Salomon. Ich habe mein eigenes Tribunal. Wie heißt diese *idiota?*«

»*Jefe,* das hier ist Jokers-Gebiet, und es muss eine Jokers-Lösung geben. Das war Bestandteil unseres Abkommens.«

Er stieß eines der Crack-Babys an und zog die Glock unter dem Band an ihrem Oberschenkel heraus. Limas Fahrer drehte sich mit seiner Nighthawk zu Bernardo um, doch er kam eine Idee zu spät. Bernardo verpasste ihm einen Schlag gegen die Schläfe, und der Fahrer stöhnte auf. Das zweite Crack-Baby griff nach ihrer Glock, und Bernardo schlug ihre Hand fort.

Der Prinz kochte vor Wut. »Ich habe dich reich gemacht... Du kannst mir nicht in meinem eigenen Cadillac Waffen stehlen.«

»*Jefe,* was redest du da? Ich bin dein treuer Untertan. Diese Kanone besitzt den Segen eines Prinzen. Ich werde dem Panther das Hirn wegpusten, und du wirst der eigentliche Henker sein.«

»Dublin, die Jokers werden ohne mich verhungern. Eure Bankgeschäfte laufen ausgesprochen mies.«

»Wir sind nur Proleten. Wir haben nie gelernt, mit Geld so umzugehen wie ein Prinz... Deine Dixie Cups sollten nicht auf Schulhöfen dealen und zurückgebliebene kleine Mädchen vergewaltigen.«

»Der Panther ist kein Dixie Cup. Er ist mein Captain.«

»Das ist ja noch schlimmer, denn seinen mangelnden Respekt hat er von dir. *Jefe,* wenn du weiterhin die Herzen unserer kleinen Mütter brichst, werde ich dich finden und dir vor all deinen Dominos auf den Schädel pissen. Du wirst bis nach Santo Domingo rennen, um dich vor der Schmach zu verstecken.«

Bernardo verließ den Wagen, warf noch ein paar Kusshände zu den Scheiben und schaute zu, wie Martin Lima davonfuhr. Abdul schlich sich von hinten heran.

»Bring mich zu dem Arschloch mit dem blauen Schnurrbart.«

Sie gingen den Hügel hinunter zur Cromwell Avenue, wo die Dominos einen Süßwarenladen auf Jokers-Land eröffnet hatten. Bernardo postierte Abdul hinter einer Straßenlaterne und betrat den Süßwarenladen. Die Glock steckte in ein Taschentuch eingewickelt in seiner Tasche, während ihn Soldaten mit Nighthawks in den Händen von der Theke aus misstrauisch beäugten. Alle erkannten Bernardo Dublin, den Detective aus der Bronx, der einen Vertrag mit ihren fünf Prinzen geschlossen hatte. Sie konnten ihn nicht mal zur Rede stellen. Bernardo ging viel zu schnell. Und warum auch sollten sie grob werden? Hätten die Jokers ein Königshaus gehabt, dann hätte er dazugehört. Bernardo blieb erst stehen, als er den Mann mit dem blauen Schnurrbart entdeckte, der nachdenklich einen primitiven Spielautomaten betrachtete. Martin Lima hatte ihn aus einem Schmugglerdepot in Lower Manhattan mitgehen lassen und das Gerät mitsamt einem Eimer Münzgeld aus aller Herren Länder Panthers Süßwarenladen geschenkt. Aber der Panther, unbehaart bis auf den Schnurrbart und mit einem kaum merklichen Buckel, konnte *La Bandida* nicht spielen. Er versuchte, die Maschine zu hypnotisieren, sie mit seinem milchigen Auge zu verhexen, als Bernardo im begrenzten Blickfeld des Panthers auftauchte.

»Dublin, wie geht's meinem Mann?«

Bernardo griff in den Eimer, nahm eine Münze heraus und steckte sie in den Geldschlitz des Automaten, der daraufhin wie ein silberner Mond aufleuchtete. Er zog an dem Hebel, die Räder wirbelten, und in den Fensterchen kamen nebeneinander drei gemalte Orangen zum Stillstand. *La Bandida* dudelte eine kleine Melodie, und aus ihren Innereien purzelten Münzen in einen metallenen Auffangbehälter.

»Du bist eine *bruja*«, sagte Panther. »Nur eine Hexe kann *La Bandida* öffnen und sie überreden, sich von ihrem Geld zu trennen.«

»Klar«, sagte Bernardo. »Ich bin eine *bruja*.« Er hatte bereits an einem ähnlichen einarmigen Banditen im Casino von Deauville gespielt. Aber von den Dominos war noch nie jemand in Deauville gewesen, und sie würden nie dahinterkommen, dass *La Bandida* nur mit französischen Münzen funktionierte.

Der Panther drehte ihm gähnend den Rücken zu, und Bernardo begriff, dass der Prinz sich nicht mal die Mühe gemacht hatte, den Panther zu warnen. Mit einer Hand drehte Bernardo ihn herum.

»Panther, du hättest *la idiota* nicht anfassen dürfen. Sie gehört zu uns.«

Und er knallte den Panther ab, schoss ihm in sein milchiges Auge. Panthers Kopf explodierte. Er stürzte gegen *La Bandida,* und weitere Münzen fielen in die Metallschale. Seine Soldaten waren perplex. Sie starrten den Panther an, starrten Bernardo Dublin an, lauschten der Musik von *La Bandida,* starrten auf den nicht endenden Münzregen… als hätte Panther, tot oder lebendig, die Maschine verzaubert. Sie hatten sich aus ihrer Trance noch nicht ganz erholt, als Abdul mit seiner Glaskanone in den Süßwarenladen stürmte. Sie ließen ihre eigenen Glaskanonen fallen und flehten Bernardo an.

»*Jefe*, bitte, bring uns nicht um.«

Bernardo zerschmetterte jede einzelne ihrer Nighthawks an der Theke, dann stieß er die Soldaten in die winzige Toilette des Ladens und warnte sie, die nächste halbe Stunde nicht rauszukommen. Er wischte die Glock ab, legte sie oben auf *La Bandida,* trat hinter die Theke und machte Abdul und sich eine Limonade mit Schokoeis. Seine Hände zitterten. Er leerte sein Glas, knabberte ein paar Salzstangen und marschierte dann mit Abdul zurück zum Motel.

Seine Hände zitterten immer noch. Bernardo hatte keine Angst. Wie ein Scheißkrieger, der bereit war zu sterben, war er in den Süßwarenladen an der Cromwell Avenue marschiert. Er stellte sich unter die Dusche. Er zitterte immer noch. Er zog seine Hose und die Lederjacke an, holte sich aus dem Kühlschrank einen polnischen Wodka. Und das Zittern hörte auf. Er drehte sich um. Sie stand neben dem Spiegel, in einem samtenen Umhang, und fühlte sich offenbar pudelwohl in einem Nuttenmotel.

»Fantômas«, sagte sie.

»Halt's Maul.«

»Oh, mein Bronx-Baby wird böse.«

»Hier ist es nicht sicher ... hat Abdul dich reingelassen?«

»Warum sollte er mich reinlassen? Ich bin doch nur eine Schlampe mehr.«

»Sag so was nicht.«

»Dann solltest du hier nicht leben, Bernardo. Wie ein Vagabund. Komm mit nach Downtown und wohn bei mir.«

»Klar. Marianna wäre begeistert. Der Killer-Cop, der Mama an die Wäsche geht.«

»Marianna ist verrückt nach dir. Am liebsten würde sie in meiner Wäsche stecken.«

»Sag so was nicht. Sie ist keine *puta*.«

»Wir sind doch alle gleich. Entweder Engel oder *putas,* ist doch so, mein Latin Lover, oder nicht?«

»Ich bin zur Hälfte Ire«, musste Bernardo insistieren.

»Dann benimm dich wie ein Ire ... zieh deine Maske an.«

»Nein.«

Sie fing an, sich auszuziehen, und Bernardo begriff, was hinter all dem Gezitter steckte. Er wollte nicht ohne Clarice in die Hölle gehen. Der Gedanke, in *dieser* Welt nicht mehr mit ihr zu schlafen, jagte ihm schreckliche Angst ein. Es war ihm scheißegal, was er dort unten würde ertragen müssen. Glühende Kohlen? Eispickel im Arsch? Rattenpisse in seinem Wodkaglas? Alles, solange er nur Clarice hier hatte, jetzt.

Sie spülte ihren Mund mit einem Schluck von seinem Wodka. »Setz deine Maske auf.«

»Könnte sein, dass ich dir dann wehtun muss.«

»Ich lasse es drauf ankommen, mein Schatz. Setz deine Maske auf.«

Er kramte die Henkerskapuze unter dem Bett hervor. Er verfluchte Big Guy, der ihm Fantômas in den Kopf gesetzt hatte. Sidel stand auf Maskeraden. »Es gab mal einen Kerl namens Gurn«, hatte Isaac einmal gesagt. »Ein kleiner Dreckskerl, Artilleriesergeant im Burenkrieg, mit Schwarzpulver im Gesicht. Das war Fantômas' erste Maske. Er diente unter einem Adligen, Lord Bentham, und verliebte sich in die junge Frau des Adligen. Ein wunderschönes Wesen, dunkelhaarig oder blond, wen interessiert's? So, wie sie aussah, konnte sie ganze Kontinente untergehen lassen. Der Lord findet seine Lady mit diesem kleinen Dreckskerl und richtet eine Pistole auf Lady Benthams Herz. Gurn blieb gar keine andere Wahl. Er springt Lord Bentham an, erwürgt ihn und wird zu diesem merkwürdigen König des Verbrechens, dem Aristokraten ohne Stammbaum, dem Mann, der seine eigene Vergangenheit in Rauch und Flammen aufgehen ließ...«

Bernardo hatte die Maske im Keller eines Theaterausstatters gefunden. Es gab nicht einen einzigen miesen Cop in Isaacs Kursen auf der Polizeiakademie, der sich nicht nach genau so einer magischen Verwandlung sehnte, gepaart mit Mord. Der anonyme Artilleriesergeant konnte sich nicht selbst neu erfinden, ohne die Lady zu nehmen und den Lord zu erdrosseln.

Urplötzlich war Bernardo nackt und zitterte angesichts der Schönheit *seiner* Lady Bentham. Wie viele ihrer Lords würde er umbringen müssen?

11

Auf der Featherbed Lane herrschte eine gespenstische Stimmung. Aljoscha konnte nicht einen Dixie Cup entdecken. Die Straßen waren absolut sauber, niemand hatte eine Glaspfeife im Mund und verbrannte kleine weiße Kristalle. Die Dominos kurvten nicht in ihren Cadillacs herum. Der Verkehr auf dem Cross Bronx schien seine eigene ruhige Musik zu machen, wie Trommelschläge im Regen, nur dass es nicht regnete, und Aljoscha fragte sich unwillkürlich, ob irgendein blödes Arschloch dieses Rattenland mit dem Paradies verwechselt hatte. Und dann begriff er, warum es so ruhig war. Er sah zehn Dominos, keine Dixie Cups, sondern Warlords in ihrer normalen Kluft, graue Halstücher und goldene Armbänder, wie Apachen auf dem Hügel, nicht diese falschen Apachen der Bronx Brigade, sondern heißblütige Indianer, die einen wirklich leiden lassen konnten.

Aljoscha konnte nirgendwohin fliehen, denn zehn weitere Dominos hatten sich auf der Straße hinter ihm postiert. Und dies war kein Kriegsspiel. Diese Apachen waren wegen Aljoscha gekommen. Offensichtlich wollten sie sich wegen irgendwas am Wandgemälde-Mann der Jokers rächen. Er rief nicht nach Paulito. Paulito steckte in einem Loch. Aber Aljoscha konnte sich beim besten Willen nicht vorstellen, wer sein eigenes Denkmal malen würde. Es gab nicht genug

Talent in der Bronx, um seine dunkelblauen Augen wiedergeben zu können. *Ruhe in Frieden, Homey...*

Die beiden Gruppen kamen wie eine sich schließende Kneifzange, jederzeit bereit, Aljoscha zu zerquetschen. Dann tauchte, wie aus einer wahnwitzigen Fata Morgana, ein weißer Cadillac auf, an dessen Antenne die Flagge der Dominos hing: fünf schwarze Punkte auf einem grauen Feld. Die Tür wurde geöffnet. Aljoscha stieg bei zwei *baby brujas* ein, die in El Bronx bereits als *gun molls* Berühmtheit erlangt hatten. Sie schossen gern aus dem langsam die Straßen entlangrollenden weißen Cadillac auf Katzen und Mülltonnen. Aber für die Sehenswürdigkeiten der Featherbed Lane schienen sie sich nicht sonderlich zu interessieren. Sie packten Aljoscha, küssten ihn, berührten seinen Schwanz.

»Miranda, der hier ist süß. Bist du sicher, dass er im Knast für die Jungs eine kleine *puta* gespielt hat?«

»Klar bin ich sicher. Er hat jedem Wärter einen geblasen.«

Die *baby brujas* kicherten. Und Aljoscha war tödlich gekränkt: Niemals hatte er sich einem Wärter genähert... außer, als die älteren Jungs ihn gezwungen hatten, hochhackige Schuhe anzuziehen und ein Kleid.

»Keine Ahnung«, sagte die zweite *gun moll*. »Mir kommt er gar nicht wie 'ne Schwuchtel vor.«

Aljoscha schlingerte hilflos zwischen ihnen in ihrer Schlachtkarosse. Sie holperten über die kleine Washington Bridge ins Domino-Gebiet, und Aljoscha überkam die schreckliche Erinnerung, dass er wieder in Spofford war und vor den älteren Jungs paradieren musste. Doch Spofford lag am anderen Ende der Welt, in Hunts Point, in der Nähe der Casanova Street, und Aljoscha bewegte sich auf die Washington Avenue zu, wo die Dominos einen verlassenen

Supermarkt gekauft und in ihr nationales Hauptquartier verwandelt hatten.

Der Cadillac fuhr in einen Tunnel, der direkt in den *supermercado* führte, der wiederum ein einziger riesiger Raum war, komplett mit Bowlingbahn, Imbiss und einem kleinen Rotlichtbezirk, wo sich die *gun molls* zu ihren Lieblingskriegsherren legen konnten, einer Tanzfläche, einem Drogenlabor, einer Bank mit eigenem Tresorraum, einem Schlafsaal für die Dixie Cups und fünf silbernen Thronen für die Prinzen der Gang... aber vier der Prinzen mussten wohl »ihre Tage« haben, denn nur ein Thron war besetzt. Martin Lima saß auf dem mittleren Thron, umgeben von seinen Warlords und Geschäftsfreunden und *baby brujas*.

»Ah, Maestro«, begrüßte er Aljoscha, »freut mich, dass Sie es einrichten konnten.«

Aljoscha wusste nicht, wie er einen Prinzen anreden sollte. Er verbeugte sich, wägte seine Worte und flüsterte: »Wie geht's Eurer Hoheit?«

»High, Mann. Sehr high.«

Er gab Aljoscha bunte Kreide und Fotos eines Typen mit einem blauen Schnurrbart. »Ich meine, die Jokers haben doch kein Monopol auf dich, Kleiner. Talent ist Talent. Es muss geteilt werden... ich will, dass du ein Porträt von Panther auf meine Wand malst. Ich habe das Recht, dich zu bitten. Er ist von der Gang deines Bruders abgeschlachtet worden.«

»Aber ich brauche meine Farbbomben und eine Leiter.«

»Niemand sprüht Farbe in meinem *supermercado*. Die Dosen könnten einen Brand auslösen.«

»Hoheit, ich habe noch nie in Innenräumen gearbeitet. Ich brauche Tageslicht.«

»Wir sind Drogenhändler. Wir verlassen dieses Gebäude nur im Krisenfall. Du wirst dich mit unserem Licht begnügen müssen... und jetzt fang endlich an!«

Aljoscha bekam die gesamte hintere Wand. Er ergriff ein besonders dickes Stück gelber Kreide und skizzierte die Silhouette vom Panther in sage und schreibe fünf Minuten. Dann holte er weit über die Wand aus und zeichnete die spröden Berge der Washington Heights im Licht des Mondes. Er arbeitete die verschiedenen Farben ein, stellte sich auf die Zehenspitzen, malte mit Kreide Panthers blauen Schnurrbart, das Weiß seines milchigen Auges, das Grau seines Taschentuchs, die unebenen schwarzen Zähne der Dachsilhouetten unter einem abtrünnigen Mond. Im Handumdrehen beherrschte er das Arbeiten mit Kreide meisterhaft, brachte sich spontan bei, wie er einen Farbverlauf so hinbekommen konnte, dass das Blau von Panthers Schnurrbart fließend in die Atmosphäre überging.

»Perfekt«, sagte Martin Lima. »Maestro, ich bin gerührt, wie wunderbar Sie Panther verewigen... sein verficktes Scheiß-Wesen bewahren, aber du bist und bleibst ein Joker, und diese Tatsache kann ich nicht vergessen... Felipe, er gehört dir.«

Aljoscha verstand nicht, was der Cousin von Mouse in dem *supermercado* machte. Felipe war aus Spofford, war aus der Bronx gekommen, um für die Dominikaner zu arbeiten. Er war fünfzehn Jahre alt. Er lächelte Aljoscha an, näherte sich ihm mit einem Lippenstift in der Hand.

»*Jefe*, ich glaube, ich werde den Mund der *puta* verschönern... Dann kann er alle Jungs und Mädchen küssen.«

»Was ist mit den *cucarachas*?«, brüllte einer der Warlords.

»Ja, auch die *cucarachas*.«

Und Aljoschas böse Vorahnung war richtig gewesen. Der *supermercado* war nur ein zweites Spofford. Aber er dachte nicht daran, zu küssen oder sich küssen zu lassen. Er stürzte sich auf Felipe und rammte ihm das Stück blaue Kreide ins Auge.

»Mama«, brüllte Felipe, »ich bin blind.«

Die Warlords und *baby brujas* fielen über Aljoscha her, traten auf ihn ein, kratzten ihn, bissen ihm ins Gesicht, bis schließlich eine Gestalt mit einem senffarbenen Hemd Aljoscha unter all den Leibern herauszog. Es war Richardson von der Bronx Brigade. Er trug einen Cowboyhut im *supermercado*.

Martin Lima brüllte ihn an. »Brock, du mischst dich in eine innere Angelegenheit der Dominos ein.«

»Ja, aber er ist mein Spitzel, und ich kann's mir nicht leisten, ihn zu verlieren.«

»Der Maestro arbeitet für dich?«

»Jeder arbeitet für mich, Prinz. Das müsstest du doch wissen.«

»Interessiert mich nicht«, sagte Martin Lima. »Du wirst ein Lösegeld für ihn bezahlen müssen.«

»Ich löse ihn hiermit aus«, sagte Richardson und ließ seine Handschellen baumeln.

»Du drohst mir, Mann, du drohst mir in meinem eigenen Wohnzimmer?«

»Das kannst du sehen, wie du willst, Prinz, aber in einer halben Stunde kann ich meine ganze Einheit hier haben.«

»Nein«, sagte der Prinz. »Niemals. Die operieren ausschließlich in der Bronx.«

»Sie müssen nur ihre Augen schließen und einen Fluss überqueren.«

»Sollen sie ihn doch überqueren. Du stehst auf meiner Gehaltsliste. Ich kann es mit einem Ausdruck beweisen.«

»Falsch«, sagte Richardson. »Du bist eine meiner registrierten Ratten.«

»Ratte? Ich mach dich kalt.«

»Krieg dich wieder ein«, sagte Richardson. »Du bist Teil meiner Verbrecherjagd, Prinz. Wir versuchen doch alle, die Bronx von ruchlosen Gangs wie den Latin Jokers zu befreien.«

»Und wieso lebt der Junge dann noch? Sein Bruder ist der Chef der Jokers.«

»Wieder falsch. Ich bin der Chef der Jokers. Und Aljoscha ist mein kleines Helferlein.«

»Deshalb bist du immer noch nicht unschuldig… Bernardo hat meinen Captain ermordet.«

»Panther? Sei froh, dass du den los bist. Und Bernardo hatte seine Anweisungen von mir.«

»Bist du verrückt, Mann, mir das zu erzählen?«

»Panther hat dich bestohlen, Prinz. Sieh mal, was ich gefunden habe… nachdem ich den Süßwarenladen durchsucht habe.«

Er warf Martin Lima eine kleine Einkaufstüte voller Hundertdollarscheine auf den Schoß.

»Dummkopf«, sagte Richardson, »der Mann hatte eine Scheißbank in dem Spielautomaten… er war ein Dieb.«

»Könnte doch sein, dass er die Tüte als Teil einer größeren Zahlung zurückbehalten hat.«

»Korrekt. Aber die Zahlung war nicht für dich bestimmt, Homey. Sie war für Mr. Brock Richardson von der Bronx Brigade bestimmt.«

»Sprich meine Sprache, Mann, oder verpiss dich.«

»Er war ehrgeizig. Er wollte deinen Thron. Er hat einen hübschen Batzen zurückgelegt, um Bernardo zu bezahlen...«

»Für was zu bezahlen?«

»Um dir ein Ding zu verpassen.«

»Lügner«, sagte Martin Lima.

Richardson nahm seinen kleinen Kassettenrekorder heraus, schaltete ihn ein, und der halbe *supermercado* hörte Panthers Stimme.

»... ich hasse diesen Wichser mit seiner vernarbten Visage. Ich krieg nur Peanuts, um für ihn die Drecksarbeit zu erledigen. Willst du mal raten, warum die anderen Prinzen alle in Urlaub sind?«

»Mach das sofort aus«, sagte der Prinz.

Richardson ließ den Rekorder in seine Tasche fallen, nahm Aljoscha beim Ärmel und ging mit ihm hinaus, während Martin Lima in Richardsons Rücken in wüstes Gezeter ausbrach.

»Brock, kein Mensch hat dir oder Dublin die Erlaubnis gegeben, meine Leute umzulegen...«

Richardson stieß Aljoscha in seinen senffarbenen Ford und fing an zu lachen.

»Richardson, du bist ein Genie. Wie bist du an das Band gekommen?«

Richardson verdrehte die Augen. »Ich habe eine Wanze in den Süßwarenladen gesetzt, so.«

»Und Panther hat wirklich bezahlt...«

»Einen Scheißdreck hat er bezahlt. Ich habe ein paar Sätze zusammengeschnitten. Und ich habe einen kleinen Monolog gebastelt, in dem Panther sich gegen den Prinz auslässt.«

»Was ist mit der Tüte Geld?«

»Das Geld ist meins. Das musste ich in Kauf nehmen, sonst hätte ich den Prinzen nie dazu gebracht, all den Scheiß zu glauben, den ich ihm erzählt habe.«

»Das kam aus deiner eigenen Tasche?«

»Sechzig Riesen. Aber die hol ich mir schon wieder.«

»Richardson, ich nehme alles zurück, was ich je Schlechtes über dich gesagt habe. Zum Teufel mit Merlin. Von jetzt an gehe ich in deine Schule.«

Der Anti-Banden-Cop schlug Aljoscha auf den Kopf. »Du wirst noch mehr tun als das, Homey. Du wirst Bernardo im Auge behalten, ihn umschmeicheln, ihm den Arsch küssen.«

»Bernardo gehört doch zu deiner Einheit.«

»Er ist unberechenbar«, sagte Richardson. »Hat seine eigene Stromversorgung... Homey, wer hat dir den Arsch gerettet?«

»Das warst du, Brock.«

»Und was schuldest du mir?«

»Alles.«

»Und was hast du mir zu sagen?«

»Nichts, Brock.«

Er erzählte Richardson nichts von seinem Essen mit Marilyn the Wild und auch nichts von dem Gespräch zwischen Isaac und Barbarossa, das er belauscht hatte. Er hätte es tun sollen. Bernardo war ein Dreckskerl, ein Henker. Er hatte David Six Fingers zum Tode verurteilt, hatte Davids Bastelladen zerstört. Aber Aljoscha schien nichts erzählen zu können von Fantômas und einer Maske, die einfach keinen Sinn ergab...

Richardson brachte ihn nicht in die Featherbed Lane. Sie kehrten nicht einmal in die Bronx zurück. Sie fuhren ins Herz Manhattans, und Richardson setzte ihn vor Mariannas Haus ab.

»Du wartest da oben auf Bernardo. Er wird mit seiner Schlampe zurückkommen. Du laberst irgendeinen Stuss, und wenn es Zeit ist zu gehen, kannst du mit Bernardo uptown fahren. Er wird sich bei dir ausquatschen, und dann kannst du anfangen, ihn zu löchern.«

»Über was soll ich ihn löchern?«

»Die Sterne, den Mond, Clarices Titten ... er redet, du hörst zu. So läuft der Job eines Spitzels.«

Er gab Aljoscha eine gigantische Schachtel Pralinen.

»Richardson, was ist das?«

»Keine Ahnung. Habe ich neben Panther gefunden ... im Süßwarenladen. Schenk sie deiner Liebsten. Deswegen bist du doch hier, oder? Die Schachtel Pralinen ist deine Tarnung, Junge. Du machst Marianna Storm den Hof.«

Aljoscha betrat das Gebäude. Der Portier meldete ihn an, und er fuhr mit einer Schachtel Pralinen nach oben, die schwerer war als eine Hantel. Marianna erwartete ihn mit einem verwirrten Gesichtsausdruck an der Tür.

»Aljoscha, ich ... «

»Das hier ist für dich«, sagte er, und sie musste die Pralinen tragen. Er folgte ihr in die Wohnung und verstand sofort ihre Verlegenheit. Marianna hatte schon einen Gast, Tippy Goldstone, einen fünfzehnjährigen Footballspieler von der Horace Mann School. Er hatte blondes Haar und trug die Jacke seiner Schule. Er starrte die Pralinen an und versuchte, sich ein Grinsen zu verkneifen.

»Tip«, sagte sie, »Aljoscha ist ein wahnsinnig toller Künstler. Er macht wirklich unglaubliche Zeichnungen ... oben in der Bronx.«

»Die würde ich wahnsinnig gern mal sehen«, sagte Tip Goldstone. »Aber sag mir eins, ›Aljoscha‹ ist doch kein Name für einen aus der Bronx. Ist das dein *tag,* dein Name in der Gang?«

»Nein. Ich bin nach irgendsoeinem Schwachkopf in einem russischen Roman benannt worden.«

»Dachte ich mir«, sagte Tip Goldstone. »*Der Idiot,* stimmt's?«

»Nein. *Die Brüder Karamasow.*«

»Faszinierend...«

Marianna funkelte ihn an. »Tippy, hör auf.«

»Wirklich. Mr. Aljoscha, wer hat Ihnen nur diesen Namen gegeben?«

»Die Bronx Brigade. Ich stehe als anerkannter Spitzel auf ihrer Liste.«

Tip Goldstone wurde hellhörig. »Echt?«

»Ich habe ihnen geholfen, meinen Bruder in den Knast zu bringen. Durch mich sind sie an Rooster Ramirez und David Six Fingers rangekommen... Mr. Goldstone, ich töte, was ich anfasse.«

Aljoscha stürmte aus der Wohnung. Marianna folgte ihm auf den Korridor, die Pralinen an die Brust gedrückt. Aber sie konnte Aljoscha nirgends finden. Er hatte nicht auf den Fahrstuhl gewartet. Er war auf der Treppe.

Mit Aljoschas Pralinen kehrte sie in die Wohnung zurück.

»Ziemlich komischer Typ«, meinte Tip. »Wenn's bei Merlin darum geht, dann würde ich gern mitmachen. Aber glaubst du seine Geschichte?«

»Ja«, sagte Marianna. »Jedes Wort.« Und sie begann, Tip anzuschreien, dem plötzlich klar wurde, wie sehr er in Marianna verliebt war. Er nahm die Pralinen aus ihren Armen und versuchte, sie zu küssen. Marianna gab ihm eine Ohrfeige. Er schwankte einen Augenblick, sagte »Marianna...«

Sie schlug ihn wieder.

Er begann zu schmollen. Er klopfte auf seine Horace-Mann-Jacke, machte auf dem Absatz kehrt wie ein Kadett beim Paradedrill und ging.

Marianna setzte sich mit ihrer Schachtel Pralinen auf den Boden. Aljoscha musste ja auch ausgerechnet aufkreuzen, als Tippy hier war. Sie mochte Tippy Goldstone nicht einmal. Sie experimentierte mit einer neuen Sorte Kekse, Erdnusskrokant mit Rosinen, und einer spontanen Laune folgend hatte sie ihn eingeladen.

Clarice kam mit Fantômas und entdeckte Marianna auf dem Boden. »Schatz«, sagte sie, »machst du Aikido oder was?«

»Ich betrachte kontemplativ eine Schachtel Pralinen. Siehst du das nicht?«

Sie gab Fantômas einen Erdnusskeks und rannte in ihr Zimmer.

12

Er war von Big Guy persönlich ausgebildet worden. Bernardo konnte einen Mann in einer halben Sekunde allemachen, mit großer Raffinesse einen Kriminellen dazu bewegen, ihm seine Kanone zu geben, und er wusste immer, wenn irgendein Arsch sich an seine Fersen heftete. Dieser spezielle Arsch jedoch war so gewitzt und raffiniert wie Bernardo selbst, ja sogar noch gewitzter und raffinierter, denn sein Schatten hinterließ keine Spur. Bernardo musste wie ein Jagdhund seine Witterung im Wind aufnehmen. Doch der Schatten verfügte ebenfalls über einen sechsten Sinn. Der Arsch fiel ein Stück zurück, wusste jetzt, dass Bernardo von seiner Gegenwart wusste. Es konnte weder ein normaler Cop noch ein Apache aus dem Keller von Boro Hall sein. Die hätte Bernardo sofort entdeckt. Es musste ein Cop aus Bernardos Klasse auf der Akademie sein, jemand, der ebenfalls von Sidel ausgebildet worden war. Noch ein beschissener Fantômas.

Bernardo wählte einen Zickzackkurs kreuz und quer durch Manhattan, vom Sutton Place South nach Peter Cooper Village, dann nach Norden und wieder nach Süden zu den Lillian Wald Projects, wo er einmal eine Bande puertoricanischer Separatisten ausgehoben hatte, als er noch die Akademie besuchte. Isaac hatte ihn aus dem Unterricht genommen und auf die Straße geschickt. Drei Monate hatte er undercover gelebt. Die Separatisten wollten die Freiheitsstatue in die Luft jagen. Bernardo lieferte sie mitsamt ihren Dynamitstangen. An diesem Auftrag hatte nur noch ein anderer Cop gearbeitet. Ein Verrückter, der keine Angst hatte vor Separatisten, der Tag und Nacht mit Dynamit geschlafen hätte, der mit einer leicht entstellten Hand aus Vietnam zurückgekommen war ...

Bernardo betrat eine Bar an der East Thirteenth, wo sich vor langer, langer Zeit die Separatisten versammelt und schottisches Bier getrunken hatten, das sie TNT nannten. Ein halbes Glas konnte einen für den restlichen Nachmittag ausknocken, schickte einem die Augen auf Wanderschaft durchs Hirn und enthielt gleichzeitig doch genug Vitamine und Mineralien, dass man zwei Mahlzeiten auslassen konnte. Die Bar hatte sich nicht verändert. Bernardo setzte sich mit seinem TNT nach hinten. Er musste das Fenster nicht mal im Auge behalten.

Vietnam Joe kam hereingeschlendert, bestellte sich das gleiche braune Bier und setzte sich zu Bernardo. Ohne ein Lächeln stießen sie an.

»Die beste Medizin«, sagten sie. Keiner von ihnen wusste, was dieser Trinkspruch eigentlich bedeuten sollte, aber das hatten die Separatisten gesungen, wenn sie TNT schlürften.

»Wann hast du mich bemerkt?«, fragte Barbarossa.

»Ich habe dich gespürt, Bruder. Ich habe dich schon sehr lange gespürt.«

»Es ist nichts Offizielles. Für diese Wichser von Internal Affairs würde ich dich niemals verwanzen.«

»Ich weiß. Du gehörst zu den Glamour Boys. Hab dein Bild in der *Post* gesehen ... Personenschutz für Madonna. Aber ich brauche keine Anstandsdame.«

»Bernardo, Big Guy ist auf dich angewiesen. Du bist sein einziges Vollblut. Ohne dich kann er Merlin nicht leiten. Und du ziehst eine Nummer ab, die aus einem Lehrbuch auf der Akademie stammen könnte. Du gehst maskiert zu Storms Frau...«

»Ich bin ein bisschen schräg drauf, und Clarice auch.«

»Wer hat dich dafür bezahlt, diese Maske aufzusetzen?«

»Ich sag's dir doch, Joey. Es ist ein sexuelles Ding.«

»Wer will sie tot sehen?«

»Das ist ein Geheimnis.«

»Wie haben wir die Separatisten überlebt? Wir haben im Dunkeln in den Augen des anderen gelesen. Wir haben uns nie Scheiß erzählt... Bernardo, ich kann in deinen Augen nicht mehr lesen, und ich habe so viel Licht, ich könnte unter einer Sonnendusche sitzen.«

»Es ist einzig und allein mein Ding, Joey. Sag das Big Guy.«

»Sag's ihm selbst. Ihr Scheißapachen solltet alle im Knast hocken. Sag Big Guy einfach, was hinter deiner kleinen Liebelei steckt.«

»Geht nicht.«

»Bernardo, du bist im Moment mein einziger Fall. Ich bleib dir auf den Fersen, bis einer von uns tot ist.«

»Ich weiß... was hältst du von noch einer Tasse TNT?«

Sie teilten sich drei weitere Flaschen und schwelgten in Erinnerungen. Barbarossa war Bernardos Held und großes Vorbild gewesen, der Streifenbulle, der in Vietnam gedealt hatte und von einem Dach springen würde, um ein fallendes Kind aufzufangen.

»Joey, ich war nachlässig. Ich hab dir nie ein Hochzeitsgeschenk gemacht.«

»Wie solltest du auch? Du warst in der Bronx beschäftigt.«

»Ist schon komisch. Ich hasse Manhattan. Ich krieg die Krätze, sobald ich in den Central Park komme. Früher war das anders. Sind wir nicht immer durchs Village gezogen, Joey? Haben wir nicht mit den größten chinesischen Zockern Pekingente gegessen?«

»Du bist schon viel zu lange ein Apache.«

»Ich wollte immer raus aus der Bronx. Ich hatte das beste Ticket. Sidel. Er hat mich nach Italien, England und Frankreich geschickt. Die Grand Tour, wie er es nannte. Ich war in Monaco und Deauville. Ich hab den Schiefen Turm von Pisa gesehen. Ohne Witz. Das Scheißding ist wirklich schief. Ich hab Schlösser besucht. Ich hab Schnecken gegessen. Ich habe den Raum gesehen, in dem Leonardo da Vinci das Flugzeug erfunden hat.«

»Hat er nicht. Das waren die Brüder Wright, Orville und Wilbur. Habe ich in einem Buch gelesen. Mit der Kitty Hawk sind sie in die Luft gestiegen.«

»Scheiß auf Orville und Wilbur, Joey. Ich hab mir da Vincis Zeichnungen angesehen. Ich hab mit dem Finger die Umrisse seines fliegenden Schiffes nachgezeichnet... lass mich ausreden. Nach dieser Tour konnte ich Manhattan nicht mehr ertragen. Dieser schiefe Turm gehörte in die Bronx.«

»Ich muss los. Geh mal in dich, okay? Und sei vorsichtig, Kleiner. Ich bin nicht der Einzige, der dir folgt. Ich habe ein paar Apachen bemerkt, die dir auch im Nacken sitzen.«

»Unmöglich«, sagte Bernardo. »Die hätte ich sofort entdeckt.«

»Nicht, wenn sie in Teams von neun oder zehn Leuten arbeiten, jeder Apache mit einem eigenen Aktionsradius.«

»Scheiß auf ihren Aktionsradius. Mir ist keiner auf den Fersen. Nur du.«

»Bernardo«, sagte Barbarossa und erhob sich vom Tisch. »Hör auf mich und lebe länger. Geh zu Isaac, bevor es zu spät ist.«

Bernardo blieb allein sitzen und trank die letzten Tropfen seines TNT. Er bekam eine Mordswut, als er an Richardson und seinen alten Apachen-Trick dachte, zehn Cops mit Funkgeräten, und Bernardo, der ihre Aktionsradien betrat und verließ.

Er fuhr uptown zur Boro Hall, vorbei an der verlassenen Muschel des Yankee Stadium. Er war ein bisschen zu jung, um Mantle und Maris im Yankee-Trikot gesehen zu haben, auch wenn ihn Big Guy letztes Jahr in die VIP-Loge mitgenommen hatte, um Mick kennenzulernen, einen jovialen, alternden Kauz mit Falten auf dem Nacken. Big Guy war wie ein Baby. Er bat Mantle um ein Autogramm, und dieses Stück Papier hütete er wie einen kostbaren Schatz, schleppte es ständig mit sich herum, starrte darauf und ignorierte den Gouverneur von New York und zwei Bezirkspräsidenten.

Bernardo ging hinauf zu Richardsons Räumen. Richardson rauchte Pot mit seinen Apachen. Bernardo musste höflich sein. Er nahm einen Zug von Richardsons Stick. Dann schickte Richardson die anderen Apachen hinaus.

»Homey, ich habe dich aus dem heißen Wasser gefischt. Martin Lima war drauf und dran, dich bei lebendigem Leib zu häuten.«

»Schau, wie ich zittere«, sagte Bernardo.

»Allerdings wirst du zittern. Ich musste hinter dir aufräumen. Der Prinz zahlt gutes Geld. Du hättest kein Blutbad in einem Süßwarenladen veranstalten müssen.«

»Und Panther hätte kein zurückgebliebenes Mädchen vergewaltigen müssen.«

»Du musst das den Gewinnen gegenüberstellen. Jeder Deal besitzt eine negative Seite.«

»Sie liegt im Koma, Brock.«

»Dann musst du mich um Erlaubnis bitten… die ich dir gegeben hätte. Ich habe Lima gesagt, dass die Entscheidung zu dem Schlag von mir kam.«

»Nett von dir. Aber du solltest besser deine Jungs zurückziehen, sonst nehm ich sie auseinander.«

»Welche Jungs?«, fragte Richardson und hielt den Stick mit seiner Spezialpinzette.

»Ich kenne den Aktionsradius-Trick, weißt du noch? Wie viele Warlords haben wir mit unserem Achterteam ausgeschaltet?«

»Acht? Ich musste zwanzig Apachen auf deinen Arsch ansetzen und dich rund um die Uhr überwachen lassen. Das ist ein Kompliment, Homey.«

»Ich würde es eher Grundriss für einen Mord nennen.«

»Trägst du eine Wanze? Oder bist du nur ein Psychopath? Ich rate dir sehr, dein beschissenes Maul zu halten.«

»Durchsuch mich doch, Brock, filz mich.«

»Ich muss dich nicht filzen. Aber du hättest uns nicht enttäuschen dürfen. Du solltest dieser Frau eine Scheißangst einjagen, sie vom Balkon schmeißen, wenn es sein musste, und was kommt dabei heraus? Du vögelst sie an jedem einzelnen geschichtsträchtigen Ort der Bronx. Du schuldest mir neunzigtausend.«

»Du wirst dein Geld zurückbekommen.«

»Es geht hier nicht ums Geld. Du hattest eine Aufgabe zu erledigen. Wir können keinen zweiten Angriff riskieren. Sie kriegt die Sache spitz und rennt zur Polizei. Oder noch schlimmer. Sie quatscht mit Big Guy.«

»Aber es gibt nichts, was sie ausquatschen könnte.«

»Tja, Bernardo. Das ist unser Problem. Aber du könntest uns einen Gefallen tun und dich von der Schlampe fernhalten. Wie können wir irgendwas planen, wenn du ihr Bodyguard bist?«

»Tu ihr nichts, Brock.«

»Was?«

»Das ist mein voller Ernst. Ich will nicht, dass jemand sie anrührt.«

»Kriegst du Alzheimer, Junge? Diese Frau ist unser Ticket.«

»Dann musst du dir ein anderes Ticket suchen.«

»Ich könnte dich suspendieren. Ich könnte dich für immer und ewig hinter einen Schreibtisch verbannen, ohne Kanone.«

»Komm schon, Brock. Wir sind die Guten. Wir führen keinen Krieg gegeneinander. Wir vernichten nur die Gangs, eine nach der anderen … und leben von den Früchten ihrer Arbeit.«

Er schlenderte aus Richardsons Büro. Die Apachen starrten ihn an … er war schon jetzt ein Ausgestoßener. Er ging zu Fuß uptown zum Motel. Abdul war nicht am Tor. Abner Gumm hatte einen anderen Jungen gefunden. Bernardo kannte ihn nicht, obwohl der Junge das blaue Taschentuch der Jokers trug. Eine Jungfrau, murmelte er, ein frischer Rekrut.

Er traf Abner im Gemeinschaftszimmer ihres Bungalows. Der Geschichtsschreiber der Bronx hatte ein nervöses Zucken im Mundwinkel.

»Was ist los, Shooter? Erwartest du Gesellschaft?«

»Die Straßen sind so ruhig«, antwortete Abner.

»Ist doch ideal für dich. Da kannst du in aller Ruhe die Ziegel und Steine fotografieren.«

»Bei dem Dunst? Da wären sogar die Ratten nicht zu sehen.«

Abner verschwand in seinem Schlafzimmer, schloss die Tür hinter sich. Bernardo sah sich auf Abners riesigem Fernseher einen alten Film an. Mit Gable. Irgendwas über ein Erdbeben in San Francisco. Und eine Frau, die in Gables Saloon singt. Sie erinnerte ihn an Clarice. Jeanette MacDonald, die noch heute überall auf der Welt Fanclubs hatte...

Bernardo ging in sein Zimmer. Zog sich aus, ging unter die Dusche. Aber diese Bewegung in Shooters Mundwinkel gefiel ihm nicht. Es gefiel ihm nicht, dass Abdul nicht am Tor gestanden hatte. Also nahm er die Glock mit unter die Dusche, lehnte sie gegen die Seifenschale, wo sie nicht nass werden würde. Er sang etwas lauter als normal. »San Francisco...«

Durch den Duschvorhang bemerkte er den Schatten eines Mannes. Er sang weiter. Er schnappte sich seine Glock und stürmte durch den Vorhang. In Bernardos Ledersessel saß Barbarossa.

»Zieh dich an. Du kriegst Besuch.«

Bernardo blieb gerade genug Zeit, in seine Unterhose zu kommen, als drei Typen mit Henkerskapuzen und bewaffnet mit Nighthawks auf Zehenspitzen hereingeschlichen kamen. Fast hätte Bernardo gelacht. Ein ganzer Fantômas-Chor. Er dachte nicht mal daran, sie einfach abzuknallen. Barbarossa nahm ihnen die gläsernen Kanonen ab, während Bernardo sie durch die Kapuzen an den Nasen zog.

»Junge«, sagte Barbarossa, »willst du nicht nachsehen?«

»Warum? Es würde mich nur anpissen.«

Also zog Barbarossa die Masken ab. Er sah drei Gören mit verbrannten Lippen und flackernden Augen. Dixie Cups?

Kamikaze-Typen, die zu heftig an ihren Pfeifen genuckelt hatten? Wer sonst würde es wagen, in Bernardo Dublins Schlafzimmer einzudringen?

»Ach, Joey, sag ihnen, sie sollen abhauen. Das sind Dixie Cups, die stehen ganz, ganz weit unten auf der Leiter.«

Er schob die drei Fantômasse mit ihren Nighthawks aus dem Raum... und der Shooter kam herein, einen Baseballschläger in den Fäusten. Als Bernardo die Signatur auf dem Schläger bemerkte, musste er lächeln: *Roger Maris*. Durch und durch ein Yankees-Fan.

Das Zucken war aus dem Gesicht des Shooters verschwunden. »Bernardo, ich hab geschlafen...«

»Schon in Ordnung, Ab. Darf ich dir Barbarossa vorstellen, Sidels Schwiegersohn.«

»Oh, ich habe Sidel kennengelernt«, sagte der Shooter. »Er hat mich in seine Villa eingeladen.«

»So ist Dad. Er mischt sich gern unters Volk.«

»Es war kein Freundschaftsbesuch. Er hat mir eine Menge Fragen gestellt. Ich bin der offizielle Geschichtsschreiber der Bronx.«

»Oh, ja. Abner Gumm. Ich bewundere Ihre Fotos. Ich habe sie auf der Fifth Avenue gesehen. In dem Museum.«

»Okay«, sagte Bernardo. »Ab, verschwinde wieder in dein Zimmer... und danke, dass du den Roger Maris mitgebracht hast.«

Der Shooter verschwand, und Bernardo begann, auf und ab zu gehen. »Joey, ich will kein Wort hören... ich rede nicht mit Isaac. Ich rede nicht mit dir. Und jetzt würde ich gern zu Ende duschen, okay?«

Er kroch wieder hinter den Vorhang... ohne seine Glock. Er hatte Barbarossa belogen. Er hatte die drei kleinen Wichser erkannt. Sie gehörten zu Richardsons Rattenbrut. Sein Chef hatte ihm einen unmissverständlichen Liebesgruß geschickt. *Nimm dich in Acht, Bernardo. Die Apachen kommen.*

TEIL VIER

13

Isaac traf mit einer Polizeibarkasse an der Anlegestelle der Wasserfeuerwehr ein und rannte durch den Carl Schurz Park, um sich mit den Merliners zu treffen. Er war auf einer Konferenz im Children's Psychiatric Center auf Wards Island gewesen. Er hatte mit jedem einzelnen Arzt im Haus diskutiert. Er wollte gewalttätige Kinder im Obergeschoss der Gracie Mansion logieren lassen. »Ich werde sie heilen.«

»Euer Ehren, die Stadt wird das niemals erlauben.«

»Ich komme aus eigener Tasche für Kost und Logis auf.«

»Es ist trotzdem illegal«, sagte der Oberpsychiater. »Es gäbe keinerlei Beaufsichtigung, gar nichts.«

Und er überquerte Hell Gate auf der Polizeibarkasse, gerade noch rechtzeitig für Merlin. Aber Aljoscha war nicht da, und Isaac kam ins Grübeln. Er war ein übergeschnappter Patriarch geworden, der sich einbildete, alle Kinder der Stadt gehörten ihm.

Marianna schien genauso enttäuscht zu sein wie Isaac. Sie hatte Kekse mit Erdnusskrokant für die Merliners gebacken, aber ohne Aljoscha wollte sie sie nicht kosten. Selbst Isaac wirkte lustlos: Ohne den Jungen konnte er nicht schlemmen. Aber einer der Gäste amüsierte sich prächtig. Porter Endicott, der Präsident der Privatbank seiner Familie. Er verschlang einen Keks nach dem anderen. Er war sechsunddreißig Jahre alt, Hüter von Billy the Kids Schatztruhe und weit und breit der einzige Banker, den Isaac ertragen konnte. Er hatte mit dem Vermögen seiner Familie Spielplätze in der Bronx gebaut. In Firmen oder Wohnungsbauprojekte wollte er jedoch nicht investieren.

Isaac hatte ihn eingeladen, um mit den Merliners zu reden. Neben dem jungen Banker sah er aus wie der letzte Penner.

»Warum ausgerechnet Spielplätze, Porter, während Sie kleinen Geschäftsleuten nicht helfen wollen, die um ihr Überleben kämpfen?«

»Ganz einfach. Das Geld für die Spielplätze kommt aus meiner eigenen Tasche. Ich erwarte keine Rendite. Ich investiere in Kids, die die Basketbälle benutzen, die ich stifte.«

»Aber es interessiert Sie nicht, wo sie leben oder ob ihre Moms und Dads einen Job finden können.«

»Es interessiert mich schon«, sagte Porter, »aber ich kann mich nicht blind stellen. Ich kann kein Kapital zum Fenster hinauswerfen. Die Bronx ist, vorsichtig gesagt, ein verdammt großes Risiko.«

»Könnten Sie nicht kleine Geschäftsleute ermutigen?«

»Das mache ich doch. Aber nicht mit dem Geld der Bank.«

»Um Himmels willen, Porter, geben Sie dem Scheißstadtteil eine Überlebenschance.«

Porter versenkte die Zähne in einen weiteren Keks. »Sie sollten auf Ihre Wortwahl achten, Mr. Mayor. Wir befinden uns in Gesellschaft von Kindern.«

»Ach«, sagte Isaac, »die kennen mich inzwischen ... ich rege mich auf. Ich fluche. Das hat nichts zu bedeuten.«

»Aber für mich bedeutet es etwas. Respektieren Sie das.«

»Tut mir leid«, sagte Isaac. »Merliners, ich entschuldige mich.«

»Beseitigen Sie das Problem, Mr. Mayor. Sie können sich nicht einmal mehr auf die Yankees verlassen.«

»Soll ich J. Michael Storm kidnappen?«

»Nein. Bringen Sie einfach seine Tochter dazu, ihm sein Leben lang keine Kekse mehr zu backen.«

»Ich backe für Dad keine Kekse«, sagte Marianna. »Habe ich noch nie getan. Aber Onkel Isaac hat recht. Ihre Bank könnte ruhig etwas großzügiger sein.«

»Ich wünschte, das wäre möglich. Aber vorher müsste ich andere Anzeichen für Engagement sehen, andere Lebenszeichen… es ist eine Frage von Angebot und Nachfrage, und von beidem gibt es zu wenig in der Bronx.«

»Wo ich herkomme, gibt es jede Menge Angebot und sogar noch mehr Nachfrage«, sagte Bernardo Dublin, der inzwischen in einer roten Weste und mit lodernder Wut in seinen hellgrünen Augen aus dem Castle Motel eingetroffen war. »Wir sind verdammt reich, und wir haben unsere eigenen Banker.«

»Reich an was?«, fragte Porter, bereit, einen Mischlingscop zu ködern.

»*Rocks*«, sagte Bernardo.

»Aha, wir studieren jetzt Geologie. Sandstein und Schiefer aus der Bronx.«

»Nein. Ich rede von Crack, der wahren Wirtschaft von El Bronx. Drogen, Mr. Endicott, die auf genau den Spielplätzen verkauft werden, die Sie bauen.«

»Bernardo«, sagte Isaac, »das ist nicht fair. Hör auf damit.«

»Lassen Sie ihn doch ausreden«, sagte der Banker.

»Das Geld fließt direkt von der Straße… es zirkuliert von Faust zu Faust. Es ist nicht mehr nötig als eine Glaspfeife und eine kleine Lötlampe.«

»Ah, gewissermaßen das Underground-Wirtschaftswachstum der Bronx.«

»So underground ist das gar nicht, Mr. Endicott.«

»Und ich soll Fabriken finanzieren, während drum herum Gang-Kriege toben.«

»Die Gangs haben ihre eigenen Fabriken«, sagte Bernardo. »Sie brauchen Ihre nicht.«

»Und was tun Sie dagegen, Detective Dublin?«

»Es ist ein Geschäft, genau wie Ihre Bank. Wenn man einen Käufer hat, wird immer auch ein Verkäufer auftauchen.«

»Habe ich es nicht gesagt?«, sagte Porter. »Die Cops schlafen... oder sind korrupt.«

»Sie sind beides«, sagte Bernardo.

Isaac stellte sich zwischen sie. »Es reicht.«

Bernardo lächelte. »Es hat nicht jeder das Glück, Isaac als Mentor zu haben. Er hat mich von der Straße geholt. Aber die Cops sind nur Chamäleons. Sie spiegeln wider, was die Gesellschaft sie widerspiegeln lassen will... kein Mensch kümmert sich um El Bronx, also kümmert sich die Bronx um sich selbst.«

»Und was soll ich Ihrer Meinung nach tun?«

»Nichts«, sagte Bernardo. »Sie könnten mit allen Spielplätzen der Welt die Straße nicht ändern.«

»Bernardo«, sagte Isaac.

»Chef, soll ich tanzen, soll ich singen? Soll ich die Merliners mit netten kleinen Lügen unterhalten?«

»Ich bin nicht dein Chef«, sagte Isaac. »Ich bin ein Bürgermeister mit einer Residenz, das ist alles. Und Porter ist unser Gast.«

»Dann soll er sich auch wie einer verhalten.«

Die Merliners drängten sich um Porter Endicott, der mit kleinen Geschenken von seiner Bank gekommen war, mit Kugelschreibern und Bleistiften, die das Endicott-Logo trugen: eine lange, silberne Linie. Doch Marianna hielt sich fern. Ihr war nicht nach Kugelschreibern und Bleistiften. Sie wollte Aljoscha.

Isaac biss die Zähne zusammen und flüsterte Bernardo ins Ohr. »Musstest du ihn unbedingt verärgern, häh? Er ist unser einziger Freund beim Financial Control Board.«

»Er ist trotzdem zum Kotzen.«

»Und du bist ein Herzchen, was? Mein großer Idealist. Hast du mir irgendetwas zu sagen, Bernardo? Über Clarice?«

»Ich liebe die Lady.«

»Und du bist nicht zufällig mit einer Maske auf der Bildfläche aufgetaucht?«

»Wenn es so wäre, Chef, dann hätte ich es von Ihnen ... wir sind beide Fantômas-Fans.«

»Geh jetzt und such mir Aljoscha. Er hätte hier sein müssen.«

»Vielleicht mag der Junge solche Meetings nicht.«

»Aber er mag Marianna genug, um sie zu ertragen. Er ist verrückt nach ihren Keksen. Aljoscha steckt in Schwierigkeiten. Ich spür's in den Knochen.«

»Isaac, hab ich Sie jemals im Stich gelassen? Ich werde Aljoscha finden.«

Und Bernardo stahl sich in seiner roten Weste aus der Villa.

Die Merliners gingen auseinander, und Isaac fuhr Marianna mit Porter Endicott downtown. »Ich mach mir Sorgen«, sagte sie. »Wo ist Aljoscha?«

»Ich habe meinen besten Kundschafter losgeschickt. Bernardo.«

»Ich mache mir Sorgen«, sagte sie wieder. Sie gab Isaac einen Kuss auf die Wange, schüttelte Porter die Hand und rannte in ihr Haus am Sutton Place South. Isaac fuhr weiter zur Pine Street und zu Porters Bank, die sich in einem bescheidenen Stadthaus befand, das während des Bürgerkriegs erbaut worden war, als Porters Ururgroßonkel die Immobilien Manhattans und die britischen Baumwollspinnereien schluckten.

Sie nahmen ein frühes Abendessen im Speiseraum der leitenden Angestellten ein; weit und breit kein anderer Banker in Sicht. Doch während sie aßen, gesellte sich ein fetter Mann in einem blauen Blazer zu ihnen. Tim Seligman vom Democratic National Committee, ein ehemaliger Vietnam-Pilot, Königsmacher der Partei, Finanzgenie und Einpeitscher. Er bestellte gegrilltes Steak, dazu ein halbes Glas Senf und eine Flasche kanadisches Bier.

Isaac redete nicht über Politik. Er aß schweigend bis zum Dessert: Schokoladenkuchen getränkt in Vanillesoße.

»Tim, ich werde den Gov nicht eher unterstützen, bis Sie mir sagen, was aus Margaret Tolstoi geworden ist. Hat Billy the Kid das FBI gebeten, sie mir wegzunehmen?«

»Billy hat nicht genug Grips, um darum zu bitten.«

»Und warum, zum Teufel, bauen Sie ihn dann als Präsident auf?«

»Weil er ein neues Gesicht ist, und nur ein neues Gesicht kann gewinnen.«

»Wer hat Margaret dann entführt?«

»Ich«, sagte Seligman.

Isaac schob die Vanillesoße fort. »Timmy, ich könnte Ihnen mit einer Hand die Luftröhre zerquetschen. Mehr brauche ich nicht.«

»Isaac, sie hätte unseren Wahlkampf gefährdet.«

»Ihr Wahlkampf ist mir scheißegal.«

»Dann hätten Sie sich nicht für das Leben in einem Glashaus entscheiden dürfen. Früher oder später wäre Margaret Tolstoi aufgefallen. Diese Frau hat einfach zu viele Leichen im Keller.«

»Und Billy ist ehrlich und rein, nehme ich an. Er hat eine schwarze Prostituierte ermorden lassen.«

»Isaac«, sagte Seligman, »müssen Sie unbedingt das M-Wort benutzen? Im Kronleuchter könnten Mikros versteckt sein.«

»Tim, ich schwöre bei Gott, er...«

»Ich will nichts davon hören«, sagte Seligman und aß den letzten Bissen von seinem Kuchen.

»Wo ist sie, Tim? Wo ist Margaret?«

»Außer Landes. In Sicherheit... Isaac, Sie sind jetzt selbst am Ball, und es ist ein bisschen spät, um aus dem Stadion zu rennen. Außerdem würden wir Sie ohnehin nicht gehen lassen.«

»Wo ist sie?«

»In Prag. Sie begleitet den Kulturattaché zu Dinnerpartys.«

»Seligman, ich mache Kleinholz aus Ihnen, Billy und diesem Kulturattaché... ich werde ganz Prag verschlingen, bis ich sie gefunden habe. Ich setze mich sofort in die nächste Maschine.«

»Super Idee. Wir besorgen Ihnen ein Ticket. Und Margaret Tolstoi wird Ihren Phantombesuch in Prag nicht überleben.«

»Lassen Sie es dabei bewenden«, schaltete sich Porter ein. »Die Frau lebt, und eines Tages werden Sie sie zurückbekommen... wir schenken Ihnen die Bronx. Meine Bank ist bereit, sich zu engagieren. Wir werden alten Wohnungsbestand aufkaufen und die Gegend um das Yankee Stadium wieder aufbauen.«

»Und warum sind Sie urplötzlich so gottverdammt großzügig?«
»Großzügig, Isaac? Ich mache immer meinen Schnitt. Und Billy kann zum Saisonstart den ersten Ball werfen.«
»Kann gut sein, dass der Saisonstart ausfällt.«
»Überlassen Sie das uns«, sagte Seligman.
»Und J. Michael Storm«, sagte Isaac, stand auf und rauschte aus dem Raum. Er wollte seinen Helikopter rufen, in den Himmel zurückkehren, über den Dächern der Featherbed Lane hocken, Aljoscha fangen, aber er musste zu einer Benefizveranstaltung nach Queens und anschließend in Flatbush mit einem Trupp Feuerwehrmänner Kaffee trinken. Die Feuerwehrmänner drohten, Republikaner mit ihren Haken zu köpfen, und Isaac konnte sie nicht ihrem ungestümen Enthusiasmus überlassen. Er war ein tänzelndes weißes Paradepferd, ein demokratisches Pferd.

14

Mouse verfolgte ihn vom Grab aus, und es spielte überhaupt keine Rolle, wie viele Wandgemälde Aljoscha anfertigte. Mousys Cousin Felipe hatte ihn verpfiffen, hatte jeder Gang in der Bronx erzählt, dass Angel Carpenteros alias Aljoscha Richardsons offizieller Spitzel war. Kundschaftertrupps der Malay Warriors, der San Juan Freaks und auch der Jokers hatten mit der Suche nach Aljoscha begonnen. Er konnte nicht mal nach Hause gehen. Zwei Baby-Killer der Jokers patrouillierten auf der Mt. Eden Avenue und der Featherbed Lane. Seine Signatur auf dem Wandbild für Rooster Ramirez hatten sie bereits getilgt. Aljoscha war ein heimatloser Junge geworden, verbannt aus El Bronx.

Paulito würde ihn beschützen, würde die Baby-Killer und die Kundschafter zwingen, wieder zu verschwinden. Aber was konnte Paulito aus seinem Verlies auf Rikers schon unternehmen? Und dann begriff Aljoscha, dass die Baby-Killer ohne Paulitos Billigung gar nicht da wären. Sein Bruder hatte sie geschickt, um sich an dem Spitzel zu rächen. Aljoscha begann zu weinen. Er hatte Paul beschämt, hatte ihn vor seiner eigenen Gang dumm aussehen lassen. Der oberste General der Latin Jokers konnte nicht mal auf die Loyalität seines kleinen *hermano* bauen.

Wo konnte Aljoscha sich verstecken? Im Elefantenhaus des Bronx Zoo? Elefanten waren so klug wie Menschen. Sie würden dahinterkommen, dass sie einen Spion unter sich hatten, die kleine Singdrossel aus der Featherbed Lane. Und dann sah er Paulito mit einer blauen Taschentuchmütze. Sein Bruder konnte durch Gefängnismauern fliegen. Paulito war ein mindestens so großer Zauberer wie Big Guy.

Paulito redete mit den Baby-Killern, ermahnte sie, vor den Augen kleiner Kinder nicht an ihren Glaspfeifchen zu nuckeln. Aljoscha kauerte hinter einer Mülltonne, eingekeilt zwischen den Killern und den Suchtrupps. *Paulito*, schrie er stumm. Aber kein Ton kam heraus, nicht der winzigste Pieps.

Richardson hat mich dazu gezwungen. Er hat mich aus Spofford rausgeholt. Ich konnte doch nicht mein Leben lang Schwänze lutschen.

Aljoscha hätte es weniger ausgemacht, wenn Paulito ihn abknallte, aber von Baby-Killern wollte er nicht umgelegt werden. Und was, wenn Paulito ihnen den Schießbefehl gab? Das war Grundgesetz der Bronx. Der oberste General durfte einen Spitzel nicht mit seiner eigenen Kanone umlegen.

Paulito.

Er würde nie wieder mit Paulito zusammenleben können. Er hätte ihm so gern die Espressomaschine gezeigt, die er sich von dem Geld für die Wandgemälde gekauft hatte, während sein Bruder im Knast saß. Sie konnten nicht mal mehr eine Tasse Kaffee zusammen trinken. So konnte es gehen, wenn man sich mit der Bronx Brigade einließ. Man landete allemal in der Scheiße.

Aljoscha zählte bis zehn, dann schlich er von der Tonne weg, suchte Deckung an einer kaputten Mauer, verschwand in einem Kellerloch, kam hinter seinem Haus auf der Hawkstone Street wieder nach draußen, wo es keine einzige Bande gab, und er konnte sich zwanzig Minuten Zeit erkaufen, bevor er sich im Zickzack über die Hinterhöfe vorarbeitete, unter den Cross Bronx kroch und sich bei den streunenden Hunden oberhalb der Park-Avenue-Eisenbahnlinie versteckte...

Paulito roch gerösteten Kaffee, als er die Tür aufschloss. Es knallte fast so rein wie H. Früher, bevor sich die Anti-Gang-Brigade im County Building niederließ und als die Jokers El Bronx von der Third Avenue bis zum Harlem River beherrschten, konnte Paulito high werden, wenn er das Aroma von kubanischem Kaffee inhalierte. Aber damals gab es auch noch keine Dixie Cups auf Joker-Boden, und auch keine Glaspfeifchen, die einem das Gesicht zerfetzen konnten. Paulito hatte nie Drogen verkauft. Er hatte geduldet, dass das Dreckszeug durch sein Revier geschleust wurde, hatte ein paar Dealer beschützt, aber es war immer nur Großhandel gewesen; heute wimmelte es nur so von Dixie Cups.

»Homey«, rief jemand, »komm doch rein. Ich hatte eigentlich mit dem kleinen Bruder gerechnet. Hatte zumindest gehofft, dass er kommt. Der Kleine hat eine echt scharfe Kaffeemaschine. Ich schau gern auf eine gute Tasse vorbei.«

Bernardo stand in der Küche vor einem Apparat, den Paulito noch nie gesehen hatte. »Du hast Angel nicht kaltgemacht, oder? Es würde Big Guy das Herz brechen, und ich müsste dir dann das Hirn wegpusten.«

»Angel?«, sagte Paulito. »Du meinst Aljoscha, die kleine Ratte, die hilft, die eigenen Brüder zu vernichten, um anschließend ihre Bilder auf eine Wand zu malen.«

»Die wären so und so den Bach runtergegangen, mit oder ohne ihn. Die Jokers sind ein Fossil, alle Gangs sind das.«

»Dank dir, Bernardo, einem unserer Berater. Du hast uns an die Dominos und die Bronx Brigade verkauft.«

»Denk doch mal zeitgemäß«, sagte Bernardo. »Allein konnten wir nicht überleben. Wir hatten doch nur noch ein Etikett. Latin Jokers. Schaust du keine Nachrichten? Heute gibt es nur noch Fusionen und feindliche Übernahmen. Paulito, die Gang besitzt keinen Dime... womit hast du dich aus dem Loch freigekauft?«

»Ich hab mir zwanzigtausend von den Dominos geliehen und ein paar Schließer bestochen. Wenn ich in vierundzwanzig Stunden nicht zurück bin, schnappen sie sich jeden einzelnen Joker auf der Insel und verfüttern sie an die Arschficker.«

»Glaubst du wirklich, Martin Lima leitet einen Wohltätigkeitsverein? Er hat dir die zwanzig Riesen geliehen, damit du dir auf der Straße dein eigenes beschissenes Grab schaufelst. Ohne dich kann er die Jokers schlucken... ich bring dich zurück nach Rikers.«

»Nicht, bevor ich Aljoscha bestraft habe. Er muss für seine Verbrechen büßen.«

»Das ist doch erbärmlich. Ein zwölfjähriges Kind aufzufordern, sich vor ein Erschießungskommando zu stellen. Ich bring dich zurück nach Rikers.«

Bernardo reichte ihm eine Tasse Kaffee. Paulito nahm einen Schluck und sagte: »Leck mich.«

»Hast du was an den Ohren? Ohne den Knast hast du als General keine Zukunft mehr. Die Einzelhaft ist dein letzter Schutz.«

»Mach schon. Blas mir das Hirn weg. Das ist es doch, wofür Richardson dich bezahlt, oder?«

Bernardo spürte ein Frösteln im Nacken. Wenn er nicht mit der Brigade auf Kriegsfuß stünde, hätte Richardson ihn zwischen zwei Tassen Kaffee durchaus losschicken können, um Paulito abzuservieren. Generäle kamen in der Bronx aus der Mode.

»Paulito, ich flehe dich an, halt dich von der Straße fern ... und vergiss Aljoscha. Der Junge betet dich an. Sie haben ihn in Spofford eingesperrt, haben ihn gezwungen, ein Kleid zu tragen. Er war halb verrückt, als ich ihn gefunden habe. Wenn du schon jemanden bestrafen musst, dann bestraf mich.«

»Wer hat Angel das angetan?«

»Ich weiß es nicht. Einer von Mousys Cousins.«

»Und Mouse ist nicht dazwischengetreten? Dann bin ich froh, dass er tot ist.«

»Du wirst Aljoscha nichts tun?«

»Er muss gestehen. Alles. Bring ihn zu mir, Bernardo, bevor meine Killer ihn erwischen.«

»Kannst du diese kleinen Irren nicht zurückpfeifen?«

»Nein«, sagte Paulito. »Das wäre unmoralisch. Erst muss ich Angels Geschichte hören.«

»Und du wirst diese Bude nicht verlassen?«

»Ich kann's dir nicht versprechen«, sagte Paulito.

Bernardo trank seinen Kaffee aus und ging auf die Straße. Er würde die Gangs austricksen müssen, sie in die falsche Richtung lotsen, und dann Aljoscha finden. Er war erst einen Block weit gegangen, als er die schwache Witterung der Apachen wahrnahm. Ob sie ihn in einer stillen Ecke niedertrampeln würden? Bernardo hatte nichts gegen die Jagd. Er würde quer durch die Bronx rasen, dann kehrtmachen und zur Boro Hall stürmen, die Fahrstühle meiden, sich in Richardsons Räume schleichen, ihm die Haare anzünden und zusehen, wie Richardson einen Herzinfarkt bekam. Aber Bernardo konnte es sich nicht leisten, wie Fantômas zu träumen. Sein

Verstand spielte ihm Streiche. Sicher hatte Richardson sich mit Apachen umgeben und blieb im Innersten seines eigenen Aktionsradius, bis Bernardo aus dem Weg war.

Er hatte zu lange geschwankt. Fantômas bleibt niemals stehen, hatte Sidel auf der Polizeiakademie gesagt. »Seine eigentliche Maske ist seine Bewegung. Er befindet sich immer an einem anderen Ort, als man vermutet.« Und Bernardo war nicht schnell genug gewesen. Fünf Apachen sprangen aus dem Halbdunkel, schleppten ihn in einen ihrer senffarbenen Fords, schlugen ihm auf den Kopf, brachten ihn in ein leerstehendes Ladenlokal an der College Avenue, in dem sie gern Kriegsgefangene verhörten, glücklose Gang-Führer, die nicht auf ihre Seite überlaufen wollten.

»Seht euch Fantômas an«, höhnten die Apachen. Auch ihr Chef, Birdy Towne, hatte Isaacs Kurse auf der Polizeiakademie absolviert. Er war groß, mager und blond. Birdy war es gewesen, der Rooster Ramirez abgeknallt hatte, der für die Bronx Brigade gegen Kinder kämpfte. Und Bernardo konnte sein eigenes Gesicht im Spiegel von Birdys Augen sehen.

»Ach, du fragst dich sicher, was mit Barbarossa ist. Er wird ein bisschen zu spät kommen. Wir haben ihm unter der Hochbahn vier platte Reifen verpasst.«

»Wo ist Brock?«

»Brock? Er hat's leider nicht geschafft, mein Lieber. Aber er lässt dich grüßen.«

Und die Apachen fingen an, aus fünf Richtungen auf ihn einzuschlagen. Sie ließen ihn nicht mal zu Boden gehen. Sie hielten Bernardo abwechselnd fest, während die anderen zuschlugen und traten… und dann wurde Bernardo an den nächsten Apachen weitergereicht. Er musste sein eigenes Blut schlucken oder aufhören zu atmen. Wenn sein Mund nicht so geschmerzt hätte, hätte er gelächelt. Brock hatte beschlossen, Bernardos kleiner Inauguration nicht beizuwohnen.

»Wenn alles vorbei ist, Birdy, tu mir den Gefallen und schließ mir die Augen«, sagte er zwischen zwei Schlucken Blut. »Ich will keine Ewigkeit damit verplempern, diese Wände anzustarren.«

»Sei nicht so verbissen«, antwortete Birdy. »Wir sind doch keine Polizistenmörder, oder, Jungs?«

»Nein, Birdy«, antworteten die anderen vier Apachen.

»Wir werden dich nur lähmen, mehr nicht. Dir die Sprache nehmen. Dein Hirn ein bisschen malträtieren.«

Und er konnte sich kaum an all die Schläge und Tritte erinnern, die dann folgten. Als hätte er sich in ein Art Federbett verwandelt, eine magische Steppdecke, die jeden Schlag absorbierte. Er musste in einen sehr leichten Schlaf gefallen sein, denn er konnte die fünf Apachen lachen, ihn Fantômas nennen hören. Dann knallte eine Tür zu, und sie waren fort, und Bernardo konnte sich nicht rühren.

Jemand blinzelte über ihm. Durch das Blut in seinen Augen konnte er Barbarossa sehen.

»Nicht sprechen«, sagte Barbarossa. »Ich hab dich hängen lassen, Junge. Ich hab Scheiße gebaut. Ich war dumm. Die haben mich nach Strich und Faden verschaukelt, haben mich auf eine Phantomjagd geschickt, wo ich doch an dir hätte kleben sollen… nicht sprechen. Ich bring dich jetzt ins Krankenhaus.«

»Joey«, sagte Bernardo.

»Jesus, Junge. Es ist, als wären deine Knochen aus Glas. Ich habe Angst, dich hochzuheben. Ich rufe lieber einen Krankenwagen.«

Und Bernardo erinnerte sich an die Geschichte, die Isaac im Unterricht erzählt hatte, daran, wie Fantômas überlebt hatte, nachdem er in der Nähe der London Bridge fürchterlich zusammengeschlagen worden war. Ein paar korrupte Bullen wollten den König des Verbrechens erledigen, seine unermesslichen Gebiete übernehmen, der neue Fantômas werden. Doch je brutaler sie ihn traten, desto schneller erhob er sich wieder; all ihre Anstrengungen schienen Fantômas nur noch stärker zu machen, und die korrupten Bullen mussten unverrichteter Dinge abziehen. Fantômas fand sie und schnitt ihnen die Kehlen durch.

»Joey, ich bin nicht aus Glas.«

»Nicht sprechen«, sagte Barbarossa. »Deine Zähne fallen raus.«

»Lass sie rausfallen.«

Brock Richardson war zu einer anderen Inauguration gegangen, und dorthin musste auch Bernardo. »Zur Mt. Eden Avenue«, flüsterte er Barbarossa ins Ohr. Barbarossa wickelte ihn in eine Decke, die er normalerweise für Isaac Sidel reservierte, und fuhr Bernardo zur Mt. Eden Avenue. Bernardo wollte sich nicht von einem Cop die Treppe hinauftragen lassen. Er zog sich mit beiden Händen am Treppengeländer hinauf, erreichte Paulitos Tür, stolperte in die Wohnung und fand Paulito. Der General der Jokers saß auf der Couch, die Hände auf dem Schoß gefaltet, als ginge er zur Kirche. Aber seine Augen waren geschwollen, und an seinem Hals befanden sich dunkelrote Male. Die Bronx Brigade hatte ihn niedergeschlagen, ihn erdrosselt und dann wie eine Visitenkarte auf die Couch gesetzt.

»Joey«, sagte Bernardo, »ruf ihm einen Krankenwagen, und dann bring mich zu Sidel.«

»Du wirst ins Krankenhaus gehen, Junge, nachdem ich mich um das hier gekümmert habe.«

»Scheiß aufs Krankenhaus. Ich bin Fantômas«, sagte Bernardo und brach über dem Schoß des Generals zusammen.

15

An den Wänden des Krankenhauses hingen ausgesprochen seltsame Bilder: Männer mit Backenbärten und hohen, gestärkten Kragen, und Bernardo fragte sich, ob dieses Krankenhaus vielleicht gleichzeitig ein Museum war. Vor seinem Fenster saß ein Vogel. Bernardo sah Gras, einen Streifen Wasser, ein Feuerwehrboot… und dann verstand er, in wessen Museum er sich befand. Die Backenbärte waren Bürgermeister aus der Vergangenheit der Stadt. Bernardo lag in einem Schlafzimmer der Gracie Mansion, versteckt vor dem Alltagstreiben im Haus, als geheimer Gast des Bürgermeisters.

Auf seinem Bett stand ein Krankenhaustablett mit einem Glas Saft und irgendeinem Schokoladengetränk, das wahrscheinlich reichlich Proteine enthielt. Sein Mund war viel zu wund, begriff er, um feste Nahrung aufnehmen zu können.

Neben seinem Bett hing ein langer, samtener Klingelzug wie aus früheren Zeiten, als einer der Backenbärte womöglich hier oder in einem anderen Herrenhaus geschlafen hatte, und jetzt zog Bernardo daran, riss mit aller Kraft, denn Birdy hatte sein Versprechen nicht gehalten und ihn gelähmt.

Big Guy kam mit Barbarossa angerannt.

»Chef, haben Sie Aljoscha gefunden?«

»Du darfst nicht sprechen. Dein Kiefer ist gebrochen.«

»Dann fragt jetzt Bernardos gebrochener Kiefer ... wo zum Teufel steckt Aljoscha?«

»Ich bin den ganzen Nachmittag am Himmel gewesen und habe den Jungen gesucht. Ich habe mit Joe die Bronx durchkämmt. Keine Spur von Aljoscha.«

»Chef, wollen Sie meine Meinung hören? Sie vertrauen zu sehr auf Hubschrauber. Sie müssen auf die Erde runter.«

»Pssst«, machte Big Guy. »Ich habe den Koch eine Schale Zitronenwackelpudding für dich zubereiten lassen. Das wirkt beruhigend auf die Mandeln.«

»Ich hasse Wackelpudding. Das ist was für Tintenfische ... wo ist Paulito?«

»Beim Leichenbeschauer.«

»Und ich vermute, der Täter ist ein beschissenes Rätsel à la Fantômas?«

»Für mich ist es kein Rätsel«, sagte Barbarossa. »Es trägt alle Kennzeichen der Bronx Brigade.«

»Warum verhaftest du Richardson dann nicht und bringst ihn hinter Schloss und Riegel?«

»Weil wir dich dann auch verhaften müssten, und Dad will nicht zuhören. Er glaubt, die Merliners würden um dich trauern. Das würde einen schlechten Eindruck hinterlassen.«

»Und was ist deine Meinung, Joey?«

»Ich hätte dich und die ganze Brigade schon vor Monaten aus dem Verkehr gezogen.«

Big Guy nippte an Bernardos Saft. »Ich habe die Brigade gegründet, als ich noch Commish war. Ich habe jeden einzelnen Cop persönlich ausgesucht ... kannte die Hälfte von ihnen aus der Akademie.«

»Wie Birdy Towne und mich.«

»Und was habt ihr beide gemacht?«

»Wir haben angefangen, Kids umzubringen.«

Big Guy verschüttete Saft auf seine Hose. »Joey, er ist ein Judas... ich will ihn hier nicht mehr sehen. Pack seine Taschen und wirf ihn den Hunden vor.«

»Dad, er hat keine Taschen.«

»Bernardo, ich habe dir vertraut, ich habe dich in meine Familie aufgenommen. Du solltest mit den Gangs arbeiten und sie zur Ruhe bringen, und *nicht* sie auslöschen.«

»Chef, das läuft aufs Gleiche raus.«

»Vielleicht in deinem jämmerlichen Wörterbuch, nicht aber in meinem...«

»Eine Zeit lang waren wir beliebt wie nur was. Jeder mochte uns. Erinnern Sie sich noch an die Dokumentation über die Brigade auf ABC? Über unser Sportprogramm, unsere Rekordfestnahmequote? Wie nannten sie uns noch, Isaac? Pioniere und Heilige.«

»Ihr habt Fortschritte gemacht... hat er doch, Joey? Ich konnte den Unterschied spüren. Gang-Mitglieder spielten Basketball mit jungen Cops, besuchten gemeinsam die Spiele der Yankees.«

»Und auf den Tribünen haben wir gekifft, uns zugedröhnt.«

»Das gehörte dazu. Die Zahl der Morde war um sechzehn Prozent gesunken. Und was ist dann passiert?«

»Die Reporter sind nicht mehr in die Bronx gekommen.«

»Es geht nicht um Popularität«, sagte Big Guy. »Es geht um Kids und Cops.«

»Aber da war es schon zu spät. Wir haben Drogendeals getürkt, ein paar Leute erschossen. Wir waren morgens und abends high. Wir haben einen Empörungssturm entfacht und sind obenauf rausgekommen... wenn auch mit Leichen zu unseren Füßen.«

»Und die Gangs wurden zu euren privaten Tontauben.«

»Chef, es kostet Geld, wenn man eine ganze Brigade mit Gras versorgen muss. Richardson ist ins Immobiliengeschäft eingestiegen, nicht weil er sich bereichern wollte, sondern um uns einen Vorteil zu verschaffen. Aber die Preise in der Bronx sind immer weiter in den Keller gegangen, und wir mussten uns an die Gangs halten...«

»Her mit deiner Marke«, sagte Big Guy.

Barbarossa musste ihn unterbrechen. »Dad, die hast du doch schon. Ich habe sie in deine Schublade gelegt. Du hast sie für Bernardo aufbewahrt.«

»Ich zerschneide ihm das Gesicht damit. Ich entstelle den Wichser... wer hat euer kleines Imperium finanziert?«

»Prinz Martin Lima. Richardson kaufte verlassene Gebäude auf und renovierte sie, und Lima brachte dann einige seiner Kunden dort unter, aber wir konnten immer noch keine Miete kassieren...«

»Richardson ist ein zweiter John Jacob Astor, was? Der größte Grundbesitzer der Bronx.«

»Er hat eine Firma gegründet, Sidereal Ventures.«

»Was zum Teufel ist das denn?«

»Sidereal, Chef. Das heißt ›sterngesegnet‹. Jeder von uns hat Anteile bei Sidereal gekauft. Ich bin bei Richardson mit neunzig oder hunderttausend beteiligt, und ich bin nicht mal sicher, wie viel er dem Prinzen schuldet. Aber der Prinz brauchte mehr Absatzgebiete für seine Ware...«

»Und da habt ihr ihm die Bronx angeboten. Ihr habt die Gangs beseitigt, damit seine Dixie Cups freie Bahn hatten.«

»Ich bin immer noch arm wie eine Kirchenmaus.«

»Ärmer«, sagte Big Guy. »Denn ich werde dich versenken, Bernardo, ohne Pension, ohne Glock.«

»Darf ich die Maske behalten, Chef?«

»Joey, lass uns ihn ersticken, bitte. Ich halte ihm das Kissen auf den Kopf. Du hältst seine Beine fest.«

»Dad, er war dein bester Schüler.«

»Das hat nichts zu besagen. Bernardo hat uns verraten...«

»Dann frag ihn nach Clarice.«

Big Guy klopfte seine feuchte Hose ab. »Es geht mich nichts an, wenn er Clarice von ihrem Balkon schmeißen wollte.«

»Frag ihn, Dad.«

»In Ordnung... Bernardo, wer hat dich angeheuert, den Fantômas zu spielen?«

»Richardson. Er hat als Mittelsmann des Prinzen fungiert.«

»Ich scheine schwer von Begriff zu sein«, sagte Big Guy. »Was hat ein dominikanischer Drogenbaron mit Clarice zu schaffen?«

»Der Prinz operiert multinational. Er hat überall Konten. In der Schweiz. In Florida, Texas, Brasilien. Und einer seiner erstklassigen Anwälte heißt J. Michael Storm.«

»Verarsch mich nicht«, sagte Big Guy. »J. Michael war Maoist. Er würde sich niemals zu Martin Lima ins Bett legen.«

»Es ist nicht illegal. J. Michael hat das Geld des Prinzen verschoben, und der Prinz hat ihm einen kleinen Gefallen getan, indem er ihm behilflich war, Clarice loszuwerden. Oder vielleicht meinte er, es sei ein Gefallen. Ich habe nicht mit J. darüber geredet. Richardson hat mir gesagt, ich solle sie aus Manhattan wegschaffen, und es schien ihn nicht zu interessieren, ob sie dazu in einer Holzkiste liegen musste.«

»Warum hat er nicht Birdy damit beauftragt? Birdy wäre eine Spur diskreter vorgegangen. Clarice hätte sein Gesicht niemals zu sehen bekommen.«

»Aber ich kannte das Gelände. Ich habe versucht, ihr Angst zu machen... sie hat nur gelacht. Ich habe mit der Maske mit ihr geschlafen. Dann ist Marianna reingekommen.«

»Und wenn sie nicht gestorben sind, dann leben die Merliners noch heute... bis auf Aljoscha.« Big Guy stieß seinen Schwiegersohn an. »Joey, auf uns wartet Arbeit. Ich demontiere die Bronx Brigade. Es war mein Baby. Ich demontiere es.«

»Wir beide, Dad, gegen Richardsons Apachen.«

»Hat Fantômas nicht die britische Polizei übernommen, sie auf den Kopf gestellt und einen fingierten Angriff gegen sich selbst gestartet? Genau das Gleiche werden wir mit Richardson machen.«

»Und was ist mit Bernardo?«

»Lass ihn hier. Er ist mein Gefangener«, sagte Big Guy und verschwand mit Joe Barbarossa aus dem Schlafzimmer. Bernardo musste sich vorstellen, wie Fantômas mit einem Backenbart wie die Bürgermeister von New York sich als Polizeigeneral ausgab, wie er dafür sorgte, dass seine eigenen Cops nicht mehr wussten, wo oben und unten war, und wie er sie mit wilden Verfolgungsjagden über die Dächer auslaugte, um einen Fantômas zu fangen, der längst mitten unter ihnen war.

16

Sie konnten keinen einzigen Apachen finden. Richardson hatte seine Büros unter dem Dach des Bronx County Building verlassen. Isaac starrte auf die senffarbenen Wände und die einsame Sekretärin, die Richardson zurückgelassen hatte.

»Er ist für niemanden zu sprechen, Mr. Mayor. Ist im Einsatz. Arbeitet an einem ganz großen Fall. Soll ich ihm was ausrichten?«

»Ja. Sagen Sie Brock, ich liebe ihn, ich liebe ihn sogar sehr.«

Auf der anderen Straßenseite machten sie Halt, im Concourse Plaza, wo Maris und Mantle mit den anderen New York Yankees gewohnt hatten, wo Harry Truman einmal ein Nickerchen gemacht hatte. Heute war es ein Altersheim, dessen Fenster mit Hühnerdraht gesichert waren, um Fassadenkletterer und Diebe abzuschrecken. Der Bürgermeister hatte versprochen, sich mit ein paar Rentnern zu treffen, die einen Isaac-Sidel-Fanclub gegründet hatten. Sie kannten Isaacs Geschichte besser als er selbst, und sie saßen in Pullover gemummelt zusammen und kauten sein Leben durch.

»Isaac, sagen Sie uns die Wahrheit. Was hat Sie bisher am meisten erfüllt? Mal abgesehen von Marilyn the Wild. Das war doch sicher nicht der Wahlsieg und auch nicht die Verbrecherjagd. Und auch nicht die Fliegerei im Hubschrauber.«

»Meine Kurse auf der Polizeiakademie, die vermisse ich am meisten. Ohne Klassenzimmer habe ich das Gefühl, als fehle mir etwas, als wäre ich auf einen fremden Planeten verbannt, auf dem noch nie jemand etwas von Tafeln und Kreide gehört hat.«

»Was ist denn so Besonderes daran, Cops zu unterrichten?«

»Ach, aber in meinem Klassenzimmer waren sie keine Cops. Sie waren nicht einmal bewaffnet. Wir haben nicht über Tatorte geredet, auch nicht über Gerichtsmediziner und Leichenschauhäuser.«

»Ja, über was haben Sie denn geredet?«

»Über Metaphysik«, sagte Isaac. »Über die Gesetze, die unsere Fähigkeit bestimmen, in unserer eigenen Haut zu leben.«

»Gesetze«, sagte ein pensionierter Richter. »Wenn wir die Gesetze kennen würden, dann säßen wir jetzt nicht im Concourse Plaza. Wir würden mit anderen Millionären auf einer Yacht segeln ... und Ihre Cops wären keine Cops. Sie würden ihre Uniformen ablegen und an die Wall Street gehen.«

»Und sich zu Tode langweilen. Spätestens nach sechs Monaten säßen sie wieder in meiner Klasse. Cops erleben einen ganz besonderen Kick, eine heiße Melodie, die ihnen ins Blut eindringt, und die finden sie nirgendwo sonst ... fragt Joe.«

Die Rentner sahen Barbarossa an und erkannten in ihm den Cop, der wie ein Gesetzloser gelebt hatte, bis er Marilyn the Wild geheiratet hatte.

»Dad hat recht«, sagte Barbarossa. »Ohne die Straße würde ich mich einsam fühlen.«

Ein Mann in abgetragenen Kleidern erschien mit einer Kamera. Mit gebeugtem Rücken ging er zwischen den Rentnern umher und fotografierte sie mit Isaac und Barbarossa.

Es war Abner Gumm. Isaac wollte lächeln und Gumm begrüßen, aber es ging nicht. Seine angeborene Neugier kam ihm in die Quere und ließ ihn erkennen, dass es kein Zufall sein konnte, dass Gumm jetzt hier war. Der Geschichtsschreiber der Bronx war ihm hierher gefolgt.

»Dad«, flüsterte Barbarossa, »das ist der Shooter. Ich habe ihn in Bernardos Bungalow getroffen. Hat behauptet, er wäre in der Gracie Mansion gewesen. Meiner Meinung nach ist er eine miese Ratte. Er kommt mit einem Baseballschläger angerannt, nachdem drei Dixie Cups versuchten, Bernardo umzu...«

»Joey, wessen Unterschrift war auf dem Baseballschläger?«

»Was spielt das für eine Rolle, Dad? In meiner Geschichte geht es nicht um Baseball.«

Sie mussten aufhören, in Gegenwart der Rentner und Abner Gumm zu tuscheln. Isaac blockte alle Fragen über den Baseballkrieg in der Bronx ab, aber seinem eigenen Fanclub konnte er nichts vormachen. Seine Miene hatte sich verfinstert.

»Euer Ehren, nehmen Sie uns nicht das Yankee Stadium. Das ist die letzte Alltagsflucht, die uns noch geblieben ist. Wir müssen nur den Hügel hinuntergehen.«

»Ich kann nicht versprechen, wann die Yankees wieder spielen werden.«

»Versprechen Sie nichts. Verhaften Sie einfach alle Spieler und zwingen Sie sie, ein Trikot anzuziehen.«

»Aber sie haben doch nichts Unrechtes getan.«

»Doch, das haben sie. Sie haben uns den letzten Spaß weggenommen.«

Isaac trank Tee und aß Kekse mit seinem Fanclub. Aber die Kekse konnten keinem Vergleich mit Mariannas Mokka-

Makronen und Erdnusskrokant standhalten. Er musste Aljoscha finden, sonst würde sie nie wieder welche backen.

Abner trieb ihn vor einem Fenster in die Enge. Isaac musste die Welt durch Hühnerdraht betrachten. Doch dieses eingesperrte Glas schien ihn mehr zu beruhigen als das Bild von Hell Gate, das sich ihm aus seinem Schlafzimmerfenster bot.

»Hallo, Shooter«, sagte Isaac. »Hattest du schon Gelegenheit, dir diese Wandgemälde anzuschauen, von denen ich erzählt habe? An der Featherbed Lane?«

»Ich war mit Porträtaufnahmen beschäftigt«, sagte Gumm. »Ich studiere ältere Mitbürger in der ganzen Bronx.«

»Das ist nett von dir«, sagte Isaac. »Triffst du Vorbereitungen für unsere Zukunft, Ab? Werden wir gemeinsam als Senioren im Concourse Plaza landen? Ich kann's kaum erwarten.«

Isaac umarmte die Mitglieder seines Fanclubs und brach mit Barbarossa auf.

»Er bespitzelt uns für Richardson, Dad, stimmt's? Ich könnte ihn vom Dach werfen.«

»Und der Bronx ihren Geschichtsschreiber nehmen?«

Sie trotteten den Berg hinunter in das Kerngebiet von Sozialsiedlungen und halb ausgebrannten Gebäude, das das neue Golgatha der Bronx geworden war. Die Armen wurden durch Brandstiftung aus ihren Häusern vertrieben, und so waren die Latin Jokers entstanden. Sie hatten als Baby-Brandstifter für Haus- und Grundbesitzer angefangen, die auf Versicherungssummen für Gebäude scharf waren, die sie nicht mehr interessierten. Doch unter Bernardo Dublin entwickelten die Jokers Fantasie. Sie waren nicht besonders versessen darauf, die ganze Bronx abbrennen zu sehen. »Wir sind doch keine Kannibalen«, erklärte Bernardo der Gang. »Wenn wir schon abfackeln, dann lasst uns doch lieber die Scheiße anderer

Leute abfackeln und nicht unsere eigene.« Und die Jokers setzten ihre Taschentuchmützen auf und begannen mit ihrer Jagd auf die Haus- und Grundbesitzer, drohten damit, sie durch Brandanschläge aus ihren kleinen Herrenhäusern in der North Bronx zu vertreiben, wenn sie den Jokers nicht jeden Monat eine finanzielle Beihilfe zahlten. »Schulgeld« nannte Bernardo das. Das hatte er auch Isaac gesagt, als sie sich das erste Mal begegnet waren. Big Guy war zu einem Vortrag in Bernardos Highschool gekommen. Und Bernardo, damals ein notorischer Schulschwänzer, kam an diesem Tag tatsächlich zum Unterricht. Er war neugierig darauf, einen Polizeichef reden zu hören. Er hatte eine winzige Rauchbombe gebastelt, ein kleines »Spielzeug«, mit dem er Isaac aus der Schulaula jagen wollte, doch Isaac nahm ihm sein Selbstvertrauen. »Erhebt Anspruch auf die Bronx«, sagte Isaac. »Es ist euer Borough.«

Isaac erinnerte sich gut an den großen, muskulösen Jungen, der nach seiner Rede zu ihm kam. In einem Diner tranken sie zusammen Kaffee, und Isaac hatte eine Offenbarung: Dieser Junge sollte ein Cop sein…

Er überquerte mit Barbarossa die Eisenbahngleise und betrat Claremont Village, die berüchtigtste Sozialsiedlung der Welt, wo Warlords ohne die übliche Hierarchie einer Gang mit Sturmgewehren und riesigen fahrbaren Suchscheinwerfern auf den Dächern patrouillierten. Gegen äußere Einflüsse, egal welche, waren sie immun. Hier tauchten die Dixie Cups nie auf. Diese Warlords hätten sowohl Richardsons Apachen als auch Prinz Martin Lima bei lebendigem Leib gefressen. Sie besaßen ihre eigene anarchische Ordnung, die in keinerlei Beziehung zum Rest von New York stand. Sie befehdeten sich gegenseitig, beschossen sich von den Dächern aus, trugen irrwitzige Banner und Flaggen. Sie brauchten keine Wandgemälde, um ihrer Toten zu gedenken, und sie brauchten auch nicht die Dienste der Stadt. Sie bestatteten ihre gefallenen Kämpfer in den Kellern und interessierten sich nicht für Sterbeurkunden. Sie schienen Sidel zu mögen, der sie in seiner Zeit als Commish nie gestört hatte. Es wäre eine ganze Armee erforderlich gewesen, um die Warlords von ihren Dächern zu vertreiben, und selbst wenn Isaac eine solche Armee hätte aufstellen können, wäre die Hälfte aller Frauen und Kinder von Claremont Village dabei ums Leben gekommen.

Er stand im schuttübersäten Park von Claremont, wartete, bis einer der Suchscheinwerfer ihn anblinkte, und machte sich dann mit Barbarossa auf den Weg hinauf zu den Dächern.

»Dad, es könnte heikel werden. Diese Vögel kennen mich nicht.«

»Ach, du gehörst zur Familie. Sie würden dir kein Haar krümmen.«

Isaac war bereits auf den Dächern gewesen, aber für Joe war es das erste Mal. Deshalb warf er auch immer wieder verstohlene Blicke auf das kleine Wunderland der Warlords, einen Bienenstock aus Glashütten, in denen sie sonnenbaden und Drogen verkaufen konnten. Die Warlords hatten eine eigentümliche Copacabana über den Dünen der Bronx erschaffen, einen knochentrockenen Strand, dessen Oberfläche aus Beton bestand.

Der älteste Warlord auf dem Dach war African Dave, der wie Bernardo neunundzwanzig war und fast sein ganzes Leben in Claremont Village verbracht hatte. Er hatte überlebt, weil er ein Mindestmaß an Manieren besaß: Er würde niemals einem anderen Warlord seinen Suchscheinwerfer direkt ins Gesicht richten. Dieser Weiße mit Afro-Frisur, der mit Latinos und Schwarzen zusammenlebte, war sechs oder sieben Mal verwundet worden.

»Isaac, ist das da dein Schwiegersohn, der immer noch den Rekord hält, mehr Koks verkauft zu haben als jeder andere Cop in der Geschichte dieser Stadt?«

»Genau das ist er«, sagte Isaac. »Barbarossa.«

Dave schüttelte Barbarossa die Hand. Er hatte Kriegsnarben unter Augen und Mund. Er hätte auch ein Phantom sein können, das aus einem Feuer getreten war.

»Ich glaub, ich ziehe mit meinem ganzen Scheiß um«, sagte Dave. »Das Ambiente hier hängt mir zum Hals raus. Sieh nur, mit was ich hier rumlaufen muss.« Er zupfte an seiner Fiberglasweste. »Die große Frage ist: Wie lange bin ich noch kugelsicher?«

»Wo willst du denn hin, Dave?«

»Nach Borgia Butler.«

Das war eine weitere Sozialsiedlung direkt gegenüber von Claremont Village, aber Borgia Butler war erheblich ungeschützter gegen einen Angriff der Polizei. Man hatte dort nicht das Gefühl von der Unendlichkeit des Raums.

»Du würdest keinen Monat überstehen, Dave. Du hättest ständig mit Stromausfällen zu kämpfen. Ich muss es wissen. In meiner Zeit als Commish habe ich die Generatoren manipuliert. Wir hatten damals vor, Claremont Village über Borgia Butler einzunehmen, aber ich habe die Operation gecancelt. Im Kreuzfeuer hätten einfach zu viele Zivilisten dran glauben müssen.«

»Isaac, was soll das? Ich bin nicht dein Spitzel.«

»Aber du könntest mir helfen, Dave. Richardson ist in die Dünen verschwunden. Ich würd mir den Schwanzlutscher gern greifen.«

»Aber ich bin ein Dachjunge, und Dachjungen kriegen nichts von dem mit, was da unten passiert.«

»Dave, deine Suchscheinwerfer können die halbe Bronx abdecken. Du dealst doch ständig. Die Leute reden.«

»Aber nicht über Richardson.«

»Und was ist mit dem Shooter, mit Abner Gumm?«

»Dieser erbärmliche Wicht? Ich lass ihn fotografieren, was er fotografieren will. Er hat uns dokumentiert und arbeitet an einem Buch.«

»Ja, für die Bronx Brigade. Er ist einer von Richardsons Ratten.«

»Isaac, du verpisst dich jetzt besser. Die anderen Lords werden eifersüchtig. Die zerschießen mir noch meine Scheinwerfer.«

Isaac ging mit Barbarossa, während die Warlords in ihren Fiberglaswesten herumsaßen und ihn grüßten. »El Caballo.«

Sie zogen weiter nach Norden, nach Crotona Park, und machten Halt im Katasteramt der Stadt an der Arthur Avenue, einem Amt mit einer mittelalterlichen Buchhaltung; Computer hatten so tief in der Bronx noch nicht Einzug gehalten. Die Angestellten baten Isaac um ein Autogramm. Er warf einen Blick auf den Liegenschaftsplan des Bezirks, Block für Block, betrachtete die kleinen blauen Schildchen, auf denen die aktuellen Besitzer der jeweiligen Gebäude und Parzellen verzeichnet waren. Seine Hand begann zu zittern. Richardson besaß ein Dutzend blauer Schildchen. Der Shooter weitere vier. Birdy Towne hatte fünf. Da war sogar eines mit dem Namen Bernardo Dublin. Sidereal Ventures war zweihundertachtzehnmal zu finden. Nichts davon bereitete ihm Kopfzerbrechen, bis er die Schildchen mit dem Namen Marianna Storm sah. Sechzehn insgesamt.

Er stürmte in das Büro des stellvertretenden Amtsleiters. Der Mann arbeitete für ihn. Sein Name war Myron Small. Isaac griff in seine Trickkiste. »Myron, sind Sie ein Demokrat?«

»Ja, Mr. Mayor. Ich bin hocherfreut, dass ... «

»Loyal und treu?«

»Ja, Mr. Mayor.«

»Und wenn ich Ihnen anvertraute, dass ich eine Ermittlung durchführe, würden Sie das für sich behalten?«

»Bis ins Grab«, sagte der Angestellte. »Oder doch wenigstens so lange es eben geht.«

»Kann ein zwölfjähriges Mädchen in der Bronx Immobilien besitzen?«

»Streng genommen? Ja und nein. Kinder, sogar Katzen und Hunde, können Eigentumstitel besitzen. Ihr kleines Mädchen könnte den halben Borough verschlingen, aber ohne gesetzlichen Vormund kann sie weder kaufen noch verkaufen.«

»Dann ist es kaum mehr als Dekoration, wenn ihr Name auf einer Eigentumsurkunde auftaucht.«

»Nein, es ist mehr als das. Sobald sie volljährig ist, wird das Eigentum ... «

»Myron, können Sie mir sagen, wer Präsident und CEO von Sidereal Ventures ist?«

»Das steht in den amtlichen Unterlagen, Mr. Mayor.«

»Myron, ich frage Sie.«

Myron Small wühlte in einem riesigen Aktenschrank und kehrte mit einer zerfledderten Archivkarte zurück. »Mr. Mayor, dies ist eine streng vertrauliche Information, und ich ... «

»Mann oder Frau, Myron?«

»Frau… eine Mrs. J. Michael Storm.«

Isaac drückte seinem Angestellten einen Kuss auf die Stirn. »Der Bürgermeister ist wie ein Mann aus Glas, Myron, stimmt doch, oder?«

»Ich weiß nicht…«

»Er kommt und geht… ich bin nie hier gewesen, Myron. Wir haben uns nie unterhalten. Sie haben Ihren Aktenschrank nie für mich geöffnet.«

Und während der Angestellte noch blinzelte und grübelte, war Isaac bereits durch die Tür.

17

Er empfand eine solche Verbitterung, dass er in den Himmel zurückkehren musste. Der Hubschrauber landete auf einer Kuppe in Crotona Park, und Isaac kletterte mit Joe an Bord. Sie saßen über der Bronx, und Isaac sah vor seinem inneren Auge einen ganzen Berg blauer Schildchen. Ihm tränten vor Wut die Augen, und er konnte nicht einmal nach Aljoscha suchen.

Joe holte ihn schließlich aus dem Hubschrauber und nahm ihn mit nach Hause zu Marilyn the Wild. Sie ließ Big Guy in Frieden. Marilyn spürte seine mörderische Einsamkeit. Sie wiegte ihn in den Armen, den einzigen Vater, den sie je haben würde, und beinahe war er wie ein Baby. Am liebsten hätte sie Milch in ihren Brüsten gehabt für Isaac den Tapferen.

Sie fütterte ihn mit Hühnersuppe und verspürte dabei ein wahnsinniges Begehren nach Joe. Vielleicht wäre das Inzest gewesen. Ihr war egal, wie man es nannte. Sie hätte Joe ausgezogen und sich auf ihn gesetzt, während Isaac ihnen zuschaute, aber das hätte seine Einsamkeit nur noch vergrößert.

Marilyn hielt an sich. Sie kämmte ihrem Vater das Haar, striegelte seine prächtigen Koteletten.

»Dad«, sagte sie, »wir könnten bei dir in der Mansion übernachten... oder du könntest auch hier bei uns bleiben.«

»Kinder«, sagte er, »diese Stadt schläft niemals... auf mich wartet Arbeit.«

Aber er war unfähig, sich zu rühren. Seine Beine waren völlig leblos, ein Mann aus Glas aus einem gläsernen Haus. Er schlief auf dem Sofa ein. Marilyn musste in der Gracie Mansion anrufen. »Isaac ist bei uns«, knurrte sie. »Und ich will, dass er nicht gestört wird.«

Doch die Anrufe von diesem stellvertretenden Bürgermeister und von jenem begannen. Candida Cortez, stellvertretende Bürgermeisterin für Finanzen, kreischte irgendetwas vom Pensionsfonds der Feuerwehr. Marilyn notierte alles. Es gab mindestens neun ernste Krisen in der City Hall. Marilyn reagierte gelassen. Für eine Krise hätte sie ihren Dad ja geweckt, aber neun konnten warten.

»Aljoscha«, murmelte er im Schlaf. Marilyn döste auf einem Sessel neben ihrem Vater, stand mitten in der Nacht mit ihm auf, gab ihm ein Glas Wasser, ging wieder schlafen und vernachlässigte dabei den armen Joe, der wie ein Verbannter allein im Schlafzimmer lag.

Gegen Mittag wachte Isaac auf. Marilyn war immer noch an seiner Seite. Sie aßen zusammen Cornflakes, frische Erdbeeren und Magermilch. Marilyn machte ihrem Dad einen Cappuccino. Beinahe war er zufrieden. Er duschte und rasierte sich unter den Koteletten mit einer von Joes Klingen.

»Wo ist mein Schwiegersohn?«

»In der Bronx«, antwortete Marilyn, »auf der Suche nach diesem kleinen Künstler.«

Isaac stopfte sich die Glock in die Hose, gab Marilyn einen Kuss auf die Wange und ging zum Sutton Place South. Marianna war in ihrem Aikido-Kurs, aber Clarice war mit ihren Bodyguards zu Hause. Milton und Sam wollten Big Guy filzen. Er dachte nicht daran, sie auch nur in die Nähe seiner Glock kommen zu lassen. Wie Jesse James zog er sie aus der Hose und hielt sie zwischen ihre Schädel. »Entlass sie, Clarice. Ab sofort keine Leibwächter mehr.«

»Bist du verrückt?«, rief sie. »Was ist mit Fantômas?«

»Fantômas ist krank... er liegt im Bett. Schaff uns deine Nulpen vom Hals.«

»Wer ist hier 'ne Nulpe?«, fragte Milton.

»Kleiner, ich bin der Bürgermeister von New York. Ich könnte deine Lizenz zerreißen, sofern du eine besitzt. Verschwinde!«

»Clarice?«, fragte Sam.

»Hört auf ihn. Er ist ein Irrer. Wir sehen uns später.«

»Es gibt kein Später. Falls diese Burschen noch mal zurückkommen, werden sie sich wünschen, sie hätten nie von Manhattan gehört.«

Milton und Sam verließen mit hängenden Schultern die Wohnung. Clarice gab Isaac eine Ohrfeige, kratzte ihn mit ihren Nägeln. Die Glock fiel ihm aus der Hand. Sie schlug ihn wieder, und Isaac lächelte, als er Blut schmeckte. Er konnte kaum glauben, wie schön sie war mit ihren geblähten Nasenflügeln und den grauen, wütend funkelnden Augen. Sein Zorn verrauchte.

Sie fingen an, sich zu küssen, und mit einem Mal rollte sich Big Guy nackt auf den Teppichen. Seit Margaret Tolstoi wieder in sein Leben geschwebt war, war er nicht mehr mit einer anderen Frau zusammen gewesen. Er war nicht zärtlich zu Clarice. Er liebkoste sie mit einer gewissen Bösartigkeit, und sie liebten sich wie zwei sich bekriegende Seehunde.

»Das hast du doch schon lange gewollt, Isaac, stimmt's? Es ist, als würdest du dich an deinem alten Schüler rächen, dem

Baseballzar. Es erregt dich... J. und mich gleichzeitig aufs Kreuz zu legen.«

»J. war nicht mein Schüler. Ich habe ihn beraten, als er auf der Columbia studierte... habe ihn aus der Klemme geholt.«

»Isaac, du weißt, was ich meine.«

Er hatte an Bernardo gedacht, nicht an J. Michael Storm. Wenn Bernardo ihn nicht verraten hätte, dann hätte Big Guy vielleicht auch nicht seinen Speichel auf Clarice hinterlassen. Aber er war sich nicht ganz sicher, wer hier wen betrog. Er hatte auf den Teppichen die Orientierung verloren, seinen inneren Kompass, der ihn mit anderen Menschen zu verbinden schien.

Er badete mit Clarice, saß in einer Wanne, die größer war als sein altes Wohnzimmer in der Rivington Street, wo er gelebt hatte, bevor er das Glashaus des Bürgermeisters erbte.

»Isaac, warum warst du so grob zu meinen Bodyguards?«

»Weil du sie nicht brauchst«, sagte Isaac, stieg aus der Wanne und zog seine Boxershorts an. Er verspürte entsetzlichen Heißhunger auf Mariannas Kekse. Aber er wollte sich nicht in die Küche schleichen und Clarice allein lassen... nein, er hätte sie verlassen, wenn er auch nur das leiseste Gefühl gehabt hätte, dass dort Mariannas Kekse waren.

»Wie hat es angefangen, Clarice? Das Geschäft mit Sidereal?«

Sie trocknete sich die Beine ab, und Isaac beobachtete sie im Spiegel, den Bogen ihres Rückens, die glatte, geschwungene Haut.

»Wovon redest du?«

»Komm schon, Clarice. Woher das plötzliche philanthropische Interesse an der Bronx?«

»Ich bin praktisch nie in der Bronx gewesen.«

»Praktisch nie gewesen? Damit könntest du dich aus jeder Patsche ziehen. Sidereal ist ziemlich durstig. Die Firma will die Bronx aufkaufen. Und du bist ihr Präsident und CEO.«

»Das ist eine reine Formsache, Isaac. Ich unterschreibe eine Menge Dokumente, die ich nie lese.«

»Und unterschreibst du auch für Marianna, Madame Präsidentin? Wie machen sich ihre Besitztümer denn so, hm?«

»Das war J.s Idee«, sagte sie, entfernte sich von Isaac und zog ihr Bluse an. »Verstehst du nicht? Wir besitzen keinen Penny. Ich lebe von den Erlösen unseres Hauses in Houston.«

»Und diese Wohnung?«

»Nur Fassade. Sie gehört meiner Lieblingstante... J. hat in dumme Dinge investiert, mit vollen Händen ausgegeben, und Sidereal sollte unsere Verluste ausgleichen, uns wieder auf die Beine helfen.«

»Aber die Bronx hat seit vierzig Jahren keinen Immobilienboom mehr erlebt.«

»J. wollte seinen Boom selbst machen.«

»Himmel, in wie vielen Städten hat J. spekuliert?«

»Nur in einer«, sagte Clarice.

»Warum nicht in Baltimore und Albuquerque? Es muss doch noch andere miese Gegenden geben.«

»Weißt du, J. interessiert sich nur für das Trostloseste vom Trostlosen.«

»Das Trostloseste vom Trostlosen... tut mir leid, meine Liebe. Er hat sich die Bronx ausgesucht, weil sie so gottverdammt abhängig war vom Yankee Stadium. Er ist der Zar. Er konnte das Stadion öffnen oder es geschlossen halten. Aber nicht mal die Yankees können all diese Immobilien retten. Er arbeitet mit jemandem zusammen, stimmt's? Mit Billy the Kid. Was hat Billy J. versprochen?«

»Das Blaue vom Himmel.«

»Billy beendet mit J.s Hilfe den Streik und walzt geradewegs ins Weiße Haus. So populär wird ihn diese Geschichte machen. Er verspricht, die Bronx neu aufzubauen. Industriegelände auf Grundstücken von Sidereal.«

»So was in der Richtung.«

Isaac fing an, sie zu schütteln. »Was hast du in meinen Augen gesehen, als ich hergekommen bin? Dass ich dein Spiel durchschaut habe? Und da hast du beschlossen, ein bisschen Liebe zu machen... um den Bürgermeister zum Schweigen zu bringen?«

Clarice verpasste Isaac eine Ohrfeige nach der anderen. Er hielt ihre Hand nicht fest. Beide Seiten seines Mundes bluteten. Sie hörte auf und fing an zu weinen.

»Wo ist Bernardo? Wann kann ich ihn sehen?«

»Er kuriert sich gerade in der Mansion aus... Einer deiner Partner, Richardson, wollte ihm den Hahn abdrehen.«

»Ich habe keine Partner.«

»Ist Richardson der Mittelsmann, der Kerl, der Gouverneure und Diebe zusammenbringt?«

»Frag ihn doch selbst.«

»Das würde ich ja, Clarice. Aber er ist mitsamt der ganzen Bronx Brigade spurlos verschwunden... du liegst gar nicht im Streit mit J., stimmt's? Das ist alles nur Theater.«

»Und das Veilchen, das er mir verpasst hat?«

»Fassade«, sagte Isaac.

»Ich lasse mich von dem Mistkerl scheiden, aber ich kann nichts dafür, wenn meine Finanzen mit seinen verflochten sind. Wenn J. untergeht, dann gehe auch ich unter.«

»Und der arme Bernardo. Er ist dein Kavalier, der überhaupt nicht raffinierte Ritter. Du hast ihn mit einem Trick überredet, herzukommen und diese Maske aufzusetzen.«

»Nein, habe ich nicht«, sagte sie. »Das habe ich nicht getan. Ich hatte Angst ...«

»So große Angst, dass du's mit ihm getrieben hast.«

»Ich habe nichts geplant, Isaac. Ich habe nicht auf Fantômas gewartet. Aber ich habe sein Zögern gespürt ... es hat mich erregt.«

»Und würde ich dich auch erregen, Madame Präsidentin, wenn ich eine Maske trüge?«

»Nein«, sagte sie. »Du bist nicht Fantômas.«

Sie gaben sich an der Tür nicht einmal einen Abschiedskuss. Sie waren weder Fremde noch flüchtige Bekannte, sondern einfach nur zwei Merliners, die im gleichen Schlamassel steckten. Und Big Guy musste sich fragen, ob er mit einem Geist geschlafen hatte. Aber dieser Geist war die Melancholie. Isaac las Reue in ihren grauen Augen.

»Du wirst Bernardo doch nichts sagen, oder?«

»Solltest du nicht an J. denken?«, fragte Isaac zutiefst eifersüchtig.

»J. ist mir scheißegal.«

Schließlich umarmte sie Isaac doch, küsste ihn zwischen die Augen, und er fuhr mit dem Fahrstuhl hinunter wie ein Bär, der gerade einen Schokoriegel verputzt hatte ... bis er in der Eingangshalle Marianna begegnete. Sie trug ihr Aikido-Schwert in derselben Baumwollscheide, die sie auch mit in die Gracie Mansion brachte. War Marianna die Komplizin ihrer Mutter? Noch eine Angestellte von Sidereal Ventures, die ihren Namen für eine Menge Eigentumstitel zur Verfügung stellte? Und war Merlin für Mr. und Mrs. Storm zu einem weiteren Mittel zum Zweck geworden? War das der Grund, warum J. so versessen darauf war mitzumachen? J. spielte Theater, versuchte, Isaac zu beeindrucken. Der Baseballzar war längst ein geheimes Mitglied der Merliners ...

»Hallo, Marianna.«

Sie blinzelte, schien Big Guy kaum zu erkennen. Zählte sie gerade ihr Vermögen?

»Onkel Isaac, du solltest mir doch ein Geschenk mitbringen.«

»Welches Geschenk?«, fragte er.

»Aljoscha.«

»Barbarossa arbeitet dran.«

»Dass man immer auf andere Leute angewiesen ist. Ich werde ihn wohl selbst finden müssen.«

»Untersteh dich. Es ist nicht sicher in den Dünen. Dort leben wilde Hunde ... und Gangs ... und korrupte Polizisten. Wir werden zusammen hingehen. In meinem Hubschrauber. Aber vorher muss ich noch ... «

»Nichts als Versprechungen«, sagte Marianna, rannte mit Schwert und Scheide in den Fahrstuhl und ließ Isaac allein zurück.

18

Er tauchte in der Pine Street auf, in Porter Endicotts Bank. »Ich habe einen Termin«, sagte er zu Porters Privatsekretärin, und sie wagte es nicht, den Bürgermeister in Frage zu stellen und einen Lügner zu nennen. Sie nuschelte etwas in ihr Telefon, lächelte und sagte dann: »Er empfängt Sie jetzt.«

Isaac trottete in das Büro des Bankers, das einen grünen Teppich hatte wie das Yankee Stadium, und beinahe sah er vor sich, wie er selbst in der Mitte eines Baseball-Diamanten nach einem fantastischen Run das Homeplate erreichte. Hinter dem Schlagmal saß Porter Endicott an einem gewaltigen Eichenschreibtisch, der einem seiner Urgroßonkel gehört haben musste.

»Isaac«, sagte Porter, »ich bin entzückt, Sie zu sehen, aber ich erwarte einen Anruf aus der Schweiz und muss noch meine Unterlagen vorbereiten.«

»Es geht ums Überleben. Die Schweiz kann warten.«

»Wessen Überleben?«

»Ihres. Meines. Das von Billy the Kid.«

Porter zog einen winzigen Kassettenrekorder aus seiner Tasche und schaltete ihn ein. »Drohen Sie mir, Euer Ehren?«

»Legen Sie das Ding weg. Was wir hier besprechen, ist absolut inoffiziell.«

»Sind Sie deshalb aus der City Hall hergekommen? Um mir vorzuschreiben, wann ich arbeite und welche Telefonate ich annehmen darf?«

»Ich komme nicht aus der City Hall. Ich war bei Clarice... Porter, ich möchte, dass Sie Ihren Einfluss geltend machen, um ein gewisses Unternehmen zu versenken.«

»Ich bin doch nicht der Wall-Street-Schläger des Bürgermeisters. Diese Bank *versenkt* keine Unternehmen.«

»Hören Sie auf damit. Ihre Bank ist ein Barrakuda. Das habe ich im *Fortune Magazine* gelesen. ›Keine Gnade‹, das ist das Motto der Endicotts. Sie spielen doch ständig Schicksal mit Firmen.«

»Und mein nächstes Opfer?«

»Sidereal Ventures.«

Porter lachte los. Er schob den Kassettenrekorder zurück in seine Tasche. »Verzeihen Sie, Isaac, ich...«

»Was ist daran so witzig?«

»Haben Sie darüber schon mit Candy Cortez gesprochen?«

»Warum? Was hat Candida mit Sidereal zu tun?«

»Ihre stellvertretende Bürgermeisterin ist eine der Hauptinvestoren von Sidereal.«

»Sie hat städtische Kohle in diesen Betrug gesteckt?«

»Natürlich nicht. Es ist alles ihr eigenes Geld... das können Sie ihr kaum vorwerfen. Sie versucht, die Bronx wieder aufzubauen.«

»Ja, auf den Knochen der Hungrigen und Toten... Wer hat ihr von Sidereal erzählt?«

»Möglicherweise war ich es. Weiß ich nicht mehr.«

»Ach, ich hätt's mir ja denken können. Sie sind J. Michaels Manhattan-Connection...«

»Überhaupt nicht. Sidereal ist für uns ein viel zu großes Risiko. Aber Candy haben die Risiken nichts ausgemacht. Sie hat darauf bestanden, in der Bronx zu investieren. Und abgesehen von Sidereal gab es nicht gerade viel, was ich ihr empfehlen konnte.«

»Sie glauben also, die Bronx wird wieder aufblühen? Verraten Sie mir Ihre Meinung als Banker.«

»Ich habe keine Meinung, wirklich nicht... ich sagte es bereits. Endicott wird Geld in die Bronx investieren, aber in einem erheblich langsameren Tempo. Im Moment denken wir über ein kleines Einkaufszentrum nach.«

»An der Featherbed Lane?«

»Das wäre ein möglicher Standort. Allerdings würden wir eher nicht im Schatten des Cross Bronx Express bauen.«

»Dann werden Sie aber Schwierigkeiten haben, Ihr kleines Shangri-La zu finden. Denn die halbe Bronx liegt in diesem verfluchten Schatten... haben Sie schon mit meinen Leuten über Steuervergünstigungen geredet?«

»Nicht, bevor wir nicht einen geeigneten Standort gefunden haben.«

»Super«, sagte Isaac. »Und ich vermute, Sie integrieren ein Multiplex, eine Bowlingbahn und einen Laden für Umstandsmode, ja?... Etwas, um alle Bedürfnisse der Armen zu befriedigen.«

»Wir haben noch keine Marktforschung betrieben.«

»Und wie vermarkten Sie Wahnsinn und Crackpfeifen, dreizehnjährige Mütter und Brandstifter, die noch nicht mal groß genug sind, um auf einem Stuhl zu sitzen?«

»Wäre es Ihnen lieber, wenn wir uns aus der Bronx fernhielten?«

»Nein. Aber ich möchte immer noch, dass Sie Sidereal versenken.«

»Isaac, wie hat es der letzte Romantiker auf diesem Planeten nur geschafft, Bürgermeister von New York zu werden?«

»Das ist Politik. Die Leute lieben einen Kerl, der nicht scharf auf das Amt ist. Ich kann einen Mordswirbel veranstalten. Ich werde Billy und J. mit Kids in Verbindung bringen, die von Richardson ermordet wurden.«

»Vorsichtig, Isaac. Richardson ist ein gefeierter Gangbuster. Und diese Kids sind Kriegsopfer.«

»Glauben Sie, was immer Sie wollen. Aber es gefällt mir nicht, wenn ein Angehöriger der Strafverfolgungsbehörden anfängt, Kinder hinzurichten… entweder Sie versenken Sidereal, oder ich versenke Billy the Kid.«

Isaac stürmte aus der Bank, rief aus einem Zigarrengeschäft Candida Cortez an und schiss sie zusammen. Sie war das Wunderkind des Bürgermeisters. Eine Tochter der Bronx, die erfolgreich das Barnard College und die Wharton School of Business absolviert hatte. Isaac hatte sie unter seine Fittiche genommen, als er noch der Commish war, hatte ihr die Leitung der Abteilung für Management und Etat des NYPD übertragen, und er hatte sie mit an seinen Tisch genommen, als er das Glashaus erbte. Sie war die jüngste stellvertretende Bürgermeisterin der Sidel'schen Verwaltung.

»Ich will, dass du sofort sämtliche Anteile an Sidereal verkaufst, Candy…«

»Chef, wir sollten uns lieber treffen.«

Er ging ins Ratner's. Candida erwartete ihn dort bereits an einem der hinteren Tische. Die Kellner ließen Isaac keine Ruhe. Er musste sein Autogramm auf unzählige Zettel kritzeln. Candida hatte eine weiße Haarsträhne. Sie war zweiunddreißig. Sie war nicht so impulsiv wie Marilyn the Wild, aber sie war ihm fast genauso lieb und teuer. Sie schlemmten Zwiebelbrötchen, schwarzen Kaffee und Apfelstrudel.

»Du wirst verkaufen«, sagte Isaac.

»Werde ich nicht.«

»Candy, ich mach dir Feuer unterm Hintern. Ich degradiere dich zur Sachbearbeiterin.«

»Das könntest du niemals, Opa. Du würdest nur anfangen zu weinen.«

»Ich verstehe nicht. Du bist die gerissenste und ausgebuffteste Finanzmanagerin, die ich je gesehen habe. Gab es keinen Anlageprospekt?«

»Doch, und ich habe ihn selbst ausgearbeitet.«

»O Mann«, stöhnte Isaac. »Du wirst mir doch nicht so ein Messer in den Rücken jagen. Richardson ist eine Schlange.«

»Du hast ihn einmal geliebt, Isaac. Du hast ständig von ihm gesprochen, hast ihn vom D.A. der Bronx abgezogen, damit er deine Spezialeinheit leitet. Und war es nicht auch Brock, der Aljoscha für dich gefunden hat?«

»Er ist trotzdem eine Schlange.«

»Ich schlafe mit ihm«, sagte Candida.

Isaac blieb der Strudel im Hals stecken. Candida musste ihm auf den Rücken klopfen. »Mein Arzt glaubt, dass ich schwanger bin.«

»Das ist nicht fair. Wie kann ich ihn plattmachen, wenn du sein Kind trägst?«

»*Unser* Kind«, korrigierte sie.

»Er kann mir nicht mal in die Augen sehen. Er ist in die Dünen verschwunden.«

»Ja, weil er dich mag, Isaac. Und er will dich nicht umbringen.«

»Mich umbringen? Einen Bürgermeister kann man nicht umbringen.«

»In der Bronx schon. Hast du nicht selbst gesagt, in der Bronx ticken die Uhren anders? Alles ist dort möglich.«

»Ich habe mit Marilyn dort gelebt. In Riverdale.«

»Riverdale ist nicht die Bronx, Isaac. Es ist ein goldener Zahn am Rande des Stadtplans. Du musstest nie einschlafen, während draußen hundert verschiedene Brände tobten, oder achtgeben, dass dir die wilden Hunde nicht an die Wäsche gehen. Deshalb habe ich in Sidereal investiert.«

»Sidereal wird also die Bronx retten, ja?«

»Das hab ich nie behauptet. Aber wenigstens wird es die Geier fernhalten und die Einheimischen ermutigen, ihr Geld zu investieren.«

»Wie Mr. und Mrs. J. Michael Storm.«

»Wir mussten J. mit ins Boot nehmen. Ich konnte wohl schlecht in den Vorstand. Hättest du gewollt, dass ich für Sidereal *und* für die City Hall Geschäfte mache?«

»Gott bewahre. Aber wusstest du auch, dass Prinz Martin Lima hinter J. steht? Der größte Drogenhändler der Bronx.«

»Dann werden wir eben dealen müssen, um zu überleben. Ich rede J. nicht in seinen Kram.«

Isaac schnappte sich noch ein Zwiebelbrötchen. Sein Hustenanfall war vorüber. »Tja, irgendwer wird aber müssen ... er kann nicht die Bronx beherrschen, nur weil er der Baseballzar ist und weil das Yankee Stadium ihm zu Dank verpflichtet ist.«

»Aber genau das ist doch das Problem, Isaac. Er beherrscht die Bronx. Niemand außer J. kann diesen Baseballkrieg beenden. Ohne ihn liegt der Bezirk im Tiefschlaf.«

»Wo finde ich Richardson?«

»Er wird dich finden.«

Sie stand auf, schnappte sich die Rechnung, bezahlte Isaacs Strudel an der Theke, berührte ihre weiße Strähne und flüchtete aus Ratner's. Isaac trank seinen Kaffee aus, gab noch ein paar Autogramme und marschierte auf die Straße, aber es schien ihm nicht zu gelingen, all seine Bewunderer abzuschütteln. Milton und Sam warteten auf ihn. Clarices Bodyguards. Und Big Guy war beinahe froh. Er konnte es kaum erwarten, die zwei auf den Arsch zu werfen.

Aber Milton und Sam waren erheblich wendiger, wenn sie nicht bei Clarice waren. Sie packten Isaac an der Hose, wirbelten ihn herum und schleuderten ihn in einen blauen Cadillac, wo sich eine unscheinbare kleine Frau um ihn kümmerte. Milton hielt seine Arme fest, während die Frau mit einem dicken Pinsel Isaacs Gesicht schminkte. Bereiteten sie ihn für den Leichenbestatter vor? Er versuchte zu kämpfen, und Sam verpasste ihm einen derartigen Schlag, dass Isaac quer durch den Cadillac flog und ihm die Ohren zu klingeln begannen. Sam schlug wieder zu. *Das ist nicht fair*, brummte Isaac stumm vor sich hin und fiel in ein winziges Koma.

19

In einer Art Garderobe kam Big Guy wieder zu sich. Um seinen Hals hing eine weiße Serviette. Visagisten wuselten um ihn herum, behandelten ihn unsanft. »Noch zwei Minuten«, flüsterten sie. »Seine Stirn glänzt immer noch... und was ist mit den grauen Haaren in seiner Nase?... Er sieht scheiße aus.«

Sie machten sich über seine Koteletten her, zupften ihm die grauen Haare aus der Nase, und Isaac kam sich vor wie eine enttäuschte Diva. Er hatte schon einmal auf genau diesem heißen Stuhl gesessen. Noch zwei Minuten bis zur Sendung, und es herrschte das übliche Chaos. Milton stocherte an seinen Fingernägeln herum. Sam lachte leise vor sich hin. Sie rückten die Glock in Isaacs Hose zurecht.

»Wer seid ihr, Jungs?«

»Wir arbeiten für Billy the Kid«, sagte Sam. »Und Billy hat uns gebeten, auf Clarice aufzupassen.«

Sie gehörten also zur Eliteeinheit des Gouverneurs. Sie reisten mit ihm kreuz und quer durchs Land, funktionierten wie ein Secret Service.

»Ihr schützt sie vor Fantômas, nehme ich an.«

»Klar«, sagte Sam. »Falls dieser Fantômas zufälligerweise J. Michael Storm heißt.«

»Aber warum sollte Billy sich einmischen? Er hat sich J. doch selbst als Vize ausgesucht. Die zwei sind praktisch verheiratet.«

Milton zwinkerte Isaac zu. »Vielleicht ist es nicht das, was der Gov sich unter einer Ehe vorstellt.«

»Bitte«, sagten die Visagisten, »noch dreißig Sekunden.«

»Ganz ruhig bleiben«, sagte Sam, und die beiden Sicherheitsexperten zupften die Serviette fort, zogen Isaac aus seinem Stuhl, führten ihn durch ein Kabellabyrinth in ein Studio, in dem J. Michael und Billy the Kid bereits neben Wooster Freeman, dem Moderator von *Wooster, Dead or Alive,* der populärsten Nachmittagstalkshow des Landes, auf luxuriösen Sesseln saßen. Isaac machte im gedämpften Scheinwerferlicht neben anderen Demokraten Tim Seligman im Publikum aus. Wooster war früher Kriegsberichterstatter gewesen und stieg heute gern mit Berühmtheiten in den Ring. Isaac hatte er jedoch immer schonend behandelt.

»Ein herzliches Willkommen für unseren Überraschungsgast«, brüllte er in die Kameras. »Sidel, der dieser Stadt vierundzwanzig Stunden am Tag dient. Man sieht ihn oben am Himmel, von wo aus er die fünf Boroughs ständig im Auge behält, der unermüdliche Verteidiger von allem und jedem in New York City.«

Das Publikum pfiff und johlte: »Wir wollen Isaac«, bis Wooster sie mit einem einzigen Händeklatschen zum Schweigen brachte. Isaac schüttelte Billy und J. die Hand und nahm auf seinem eigenen Sessel Platz. Wooster gab Billy the Kid ein Zeichen.

»Es liegt eine gewisse Spannung in der Luft, Governor, finden Sie nicht auch?«

»Ich kann noch nichts versprechen«, sagte Billy, der seine Adlernase in die Kameras hielt, tiefsinnig aus seinen dunkelblauen Augen blickend. »Aber Sie wissen selbst, wie sehr uns der Baseballstreik geschadet hat. Ich kann doch nicht zulassen, dass so etwas geschieht, nicht, solange ich Gouverneur dieses Staates bin. Wir haben Druck auf die Clubs ausgeübt und dafür gesorgt, dass sie begreifen, wie lebenswichtig das Spiel für uns alle ist. Und am meisten leiden die Menschen in New York. Wir haben einen ganz besonderen Anspruch, meinen Sie nicht auch, Mr. Mayor?«

Wer probte mit diesem Schwanzlutscher? Wer fütterte ihn mit Texten? J. Michael Storm. »Ja«, brummte Isaac, »wir haben allerdings einen Anspruch.«

»Baseball wurde nicht in Cooperstown erfunden«, sagte Billy. »Das ist ein Ammenmärchen. Der organisierte Baseball wurde in Manhattan geboren. Die New York Knickerbockers waren der allererste Club...«

»Wohl kaum«, unterbrach Isaac. »Es waren die Bronx Bachelors, die sich aus Männern der freiwilligen Feuerwehr zusammensetzten, Typen, die in Pensionen wohnten und gern Ball spielten. Ihr Mannschaftskapitän hieß Rupert Manly, und er organisierte auf den Elysian Fields, einem Hügel in Hoboken, Turniere gegen die Knickerbockers.«

»Ah, der Mann ist Himmel und Hölle zugleich«, sagte Billy. »Isaac irrt niemals.«

»Ich bin da nicht ganz so sicher«, schaltete sich J. Michael Storm ein. »Hatte Manly ein Regelbuch?«

»Er brauchte kein Regelbuch. Er hatte sämtliche Regeln im Kopf.«

Wooster Freeman stürzte sich in die Diskussion.

»Will Michael uns damit sagen, dass die Bronx Bachelors ein Hirngespinst von Ihnen sind, Mr. Mayor?«

»Ein Hirngespinst, ja? Walt Whitman hat sie 1846 spielen sehen. ›Ihr Spiel war herrlich‹, schrieb er, nachdem er gesehen hatte, wie die Bachelors Manhattan in die Pfanne gehauen hatten.«

»Wooster«, sagte Billy the Kid, »wir bringen den Baseball zurück. Wir müssen den Krieg gewinnen.«

Wooster lächelte Sidel an. »Und was meinen Sie, Mr. Mayor?«

»Wenn wir die Yankees nicht bekommen können, werde ich eben die Bachelors aus ihrem Grab zurückrufen müssen.«

»Und ich werde sie aus dem Yankee Stadium aussperren«, erwiderte J. Michael Storm. »Wir tolerieren keine Streikbrecher.«

»J.«, sagte Isaac, »wie sollte jemand gegen eine Geistermannschaft eine gerichtliche Anordnung ausstellen?«

»Geister haben keine besonderen Privilegien«, antwortete J. Michael Storm. »Sie können vor Gericht gestellt werden ... entweder die Yankees oder niemand.«

Isaac wurde übel. Billy the Kid ritt seine Präsidentschaftskandidatur in *Wooster, Dead or Alive.* Und J. Michael war sein Prügelknabe. Aber warum, zum Teufel, hatten Billys Elitebullen sich Isaac gekrallt und in Woosters Show geschleift? Sollte er Billys Ehe mit J. den Segen geben und als Friedensrichter fungieren? J. schmollte fast die ganze Stunde, während Billy kleine Predigten hielt, die er bereits seit Wochen auswendig gelernt haben musste. Der Gov probierte sein Präsidentengesicht aus ...

Nachdem Billy das Studio verlassen hatte, drängte Isaac J. Michael in eine Ecke. J. schmollte immer noch. »Der Gov fickt mich in den Arsch.«

»Billy ist ein echter Herzensbrecher, aber ich fand, er war heute doch ganz nett.«

»Nett? Er sagt, wenn ich den Streik nicht in achtundvierzig Stunden beende, wird er sich Clarice vorknöpfen.«

»Das ist ja witzig«, sagte Isaac. »Seine Spezialcops haben Clarice bislang vor Ihnen beschützt.«

»Clarice braucht keinen Schutz.«

»Haben Sie sie nicht ein bisschen verprügelt?«

»Isaac, diese Frau hat versucht, mich mit einem Messer zu erstechen.«

»War das bei einem Streit unter Turteltäubchen, oder hatte es etwas mit Sidereal zu tun?«

Sie saßen in der Garderobe und starrten mit gepuderten Wangen in den Spiegel: Sie hätten durchaus zwei Geisterspieler aus Isaacs Team sein können, den Bachelors of the Bronx.

»Isaac, muss ich mir jetzt irgendeine Scheiße über eine Firma anhören, die den Bach runtergeht?«

»Porter sieht das aber gar nicht so. Er sagt, Sidereal ist ein Traum ... und Sie sind ein Lügner, J. Sie haben versucht, Clarice umzulegen. Sie haben Brock Richardson gebeten, ihr einen Apachen auf den Hals zu hetzen, diesen Mann mit der Maske.«

»Fantômas?«

»Nein, Bernardo Dublin, ihren Kavalier.«

»Ich musste ihr Angst einjagen. Sie hat gedroht, sich meine Anteile an Sidereal unter den Nagel zu reißen, wenn ich sie und Marianna nicht in Ruhe lasse.«

»Was, wenn Brock einen falschen Apachen losgeschickt hätte, jemanden, der ihr das Genick gebrochen hätte?«

»Ich bitte Sie, Bernardo war wie geschaffen für den Job. Er hätte Clarice niemals umgelegt.«

»Aber das konnten Sie nicht wissen. Sie wollten, dass sie stirbt... oder zumindest beinahe. Als fügsame Ehefrau im Rollstuhl, zum Beispiel. Darauf haben Sie gebaut. Und als es dann anders kam, haben Sie blitzschnell die Taktik gewechselt und Bernardo zu Ihrem eigenen Scheiß-Vorteil benutzt.«

»Haben Sie ihn nicht gerade ihren Kavalier genannt? Nun, sie hatte andere Kavaliere, darunter auch Billy the Kid.«

»Billy hat Ihre Frau gefickt?«

»Sie doch auch... noch bin ich ihr Mann. Clarice erzählt mir alles. Und denken Sie nicht, ich wäre am Boden zerstört. Sie sagt, Sie wären die mieseste Nummer gewesen, die sie je hatte... direkt nach Billy. Aber wenigstens mag sie Sie. Billy ist ein Eiszapfen.«

Isaac erhob sich von seinem Stuhl, packte J. Michael am Kragen und begann zu drehen. »Sie haben ihr Liebesleben choreografiert, J., stimmt's? Wie ein frommer kleiner General. Billy schläft mit Clarice, und er zuckt nicht mal mit der Wimper, während Sie und Richardson und Ihr mieser Mandant Prinz Martin Lima die Bronx vergewaltigen.«

»Lima ist nicht mein Mandant.«

»Ja, ja«, sagte Isaac und riss den Kragen von J.s Hemd einfach ab. »Und Schneewittchen hat die sieben Zwerge auch nie gesehen... ich bin Isaac, erinnern Sie sich? Bei mir müssen Sie nicht das Unschuldslamm spielen. Sie sind der Mann des Prinzen, in Texas genauso wie in der Bronx. Sie waschen für dieses kleine Dreckstück Geld. Und Sidereal ist Ihre ganz persönliche Wäscherei. Ich sollte Sie einfach erdrosseln, J., aber es gibt nur einen Baseballzaren. Und der ist unsterblich, bis die Lichter im Yankee Stadium wieder angehen.«

Big Guy wischte sich Puder und Schminke aus dem Gesicht, aber J. Michael flehte ihn an. »Isaac, lassen Sie mich hier nicht allein.«

»Sie sind unberührbar. Sie sind ganz oben.«

»Billy sieht das aber anders. Er möchte mir schaden.«

»Und seinen Vize verlieren?«

»Lieber wäre ihm ein Vizepräsident ohne Eier.«

»Sie können sich jederzeit gegen die Kandidatur entscheiden.«

»Dazu ist es zu spät. Ich habe mich bereits Seligman gegenüber verpflichtet. Er kontrolliert die gesamte Stammwählerschaft der Partei. Er hätte mich aus meiner eigenen Firma schmeißen lassen können.«

»Dann werde ich eine Kerze für Sie anzünden, J., und um Sie weinen.«

Isaac schlenderte auf den Korridor hinaus, doch der Baseballzar klammerte sich an ihn. Wooster stand mit Tim Seligman im Halbdunkel. Sie rauchten kubanische Zigarren. Isaac beobachtete die glimmende Asche nahe an ihren Zähnen.

»Tim, war es Ihre Idee, mich zu Woosters Überraschungsgast zu machen?«

»Ein bisschen landesweite PR kann nie schaden«, sagte Seligman. »Ich wollte, dass der Gov sich in Ihrem Glanz badet. Es ist wichtig. Ich hätte gern, dass die Öffentlichkeit Sie, Billy und J. als unsere drei Musketiere wahrnimmt.«

»Aber ist das nicht ein Musketier zu viel? Zwei Vizepräsidenten auf einem Ticket geht wohl kaum.«

»Ach, das kriegen wir schon hin, was, Wooster?«

»Natürlich«, sagte Wooster. »Welche andere Stadt hat schon einen Law-and-Order-Liberalen vorzuweisen, einen radikalen Cop?«

»Ich bin kein Cop mehr. Jedenfalls sagt man mir das immer wieder.«

»Aber für uns werden Sie immer der Pink Commish bleiben«, sagte Wooster. »Stimmt doch, J.?«

J. kam hinter Isaacs Schulter hervorgekrochen. »Ja«, sagte er.

»J. war ein ungezogener Junge«, sagte Seligman. »Er, na, sagen wir mal, erpresst uns. Kann sich einfach nicht durchringen, den Streik zu beenden.«

»Tim, ich muss mit Clubbesitzern und Spielern fertigwerden.«

»Das ist nicht unser Problem, zumindest solange Billy in allen Meinungsumfragen auf der Stelle tritt. Er braucht ein bisschen Blitz und Donner. Und Sie sind unser Donnergott, unser Zeus ... bringen Sie ihn zur Besinnung, Isaac, ja?«

»Ich versuch's«, sagte Isaac und tänzelte wie ein guter Demokrat auf die Straße hinaus, J. immer dicht hinter ihm. Milton und Sam standen vor ihrem blauen Cadillac und verdrückten gigantische Eiswaffeln mit einem Überzug aus Schokoladenstreuseln.

»Mr. Mayor«, sagte Sam, »Sie können nach Hause gehen ... aber mit Mr. Storm haben wir noch was zu erledigen. Bitten Sie ihn, in den Wagen zu steigen.«

»Könnt ich niemals tun, Jungs«, sagte Isaac im breiten Slang der Polizisten, einer Melodie, die er von den irischen Cops gelernt hatte. Billys Spießgesellen hätten nicht mit Eiswaffeln in der Hand auf Isaac zukommen sollen. Er rammte ihnen die Waffeln ins Maul, verwirrte sie, trieb ihnen Tränen in die

Augen, knallte dann ihre Köpfe zusammen und brüllte dem Baseballzaren zu: »Hau endlich ab, ja? Ich kann das nicht den ganzen Tag lang machen.«
»Aber wo soll ich denn hin?«
»Nach Houston und Chicago, J. Und legen Sie diesen Streik bei, wenn Ihnen Ihr Leben lieb ist.«
Der Baseballzar sprang über die Straße, während Milton nach seiner Glock griff. Isaac trat Milton die Kanone aus der Hand, drehte sich wie ein Torero und streckte Milton und Sam zu Boden. Es bildete sich eine Menschenmenge, aber niemand schien weiter beunruhigt: Sie fanden es großartig, ihren Bürgermeister mitten in einer Keilerei anzutreffen. Er war ihr Lieblingsrabauke, und liebend gern hätten sie ihm geholfen. Aber Big Guy brauchte keine Hilfe. Seine ganze Wut schien auf Milton und Sam niederzugehen, sein Hass auf die Politik, seine Empörung über Sidereal, eine Firma mit den Tentakeln und dem tintigen Blut eines Kraken. Er war ein einsamer *hombre,* El Caballo, gefangen in einem Krieg, den er nicht mehr verstand. Er trommelte auf Milton und Sam ein, die nicht gegen einen Bürgermeister kämpfen konnten, der von lauter Fans umgeben war. Dann schaute er auf, bemerkte Wooster und Tim Seligman, die vor dem Studio standen und Isaac anfeuerten. Je weiter er vor der Politik weglaufen wollte, desto tiefer verstrickte er sich darin. »Aljoscha«, flüsterte er und sehnte sich nach den Dünen. Er würde verschwinden müssen, am Daumen nuckeln und beten, dass er von niemandem für irgendwas nominiert wurde. El Caballo.

TEIL FÜNF

20

Hey, marica, maricón.
Aljoscha fand kleine Höhlen in der Park Avenue Bridge der Hochbahn und lebte wie eine Ratte, ernährte sich von alten Schokoriegeln und Tüten mit saurer Milch. Die Malay Warriors und die San Juan Freaks hatten die Jagd aufgegeben. Sie konnten nicht Aljoscha aufspüren und Richardsons Apachen aus dem Weg gehen, die ihnen folgten, während sie dem Jungen folgten und zwei oder drei von ihnen gleichzeitig ausschalteten. Aber Aljoschas eigene Gang, die Jokers, ließ nicht locker, unterstützt von ein paar Dixie Cops, die sie von den Dominos ausgeliehen hatten. Sie brüllten Aljoscha an, beschimpften ihn mit ihrem eigenen Bronx-Vokabular als Fotze.
Hey, fruta bomba, wie geht's dir, Mann?
Den Jokers hätte er sich ja vielleicht noch ergeben, aber auf keinen Fall den Dixie Cups, die an ihren Pfeifen nuckelten und Crack an Kleinkinder verkauften, während sie Aljoscha verfolgten.
Hey, marica, maricón, schon gehört, dass Paulie tot ist?
Paul war ein Zauberer, genau wie der Große Jude. Man konnte Paul nicht töten. Aber trotzdem wurde Aljoscha misstrauisch. Warum sollten die Jokers und die Dixie Cups immer wieder das gleiche Liedchen singen?

Fruta bomba, Paulie ist tot, und das nur wegen dir.

Er nahm einen Vierteldollar aus der Tasche, lief in eine Telefonzelle nahe der Hochbahntrasse, wählte die Nummer von Rikers, stritt sich mit dem Mann in der Zentrale, der seinen Anruf schließlich zum Hochsicherheitstrakt durchstellte, wo ein Wärter an die Leitung kam, der Aljoscha quälte.

»Ein Paulito ist in unserem Hotel nicht gemeldet.«

»Aber wo ist er?«

»Versuchen Sie es im Atlantik ... oder im Leichenschauhaus der Bronx.«

Und die Leitung war tot, bevor Aljoscha ein weiteres Wort sagen konnte. Er hatte keine Münze mehr, die er in den Schlitz stecken konnte, und er hätte sich auch nicht so lange ungeschützt im Freien aufhalten sollen. Denn es hätte ein streunender Freak vorbeikommen können, der die Jagd noch nicht aufgegeben hatte und auf eine kleine Belohnung scharf war. Aber die Luft war rein. Aljoscha lief die Gleise entlang und fragte sich beiläufig, ob er einen vorbeifahrenden Zug mit Steinen beschmeißen sollte, aber es hätte ihm nicht wirklich Spaß gemacht, einen der Ricos zu verletzen, die in Connecticut lebten, wo Aljoscha noch nie gewesen war. Er konnte sich in die Schatten kauern, aber den Stimmen überall um ihn herum konnte er nicht entfliehen.

Fruta bomba, fruta bomba, wer hat Paul ermordet?

Aljoscha begann zu zittern, denn die *maricónes* würden kaum alle dasselbe Liedchen trällern, wenn nicht zumindest etwas Wahres daran war. Er brauchte unbedingt Geld. Er musste einen weiteren Vierteldollar haben. Er band sich sein blaues Taschentuch wie eine Maske vors Gesicht, wartete vor einem Lebensmittelladen und hielt einen *niño* an, der kaum älter als fünf sein konnte.

»Homey«, brüllte er durch den Stoff seiner Maske, »rück raus, was du hast.«

Der *niño* begann zu weinen. »Mama bringt mich um.«

»Hey, du sprichst mit Angel Carpenteros. Was sollte mir das ausmachen?«

Doch als er die Einkaufstüte des *niño* packte und den kleinen schwarzen Geldbeutel, ganz dick vor lauter Münzen, bekam er einen Schlag aufs Handgelenk, so brutal, dass er nur mit einem Hammer oder einem von Richardsons Totschlägern durchgeführt worden sein konnte. Er ließ die Einkaufstüte und den Geldbeutel fallen.

Der *niño* hatte nicht den Mut, beides schnell aufzuheben und wegzulaufen. Er stand wie erstarrt da, wie ein Antilopenbaby im Bronx Zoo, während Aljoscha in die Augen seines Feindes blickte. Es war Marianna Storm, die ein Holzschwert umklammerte. Seine kleine Gruschenka hatte nach seiner Hand geschlagen.

»Aljoscha«, sagte sie, »lass den Kleinen gehen.«

»Ich halte ihn nicht auf ... Homey, verpiss dich.«

»Mama«, sagte der *niño*, verbeugte sich vor Marianna Storm und schlich mit seinem Kram an ihr vorbei.

»Nimm diese blöde Maske ab«, sagte sie.

»So blöd ist die gar nicht. Die habe ich von meinem Bruder bekommen ... sie gehört seiner Gang.«

»Tja, ich habe die Schnauze voll von Masken, vielen Dank.«

Aljoscha nahm das Tuch ab und steckte es in seine Tasche. Er starrte weiter auf das Schwert. Etwas Heißeres hatte er in der Bronx noch nie gesehen. Ein hölzernes Schwert so groß wie Marianna selbst.

»Wo hast du denn diese Klinge her?«

»Aus meinem Aikido-Kurs.«

Aikido war nicht bis El Bronx vorgedrungen, der Heimat des Latino-Kung Fu, wo ein Tritt in den Unterleib hundert Kanonen und Messer aufwog. Aber Aljoscha war kein großer Straßenkämpfer. Er konnte nur Mauern und Wände markieren.

»Marianna, ich brauche einen Quarter.«

»Mein Held, der kleinen Jungs die Lebensmittel klaut.«

»Ich war verzweifelt. Ich brauche eine Information, und ohne Telefon bekomme ich die nicht.«

»Ich habe nie Geld dabei. Es ist zu nichts nütze. Man wird mich niemals irgendwo mit einem Haufen Nickels und Dimes in der Tasche finden. Geld belastet nur.«

Die *chica* war verrückt, neben der Park-Avenue-Trasse wie eine aus Manhattan zu quatschen. »Und wie bist du dann hierhergekommen? Hast du mit den Flügeln geflattert, oder bist du in Onkel Isaacs eisernem Vogel geflogen?«

»Ich hab ein Taxi genommen«, sagte sie, »und mit American Express bezahlt.«

»Dann muss dein Fahrer ein Volldepp gewesen sein. Denn in der Bronx nimmt niemand Plastik... die Jokers benutzen Plastik als Spielkarten.«

»Aber gefunden habe ich dich trotzdem, Aljoscha, dank American Express.«

»Das hat nichts mit American Express zu tun. Ich bin auf der Jagd nach Münzen aus meinem Loch gekrochen... wenn du mich nicht aufgehalten hättest, hätte ich schon längst telefoniert.«

»Dummerchen«, sagte sie. »Es ist doch die leichteste Übung auf der Welt, das Telefon zu benutzen.«

Sie kroch mit Aljoscha in die nächste Telefonzelle, fragte ihn nach der Nummer, die er haben wollte, überredete die Frau von der Telefongesellschaft, für sie zu wählen, und ließ die Gebühren auf Clarices Rechnung setzen. Und Aljoscha bekam Gloria Guralnik in die Leitung, Richardsons bucklige Sekretärin. »Gloria«, sagte er, »ich bin's. Ist Richardson in letzter Zeit auf einer Beerdigung gewesen?«

»Nicht, dass ich wüsste, nein.«

Dann musste Paulito noch leben. Doch da war ein Stocken in Glorias Stimme, als hätte sie am liebsten geweint, aber sie konnte nicht, weil sie schon viel zu lange bei den Apachen war und mit ihren Grausamkeiten lebte. »Aljoscha, mein aufrichtiges Beileid.«

»Beileid für was?«

»Paulito. Er hat sich erdrosselt. Das sagt wenigstens Brock.«

Aljoscha wusste über solche Erdrosselungen Bescheid. Das war ein alter Apachen-Trick. »Und wann ist die Beerdigung?«

»Es gibt keine. Paul liegt in irgendeinem Kühlfach, solange die Polizei an ihrem Bericht arbeitet... Richardson ist gerade draußen. Ich piepe ihn für dich an.«

Und bevor Aljoscha auflegen konnte, hörte er Richardsons Stimme. »Homey, bist du das?«

»Du Miststück, du hast Paul umgelegt.«

»Ging nicht anders, Homey. Er hat mich in Verlegenheit gebracht. Im Knast habe ich ihn am Leben gehalten. Und unsere Abmachung lautete, dass er dort bleibt. Dann hätte ich seine Gang nicht komplett ausschalten müssen. Aber der Idiot leiht sich Geld von Martin Lima und spaziert einfach so aus Rikers raus.«

»Aber das ist deine Schuld, Richardson. Du erzählst Gott und der Welt, dass ich dein Spitzel bin, und da musste Paulie mich einfach suchen kommen...«

»Und seiner eigenen Beerdigung entgegensehen.«

»Genau das ist das Problem, Richardson. Mein Bruder kann nicht mal unter die Erde.«

»Das wird schon noch, Homey. Ich werde persönlich dafür sorgen. Ich bin nur ein Soldat. Ich kann nicht befehlen, dass er aus der Kühltruhe genommen wird, aber ich werde dich zu ihm bringen. Das ist das Mindeste, was ich tun kann.«

»Nein«, sagte Aljoscha. »Ich stech dir die Augen aus, Richardson, ich mach noch was viel Schlimmeres.«

»Ach, und ich dachte, wir wären Freunde. Habe ich nicht immer deine Kunst gefördert, und habe ich dich nicht Big Guy und der süßen Marianna mit den kleinen Tittchen vorgestellt? Sag mir, wo du steckst, Homey, dann hole ich dich ab.«

»Du wirst mich nie finden. Und dreh deinen Rücken nie gegen den Wind. Denn ich werde da sein, Richardson, ich werde da sein.«

Aljoscha stürzte mit Marianna Storm aus der gläsernen Zelle. Er musste untertauchen, sich in der Hochbahn-Brücke verkriechen und in den Höhlen bleiben, bis er eine Glock stehlen oder Richardson mit einer glühenden Nadel in der Hand anspringen konnte. Aber er schaffte es nicht mal anderthalb Meter weit aus der Telefonzelle. Richardson tauchte mit zwei Apachen auf, einer davon war Birdy Towne. Sie alle hatten Funkgeräte in den Taschen.

Brock stieß einen anerkennenden Pfiff über Mariannas Holzschwert aus und gab ihr einen Handkuss. Er trug seine Cowboystiefel und eine senffarbene Hose.

»Wie geht es Ihnen, Miz Marianna?«

»Sprich nicht mit dem«, sagte Aljoscha. »Er hat meinen Bruder ermordet, und uns wird er auch umlegen.«

»Wie geht's J. Michaels einziger Tochter? Wie ich höre, ist Billy the Kid in dich verliebt.«

»Wer ist Billy the Kid?«, musste Aljoscha fragen, neugierig und eifersüchtig zugleich.

»Der nächste gottverdammte Präsident der Vereinigten Staaten.«

»Gehört er zu deiner Gang?«

Die Apachen lachten. »Wenn nicht«, sagte Birdy, »dann wird er's noch.«

»Pass auf, was du sagst«, sagte Richardson. »Du willst Miz Marianna doch keine Flausen über uns in den Kopf setzen. Wir sind nur Soldaten im Feldeinsatz. Wir haben mit Politik nichts zu tun.«

»Aber wessen Soldaten sind Sie?«, fragte Marianna.

»Schätzchen«, sagte Birdy, »wir gehören zur City of New York.«

»Das findet Onkel Isaac aber gar nicht. Er sagt, ihr seid gesetzlose Banditen, die auf eigene Rechnung arbeiten.«

»Tja, darüber solltest du mal mit deinem Daddy sprechen... Wir sind ein Haufen Altruisten, die nur versuchen, eine bessere Bronx zu bauen. Und Big Guy brauchen wir nicht. Wir haben unseren Auftrag von Billy the Kid.«

»Birdy«, sagte Richardson, »habe ich dir nicht gerade erst gesagt, du sollst aufpassen, was du redest? Du verwirrst das kleine Mädchen doch nur.«

»Ach, so verwirrend ist das gar nicht«, sagte Aljoscha. »Ihr habt mich nie aus den Augen verloren, nicht eine Minute. Ihr wart wie ein Magnet. Als die Malay Warriors und die Freaks in meine Nähe kamen, da habt ihr sie einfach von der Straße genommen.«

»Es ist genau so, wie Birdy sagt. Wir bauen eine bessere Bronx... ich werde dich zu deinem Bruder bringen.«

Richardson schnarrte in sein Funkgerät. »Der Falke ist gelandet, der Falke ist gelandet.« Drei senffarbene Fords tauchten auf, und Richardson lud Aljoscha und Marianna Storm ein, in den ersten Wagen zu steigen.

»Wir kommen nicht mit«, sagte Aljoscha. »Es ist eine Falle. Ihr knallt uns ab, sobald wir einsteigen.«

»Homey«, sagte Richardson. »Ich könnte dich jetzt und hier abknallen. Kein Mensch hört irgendwas. In der Bronx gibt es keine Echos.«

»Gut. Aber wenigstens müsste ich dann nicht mit dem Gestank von Marihuana in der Nase sterben.«

»Du kränkst mich, Homey. Ich ziehe mit allen meinen Spitzeln gern einen durch.«

Er stieß Aljoscha in den senffarbenen Wagen. Marianna folgte ihm. Sie konnte kaum atmen. Richardsons Auto war wie eine Opiumhöhle. Aljoscha flüsterte ihr ins Ohr: »Hat Big Guy wirklich gesagt, Richardson ist ein Bandit?«

»Nein«, flüsterte sie zurück. »Das hab ich erfunden. Aber recht hatte ich trotzdem.«

Die drei Fahrzeuge ließen die Bahntrasse mit heulenden Sirenen hinter sich. Aljoscha saß neben Birdy Towne, Richardsons persönlichem Würger. Marianna hielt das Schwert zwischen ihren Beinen. Keiner der Apachen hatte einen Gedanken daran verschwendet, sie zu entwaffnen. Sie stammte nicht aus der Fordham Road und der Featherbed Lane. Sie war ein kleines reiches Mädchen von jenseits der Grenze, das sich nun in der Gewalt der Bronx Brigade befand. Sie war nur ein weiteres Stück Rüstung, das Richardson aufgesammelt hatte, um Big Guy Paroli zu bieten. Ohne Mariannas Kekse könnte Isaac niemals überleben...

Die senffarbenen Fords erreichten das Bronx Municipal Hospital. Birdy steckte sich seine goldene Dienstmarke an und begleitete Aljoscha in das Leichenschauhaus des Bezirks. Die Gerichtsmediziner behandelten Birdy wie ihren kleinen Bruder. Sie boten ihm Sandwiches an, borgten sich etwas von seinem Stoff, um Falscher Hase mit Marihuana zu kochen, und tranken mit ihm Sliwowitz, während Aljoscha bei Paulie saß, der in einem Metallbehälter lag. Paul hatte Kratzer am Hals, wo die Apachen ihn gewürgt haben mussten, denn allein konnte Birdy Paulito nicht umgebracht haben. Und es war irgendwie verrückt. Paulito sah so lebendig aus. Aljoscha rechnete jeden Moment damit, dass er etwas sagte, die Apachen verfluchte und auch Aljoscha, weil er die Jokers an eine Bande von Schlägertypen verraten hatte, die nicht einmal edel genug war, um die Farben einer Gang aus der Bronx zu verdienen.

»Paulie«, sagte Aljoscha, »ich wollte nicht...«

Birdy schlenderte mit seiner Tasse Sliwowitz zu Aljoscha. »He, du quatschst mit dem Toten?«

»Er hat eine Seele, genau wie David Six Fingers.«

»David ist tot, Paulie ist tot.«

»Und es gibt keine Gangs mehr, nur noch die Dixie Cups, die mit Martin Limas Ware über den Fluss kommen.«

»Die verschissen besten kleinen Dealer der Welt.«

»Und ihre Kunden sind kaum aus dem Kindergarten raus.«

»Wir sind in der Bronx, Mann. Hier ist alles möglich. Hat Richardson dich etwa nicht zum Millionär gemacht?«

»Da muss ich dich leider enttäuschen«, sagte Aljoscha. »Was ich jemals an Blutgeld bekommen hab, ist für meine Pinsel, Farben und Spraydosen draufgegangen.«

Birdy schob das Kühlfach in die Wand zurück, und Aljoscha verlor Paulito ein weiteres Mal. Aljoscha zerriss es das Herz. Was für einen Sinn hatte es, eine Cappuccino-Maschine zu besitzen, wenn er sie nie mit Paulie teilen konnte? Birdy führte ihn aus dem Leichenschauhaus in die Krankenhaus-Cafeteria, wo Richardsons Männer einen ganzen Tisch in Beschlag genommen hatten. Marianna saß bei ihnen und aß mit einem Plastikbesteck einen Salat, während die Apachen ob ihres Geschicks große Augen machten. Nur Richardson konnte Messer und Gabel führen wie sie. Sie selbst mussten immer im Laufschritt essen, stets einen Blick zurück über die Schulter werfen, ihre Mahlzeiten im Stehen verschlingen. Brock war fort, um ein paar Telefonate zu machen. Er rief ständig irgendwelche Leute an. Prinzen, Gouverneure, Baseballzaren …

»Lass mal dein Schwert da sehen«, sagte Birdy, die Zunge schwer vom Sliwowitz. Er zog Mariannas Schwert aus der Scheide und ließ es über seinem Kopf wirbeln. Doch er schien nicht den rechten Rhythmus zu finden. Er umklammerte es wie einen Baseballschläger.

»Birdy«, sagte Aljoscha, »hält Richardson gerade eine Telefonkonferenz mit seinen anderen Piraten ab?«

»Wahrscheinlich.«

»Wird er uns an Martin Lima verkaufen?«

»Marianna nicht. Niemals. Wir hatten noch nie eine eigene Keksbäckerin.«

»Und was ist mit mir?«

»Du fegst den Boden… und leistest ihr Gesellschaft. Der Gouverneur wird uns einen Orden geben, glaube ich. Und dann denken wir vielleicht darüber nach, das Schätzchen an ihren Dad zu verkaufen. Aber du hast keine große Zukunft mehr, kleiner Mann. Wir könnten dich in einem Käfig als den letzten Latin Joker ausstellen. Oder wir könnten dich dein eigenes Wandgemälde machen lassen. ›Angel Carpenteros, auch bekannt als Aljoscha, amtlich anerkannte Ratte. Ruhe in Frieden, Homey. Bezahlt von Birdy Towne und der Bronx Brigade‹…«

Marianna legte Messer und Gabel zur Seite. »Ich zeig's Ihnen«, sagte sie.

Birdy fixierte sie durch den Sliwowitz, der sich in den tiefen Ringen unter seinen Augen niedergelassen zu haben schien. »Häh?«

»Ich zeig's Ihnen.« Sie nahm ihm das Schwert aus den Händen, wippte einmal mit den Hüften und zerschmetterte mit einer makellosen, fließenden Bewegung Birdys Kniescheibe. Er jaulte auf und sank zu Boden. Die anderen Apachen sprangen auf, und Marianna berührte ihre Adamsäpfel, als nehme sie sie damit feierlich in einen Ritterstand der Bronx auf. Sie umklammerten ihre Kehlen und fielen von den Stühlen.

»Komm«, sagte Marianna, packte Aljoschas Hand. Sie liefen an zwei Sicherheitsleuten vorbei aus der Cafeteria und hinaus auf eine gewundene Straße namens Seminole Avenue. In diesem Teil der Bronx war Aljoscha noch nie gewesen. Es war wie Indianerland. Er musste ihren Fluchtweg festlegen. Er entschied sich für Choctaw Place. Sie rannten tiefer und tiefer ins Indianerland, und Aljoscha hatte nicht die geringste Ahnung, wo er war. Das bereitete ihm Sorgen. Bislang hatte er sich eingebildet, in jedem Viertel zurechtzukommen, und jetzt erkannte er zum ersten Mal, dass es einen Borough jenseits seiner Vorstellungskraft gab, dass er gar kein Reisender war, sondern nur ein Einsiedler, der die Mt. Eden Avenue bewohnte und seine Wandgemälde an einsamen, abgelegenen Stellen gemalt hatte. Und wie sollte er nur Paulie verewigen, ihn für immer auf einer riesig großen, gewaltigen Scheißwand dokumentieren?

21

Die Stadt hatte ihr eigenes Uhrwerk, mit oder ohne Isaac Sidel. Nicholas Bright, der Erste Stellvertretende Bürgermeister, musste nicht auf Isaacs Stuhl sitzen. Er arbeitete in einem Kabuff, das früher einmal die Besenkammer des Bürgermeisters in der City Hall gewesen war. Er konferierte mit Candida Cortez und verschob in seinem Kopf Dollar-Milliarden. Es war Candida, die Angst hatte, die einen greifbaren Sidel brauchte. »Nick, was ist, wenn wir Mist bauen?«

»Candy, der Bürgermeister hat keine Ahnung von Zahlen. Er kann nicht mal Bruchrechnen. Er wäre uns keine Hilfe.«

»Aber ich wünschte, er würde nicht einfach so verschwinden.«

Candy Cortez steckte in einem Dilemma. Brock Richardson kampierte in ihrem Penthouse am Grand Concourse. Brock selbst hatte die Wohnung mit Geld von Sidereal renoviert. Candida hatte sechs Zimmer und drei Bäder in einem Artdéco-Palast, der aus Ruinen wiederauferstanden war. Auf ihrer Terrasse konnte sie Badminton spielen und die komplizierte Kristallwelt des Chrysler Buildings betrachten. Sie schlief mit Brock, würde aber niemals Isaac für ihn bespitzeln. Sie war im zweiten Monat schwanger und versuchte sich vorzustellen, was für ein Vater Brock sein mochte. Ob sie sich je an diesen Häuptling der Bronx-Apachen gewöhnen könnte?

Es wurde Mitternacht, bis sie nach Hause kam, und sie hatte Brock mehrere Tage nicht gesehen oder von ihm gehört. Er rief nie an. Er kam allein oder mit seinen Apachen, und dann ließen sie sich in ihren senffarbenen Hosen auf der Terrasse nieder, grillten Hühnchen auf Candidas Grill, tranken ihren Wein, kifften, bis ihre Augen blutunterlaufen waren, und dann verschwand Brock ins Schlafzimmer und kroch auf sie, ritt Candida im Dunkeln, und sie musste ihn anflehen, seine Glock abzulegen. Aber er war nicht wie die anderen *guerreros*, die sie kannte. Hinter all der senffarbenen Tarnung konnte er zärtlich und liebevoll sein.

Sie roch das Marihuana, als sie vor ihrer Wohnungstür stand. Und es freute Candida, dass ihr *guerrero* auf sie wartete, dass er vor ihr nach Hause gekommen war. Aber er hatte seine Apachen mitgebracht und war schlechter Laune. Der gemeinste von ihnen, Birdy Towne, stand in Unterwäsche da, mit einem Plastikknieschützer über einem Knie, wie ihn sonst Footballspieler trugen.

»He, Chef«, sagte Birdy, »erzähl ihr, was passiert ist.«

»Nichts ist passiert«, sagte Richardson. »Du hast zwei Scheißkinder abhauen und dir das Knie zerschmettern lassen.«

»Aber das war eins von diesen magischen Schwertern...«

»Magisch, Birdy? Ich würde eher sagen, da hat ein Winzling eine Ahnung von Kampfsport... und jetzt halt die Schnauze und zeig dein neues Knie jemand anderem. Candida hat sich für Onkel Isaac den Arsch aufgerissen. Wie geht's Big Guy, Schatz?«

»Das weiß niemand«, sagte Candida. »Er ist mal wieder verschwunden.«

»Tja, so ist er«, sagte Richardson. »Immer irgendwo draußen, wo's brenzlig ist. Big Guy, der ewige Einzelkämpfer.«

Richardson schob sich an Birdy und den anderen Apachen vorbei, die mit ihren Tüten auf Candidas Teppich lagen und sich Wiederholungen von *Miami Vice* reinzogen, und er folgte Candida hinaus auf die Terrasse. Er hatte keinen Joint im Mund. Er beugte sich über das Geländer in die Lichter Manhattans.

»Candy, bei so einem Ausblick solltest du Eintrittsgeld nehmen. Ich meine, man kann nicht wirklich über Manhattan reden und die Skyline heraufbeschwören, bevor man nicht in der Bronx ist.«

»Brock, was ist los?«

»Was los ist?«, sagte er. »Ich brauche sechshundert Dollar, Schatz. Bin im Moment etwas knapp bei Kasse. Man kann eine Million besitzen, der Herr von praktisch allem sein, was du von diesem Dach aus siehst, und sich trotzdem keine neue Hose leisten.«

»Ich geb dir die sechshundert, Brock, aber was ist mit deinem Gehalt?«

»Alles eingefroren, die ganze Scheiße. Ich habe mehr Gläubiger als Beau Brummell.«

»Wer ist Beau Brummell?«

»Irgend so ein feiner Pinkel, der mit Prinzen verkehrte und meinte, ihm gehöre die ganze Welt. Halb England hat sich wie Beau Brummeil angezogen. Er ist in einer Irrenanstalt gestorben, ohne einen Penny ... oder eine anständige Jacke.«

»Aber du könntest bei mir bleiben, Brock. Ich werd dich durchfüttern.«

»Und wirst du auch meine Armee durchfüttern, Schatz?«

Candida lachte. »Eine Horde Apachen, deren Gehälter eingefroren sind?«

»Schlimmer«, sagte Richardson. »Sie alle haben ihr Geld in meine Firma gesteckt. Können sich nicht mal ein bisschen Gras leisten. Sie haben Leute ausgeraubt, nur um am Leben zu bleiben.«

»Deine Apachen sollen doch eigentlich die Bronx beschützen.«

»Gab es auch nur einen einzigen Einbruch in diesem Haus? Nenn mir einen.«

Candida hörte das Knacken eines Funkgeräts. Sie verstand den Jargon nicht. Irgendwas über einen Falken, einen Falken im Flug. Birdy war mit seiner neuen Kniescheibe auf die Terrasse hinausgehüpft.

»Hallöchen, Miz Candy«, sagte er, das Funkgerät fest in der Hand. »Chef, möchten Sie mit dem Schwiegersohn reden?«

»Halt's Maul«, sagte Richardson.

»Dave sagt...«

»Mir egal, was Dave sagt.«

»Tja, also, ich bin nicht der Falke. Wenn Barbarossa...«

Richardson warf einen Aschenbecher nach Birdy. Er trudelte über Birdys Kopf und segelte vom Dach, mitten hinein in die Bronx auf der dunklen Seite der Terrasse. Birdy lächelte und hüpfte zurück ins Wohnzimmer, und Richardson fragte sich, ob er seinen Schatz würde erdrosseln müssen. Birdy hätte Barbarossa nicht erwähnen dürfen. Candy war Big Guy treu ergeben, Candy könnte sie alle verraten.

»Ich bin schwanger«, sagte sie, und Richardson musste nicht einmal blinzeln. Jetzt hatte er sie. Jetzt war auch sie nur noch ein weiteres Stück seiner Panzerung. »Tja, wir werden ihn Isaac nennen, falls es ein Junge ist... nach Big Guy.«

»Es tut dir nicht leid... du denkst nicht, ich hätte dich reingelegt, Brock?«

»Oder Sophie, wenn's ein Mädchen ist... nach Isaacs Mom. Wusstest du eigentlich, dass man sie totgetreten hat? Eine Bande junger Rowdys hat Sophie Sidel auf dem Gewissen. Deshalb müssen wir draußen auf der Straße auch so tough sein. Sonst kommen die wilden Hunde zurück, und dann will kein Mensch mehr in der Bronx leben.«

»Aber wir werden unser Baby hier bekommen...«

»Im Herzland. Habe ich nicht sechs Zimmer für dich gefunden? Wer hat die ganzen alten Rohre rausgerissen? Daddy Brock.«

»Was ist mit Barbarossa?«

Die Alte war zu clever für ihn. Isaacs Buchhalterin. Sie kümmerte sich für Big Guy um die Bücher. »Wir werden ihm schon nichts tun... versprochen. Aber ich musste mir die Nervensäge schnappen, ihn von der Straße holen. Er ist in unserem Vorgarten herumgetrampelt wie ein tollwütiger Hund. Und jetzt kann ich mit Big Guy verhandeln, dafür sorgen, dass er uns von der Pelle bleibt... bis der Baseballkrieg zu Ende ist. Dann werden wir alle Champagner Rosé schlürfen, und Isaac bekommt einen Patensohn.«

»Du wirst Barbarossa zurückgeben müssen.«

»Das werd ich«, sagte Richardson. »Ich schwör's.«

Er würde sie erwürgen, selbst wenn sie Baby Isaac in sich trug. Aber Richardson konnte Kindestötung einfach nicht ausstehen, besonders, wenn das Kind noch nicht mal geboren war. Immerhin war er Assistant D.A., ein Dr. jur., ein Akademiker, der einst neben Isaac an der Polizeiakademie gelehrt hatte wie so ein Renaissance-Typ. Big Guy hätte ihn in Ruhe lassen sollen. Richardson kiffte im Bezirksgericht und kümmerte sich um seinen Kram als der Weiße Ritter des D.A., der all die Penner hinter Schloss und Riegel brachte, als Isaac ihn von dort entführte, ihm die Leitung der Bronx Brigade übertrug und ihm seine erste Glock kaufte.

Candy gab ihm einen Kuss auf die Wange. »Ich verlass mich auf dich, Brock.« Und um halb eins in der Nacht marschierte sie von der Terrasse und verschwand ins Bad, während Richardson neben dem Himmel stand und seinen Krieg gegen Sidel plante. Er würde sich Marianna wieder schnappen, ihr Schwert unbrauchbar machen, Big Guy in Schach halten, ihn mit einer Million Problemen überfluten und auf Billy the Kid warten. Vielleicht würde er sogar für den Kongress kandidieren. Es würden Bücher geschrieben werden über Brock Richardson, den einzigartigen Staatsanwalt, der eine geniale Lösung fand für die Fäulnis der Städte.

»Falke...«

Birdy hatte sich an ihn herangeschlichen.

»Schwachkopf, musstest du unbedingt vor meiner Alten den Namen Barbarossa erwähnen?«

»Tja, es gibt eine Krise. Barbarossa will einfach nicht stillhalten. Und Dave...«

»Dave kann ihn in Streifen schneiden.«

»Was ist mit Big Guy? Ich kann ihn nicht erledigen, solange mein Knie nicht in Ordnung ist.«

»Den Dinosaurier? Der kann sich doch nicht mal an seinen eigenen Namen erinnern.«

Aber Brock würde sich Birdy schon sehr bald vom Hals schaffen, sich von seiner eigenen kleinen Terrorherrschaft distanzieren und die Apachen auflösen müssen. Er wartete auf Billy the Kid.

»Chef, da war ein Bengel an der Tür, ein Botenjunge. Er hat diesen Zettel gebracht, wollte aber nicht sagen, von wem der kommt.«

Richardson riss ihm den Bogen braunes Papier aus der Hand, schlug das Blatt auf, lächelte über die verräterischen Worte. MICKEY MANTLE. Er zerriss das Blatt, warf die Schnipsel in den Wind, ließ sie von der Terrasse tanzen. Er stahl sich ins Bad, wo Candida beim Licht einer blauen Kerze lag, stieg völlig bekleidet in die Wanne und leckte ihren Körper mit größerer Hingabe, als sie es von ihm je erlebt hatte.

22

Isaac war in seinem Hubschrauber und schaute Nachrichten. Es war vier Uhr morgens. J. Michael Storm, der Spielerzar, hatte sich mit dem Verhandlungsteam der Clubbesitzer geeinigt. Er hatte der Idee einer Gehaltsdeckelung eine erfolgreiche Absage erteilt, ein Mindestgehalt gefordert und bekommen. Die Clubs hatten vor ihm kapituliert. »Es ist ein glücklicher Tag«, sagte er den Reportern. »Meine Herren, ich bin müde. Wir haben Wange an Wange gekämpft.« Er war achtzehn Stunden in einem Raum im Mark Hopkins Hotel eingesperrt gewesen, J. Michael und ein Team der härtesten Schläger, die die Clubbesitzer auftreiben konnten, Rechtsanwälte, die J. eigentlich bei lebendigem Leib hätten fressen sollen. Aber sie konnten den Zaren nicht bezwingen. Er hatte Stoppeln auf dem Kinn, als er aus dem Raum auftauchte. Sein Kragen war zerknittert. Aber es waren die anderen Anwälte, die mit langen, ausgezehrten Gesichtern herauskamen, nicht der Zar.

Isaac hatte J.s Show auf dem Miniaturbildschirm verfolgt. Er konnte sich seine dumpfe Angst nicht erklären. Kurz vor Tagesanbruch kehrte er in sein Glashaus zurück. Er begegnete Clarice, die gerade die Treppe herunterkam.

»Ein nächtlicher Besuch, hm?«

»Ich musste Bernardo sehen, und du warst nicht zu erreichen.«

»Glückwunsch, J. hat den Krieg beendet. Du wirst jetzt unsere neue Second Lady, übrigens vermutlich die Erste, die je mit einem Präsidenten *und* mit seinem Vize geschlafen hat.«

Clarice verpasste Isaac eine schallende Ohrfeige, er wirbelte herum und wäre fast wie ein taumelnder Akrobat gestürzt. Doch Big Guy fand rechtzeitig sein Gleichgewicht wieder, packte Clarice am Genick und schleifte sie zurück nach oben in Bernardos Zimmer.

»Bernardo«, brüllte Isaac, »ich habe ein Geschenk für dich. Die königliche Konkubine. Wusstest du, dass Clarice eine Affäre mit Billy the Kid hatte?«

Aber Bernardo lag nicht im Bett. Isaac verspürte einen dumpfen Schlag, als wäre ihm ein tollwütiger Affe auf die Schulter gesprungen, und er musste diesen Affen abschütteln. Bernardo hatte Isaac von einem Stuhl aus angesprungen, sich dabei aber völlig verausgabt. Er lag auf dem Boden, sein geschundenes Gesicht wie eine schwarze Maske. »Fantômas«, murmelte Isaac.

»Sie musste mit dem Gov schlafen«, sagte Bernardo. »Sie hat es für J. getan, damit er auf das Ticket der Demokraten kommt … Billy hat sie erpresst, er sagte, er werde sie bei Sidereal ausbooten, einen Special Prosecutor aus Albany kommen lassen und den Laden dichtmachen … ich verzeihe ihr.«

»Und warum hat sie mit Sidel geschlafen?«, musste Isaac beinahe betteln.

»Weil du ein jämmerlicher Dreckskerl mit ausgebeulter Hose bist«, sagte Clarice.

»Chef, sie hat mich nur geschützt. Sie dachte, Sie würden vielleicht meine Dienstmarke einkassieren wegen dem, was ich in der Bronx mache ... Ich habe ihr alles erzählt.«

»Was passiert jetzt, Kinder? J. hat es krachen lassen, hat jeden Clubbesitzer gedemütigt ...«

»Es war im Radio«, sagte Bernardo vom Boden aus. Isaac hob ihn auf seine Arme und trug ihn zum Bett.

»Das ändert überhaupt nichts«, sagte Clarice. »Ich kann mich von dem Bastard nicht scheiden lassen. Ich werde die Frau des Kandidaten spielen müssen ... aber Bernardo werde ich auf keinen Fall aufgeben.«

Jemand tippte Isaac auf die Schulter. Er wollte schon losbrüllen, drehte sich um und erkannte Harvey, seinen Kammerdiener.

»Ich führe hier gerade ein wichtiges Gespräch, Harve. Es geht um Leben und Tod. Musst du unbedingt stören?«

»Es ist Marilyn, Euer Ehren. Sie ruft schon die ganze Nacht an. Sie ist auf Leitung sechs ...«

Isaac nahm den Hörer ab. Seine Hand zitterte.

»Isaac«, sagte seine Tochter. »Wenn du dich schon unbedingt verstecken musst, dann hättest du mir wenigstens Joe schicken können.«

»Marilyn, ich ...«

»Er ist jetzt seit zwei Tagen verschwunden ... es ist was Schlimmes passiert. Er geht nie ohne mich ins Bett. Du musst ihn finden, Dad. Du bist für ihn verantwortlich. Er war mit einem deiner Selbstmordaufträge unterwegs.«

Sie wartete nicht auf Antwort von Isaac dem Tapferen, sondern legte einfach auf.

»Was gibt's denn, Chef?«, fragte Bernardo unter seiner Bettdecke heraus.

»Barbarossa ist aus der Bronx nicht mehr nach Hause gekommen.«

»Die Apachen... lassen Sie mich mitkommen. Ich kenne alle ihre Tricks.«

»Super«, sagte Isaac. »Ich nehme dich in die Babytrage.«

Er flüchtete aus dem Zimmer, doch er war wie ein Gefangener in seinem eigenen Glashaus. Einer nach dem anderen trudelten Isaacs Mitarbeiter ein. J. Michael sei mit dem Flugzeug aus Frisco unterwegs, sagten sie. Billy the Kid hatte für den Nachmittag eine Pressekonferenz im Yankee Stadium anberaumt.

»Ich kann trotzdem noch schnell rauf in die Bronx und meinen Schwiegersohn suchen.«

»Euer Ehren«, sagte Nicholas Bright. »Wir müssen uns eine Taktik ausdenken. Ansonsten wird der Gov den Ruhm für sich allein einstreichen und Sie in Ihrer eigenen Stadt an die Wand spielen.«

Sie bedrängten ihn, kreischten und zeterten, und Nicholas drohte sogar, ihm den Hubschrauber wegzunehmen.

»Ich kann das, Isaac. Ich setze einfach Ihr Sprit- und Ölbudget auf null und schicke Ihre Piloten in Dauerurlaub.«

»Und ich kann Sie rausschmeißen.«

»Aber meine Anweisungen werden trotzdem wirksam. Das ist das Privileg eines Ersten Stellvertretenden Bürgermeisters... Entweder Sie beraten mit uns bis zur Konferenz über eine Taktik, oder wir treten alle zurück, und dann kann Billy the Kid auch noch die City Hall zu seinen Adressen zählen.«

Er wollte nicht zu dieser Konferenz. Er hatte keine Angst vor Billy. Es war dieser Demokratengesangsverein – Seligman und Wooster und Porter Endicott. Die spielten ihre eigenen kleinen Kriegsspiele.

Seine Stellvertreter schnüffelten an ihm. Er hatte jetzt drei Tage vor sich hin gewurstelt, hatte in seinem Hubschrauber von Singapur-Nudeln und vegetarischen Dim Sum gelebt. Und er fing allmählich an zu stinken. Martha Dime und Candy Cortez schälten ihn aus seinen Klamotten und setzten ihn in die Wanne, während Harvey mit Nicholas Bright seine Garderobe aussuchte. Er musste wie jemand aussehen, der das Staatsschiff New Yorks sicher durch die raue See lotsen konnte. Doch Harvey geriet in Panik. Big Guy hatte nur absoluten Müll in seinem Kleiderschrank, alte Lumpen, die auch nicht ansatzweise mit Billy the Kids Armani-Anzügen mithalten konnten. Einer von Harveys Kumpeln tauchte auf, ein betrunkener Schneider, der vor vierzig Jahren schon die Rockefellers eingekleidet hatte. Er schneiderte Isaac einen Anzug auf den Leib, bankergrau, mit langen Falten, die Big Guy das Gefühl verliehen, in einem schottischen Kilt gefangen zu sein.

»Himmel«, sagte Isaac, »alle werden mich auslachen.«

»Euer Ehren, er sieht wunderbar aus«, sagte Martha Dime. »Passt farblich perfekt zu Ihren Koteletten.«

Sie lasen ihm Strategiepapiere vor. Isaac nahm ein leichtes Mittagessen ein. »Sie können sich nicht vor den Karren des Gov spannen lassen«, sagte Nicholas, der einen Spion in Billy the Kids Lager hatte. »Er wird sich dem Volk anbieten, nachdem er erklärt hat, wie er mitgeholfen hat, den Streik zu beenden. Er wird sich als großer Retter der Bronx darstellen.«

»Das ist doch lächerlich«, sagte Isaac. »Billy würde uns nicht mal einen Nickel leihen.«

»Das spielt keine Rolle. Er wird vor laufenden Fernsehkameras im Yankee Stadium sein, und der halbe Planet wird ihm zusehen.«

»Er wird über die Bronx reden«, sagte Martha Dime, »und er wird Sie von der Bildfläche kicken.«

»Und was können wir dagegen tun?«

»Unsere Unterstützung für die Aufbauprogramme der Bronx verkünden.«

»Wie zum Beispiel Sidereal«, sagte Isaac und starrte Candida Cortez an. »Scheiß auf Billy the Kid.«

In der schwarzen Limousine des Bürgermeisters fuhren sie in die Bronx. Isaac saß zwischen Candida und Dottie Dreamer, einer politischen Kolumnistin von *Newsday*.

»Mr. Mayor«, sagte Dottie, »es gibt Spekulationen, dass Sie möglicherweise aus Ihrer Villa nach D.C. umziehen könnten.«

»Keine Chance«, erwiderte Isaac. »In der Hauptstadt gibt es zu viele Moskitos.«

»Aber Sie sind doch bereits ausgeguckt worden«, sagte Dottie, »als der größte Stimmenfänger im Stall der Demokraten.«

»Ich bitte Sie, Dot. Man kann nicht Präsident und Vizepräsident aus dem gleichen Staat holen.«

»Wer weiß? Könnte doch sein, dass der Gov weder bei der Partei noch beim Volk besonders gut ankommt.«

Angst überfiel Isaac. Er hätte in der Bronx bleiben sollen. Candida umklammerte seine Hand und flüsterte ihm zu: »Brock hat Barbarossa, aber er hat versprochen, ihn zurückzugeben.«

»Brock kann gar nichts versprechen, ohne vorher mit Billy the Kid gesprochen zu haben.«

Sie erreichten das Yankee Stadium, gingen hinauf zur Ehrenloge, in die sich Journalisten, Fernsehkameras und Politikos drängten, die nun allesamt Isaac anstarrten und seinen grauen Bankeranzug bewunderten. Er schüttelte Billy the Kid und Michael Storm die Hand, der immer noch Stoppeln im Gesicht hatte. Clarice stand an seiner Seite. Die Yankees schenkten Champagner aus. Der Geschichtsschreiber der Bronx, Abner Gumm, rannte mit seiner Box hin und her. Isaac musste hart gegen den Impuls ankämpfen, Ab durch das Fenster zu schmeißen. Doch die blaue Vene auf seiner Stirn begann richtig zu pochen, als er Brock Richardson erspähte. Er flog durch den Raum auf Brock zu.

»Wo ist Barbarossa?«

»In Sicherheit«, sagte Richardson.

»Ich knall dich ab, sobald diese Konferenz vorbei ist.«

»Billy the Kids persönlichen Ehrengast abknallen? Du kannst mir gar nichts, Isaac. Steck deine Nase nicht in meinen Kram, dann bekommst du auch Joey zurück... heil und in einem Stück.«

»Ich lege Sidereal still.«

»Dann kannst du genauso gut die Bronx stilllegen... hey, ich hab keine Zeit für den Scheiß.«

Und Richardson ließ Isaac stehen.

Billy the Kid breitete vor den Kameras die Arme aus, umarmte Richardson und J. Michael Storm. »Meine beiden Champions«, sagte er, »meine zwei couragierten Jungs... Ladys und Gentlemen, welch ein großer Nachmittag für New York. J. Michael hat dem Volk das Yankee Stadium und jedes andere Baseballstadion im Land zurückgegeben.«

»Was ist mit uns?«, sagte Marvin Hatter, Präsident der Yankees. »Uns steht auch ein bisschen Lob zu.«

»Pssst, Marvin. Heute ist der große Tag des Volkes... Die Clubbesitzer können schon mal die Eintrittskarten einsammeln.«

Die Politiker applaudierten, und Billy umklammerte das Mikrofon wie ein sexy Schmalzsänger. »Was ist mit Richardson? Er hat Krieg gegen die schlimmsten Gangs geführt, die diese Stadt je gesehen hat. Ein Staatsanwalt, der sich eben nicht den Hintern in irgendeinem dunklen Büro breit sitzt, der nicht seine Schuhe wienert, während sich die unbearbeiteten Fälle auf seinem Schreibtisch türmen. Brock Richardson hat gar keinen Schreibtisch. Sein Büro, das sind die Straßen der Bronx. Er wurde von unserem früheren Police Commissioner Isaac Sidel ernannt, um die Bronx den Klauen der Gangs zu entreißen. Genau das hat er auch getan, und er hat gesiegt. Aber wir sind keine Primitiven, Ladys und Gentlemen. Rache ist nicht unser Ding. Ich verspreche hiermit in aller Öffentlichkeit, dass ich mit Ihrem Bürgermeister und Mr. Richardson am Wiederaufbau der Bronx arbeiten werde...«

Isaac wurde immer missmutiger. Mitten in Billys Präsidentschaftsrede verließ er das Yankee Stadium.

23

Es machte keinen sonderlichen Spaß zu hungern, vor allem, wenn Marianna dank American Express eine ganze Ente hätte bestellen können. Aber sie musste treu zu Aljoscha halten. Und sie musste alle möglichen Arten von Gezische ertragen.

Hey, Homey, wie geht's der puta? Magst du ihre fruta bomba?

Er führte sie über die Hügel eines heruntergekommenen Parks, wo sie um ein Haar auf einer Rattenmama ausrutschte, die gerade ihre Brut säugte.

»Aljoscha, bring mich hier weg.«

Aber er wusste nicht, wohin er sie bringen sollte, hatte nur andere Straßen und andere Parks zu bieten. Wenn ein Irrer aus der Dunkelheit hervorsprang, dann musste Marianna ihn mit ihrem Schwert niederstrecken. Das Zischen vervielfachte sich.

Hey, maricón, brauchst du Schutz aus Downtown oder was? Kannst nicht mal fair kämpfen.

Warum konnten sie nicht einfach mit ihrer American-Express-Karte ein Taxi rufen und aus diesem Inferno aus Hügeln und Rattenbabys verschwinden? Aber Aljoscha hatte seinen Stolz. Er würde seine Heimat nicht verlassen. Homey nannten sie ihn. Marianna hatte in Houston und Dallas gelebt, aber zu ihr hatte noch nie jemand Homey gesagt. Sie hatte gar keine Heimat, hätte gar nicht zu sagen gewusst, was das ist. Sie hatte jede Menge Rezepte, ihren Aikido-Unterricht und ihr Pony namens Lord Charles, das auf einer Ranch in der Nähe von Fort Worth ohne sie alt wurde. Wahrscheinlich würde Lord Charles ein Bart wachsen. Sie hatte sich die Augen ausgeheult, aber Clarice hatte darauf bestanden, dass Manhattan kein geeigneter Ort für ein Pferd sei. Marianna würde einen Bodyguard brauchen, wenn sie mit Charles im Central Park ausritt. Charles war ein sensibles Tier. Er könnte von einer Wespe gestochen werden oder Asthma bekommen oder von einem der Fantômasse gestohlen werden, die im Park lebten. Aber das war nicht der wirkliche Grund. Clarice war egoistisch. Sie wollte nicht für den Unterhalt eines Pferdes in Manhattan aufkommen.

Homey, wann heiratet ihr denn, häh?

Marianna bekam müde Arme davon, so viele Irre zu verprügeln.

»Könnten wir nicht einen kleinen Urlaub machen, Homey?«, sagte sie zu Aljoscha.

»Urlaub, wo?«

»Du bist der Fachmann. Wir könnten ein Picknick im Zoo machen und mit den Tigern plaudern.«

»Die Jokers würden uns erwischen und die Belohnung einsacken ... Ich werde dir einen Mietwagen suchen.«

»Und ich soll dich hier im Wald alleinlassen?«

»Wald?«, sagte Aljoscha. »Hier gibt es keinen Wald. Wir haben die Wildnis, aber das ist was anderes. Wildnis ist, wo Blechdosen und Unkraut gedeihen.«

»Dann genieße ich eben mit dir die Wildnis.«

»Wir müssen rennen. Die Dixie Cups kommen.«

Sie trug das Holzschwert in einer Schlinge über ihrer Schulter, und sie konnte weder besonders weit noch besonders schnell laufen. Aljoscha ergriff ihre Hand, doch da erblickte er Felipe, den Cousin von Mouse. Und urplötzlich wollte Aljoscha nicht mehr laufen. Felipe hatte sich mit Dixie Cups umgeben und träumte von hohen Belohnungen.

Aljoscha machte auf dem Absatz kehrt, zog Mariannas Schwert aus der Scheide und griff die Dixie Cups an, die fürchterliche Angst bekamen. Sie klemmten sich ihre geschwärzten Pfeifen zwischen die Zähne und verschwanden, ließen den Cousin von Mouse ganz allein zurück.

»Ich hab keine Angst vor dir, du Pisser«, brüllte Felipe, aber seine Augen zuckten wie verrückt hin und her. Aljoscha schlug ihn quer über die Brust. Felipe brach zusammen und krümmte sich auf dem Boden.

»Nicht umbringen, nicht umbringen... ich bin doch dein Homey.«

Aljoscha schlug wieder zu. Marianna mischte sich nicht ein. Er raubte schließlich kein fünfjähriges Kind aus. Er griff seine Angreifer an.

»Du bist nicht mein Homey, und du warst es nie.«

Aljoscha wollte ein Kreuzritter sein und Felipes Kopf abschlagen, ihn zerstückeln, die Finger abtrennen und alles, doch er konnte lediglich Schläge mit Mariannas Holz austeilen, Felipe grün und blau schlagen. Und nach dem dritten oder vierten Schlag versiegte sein Verlangen, Felipe zu bestrafen. Er war kein Krieger. Er war nur ein kleiner Wicht, der sprayte und mit weichen Stöcken kratzte.

»Felipe, wenn du mich in Spofford besser behandelt hättest, wären Mouse und mein Bruder jetzt noch am Leben. Ich habe deinen Cousin an die Apachen verraten, hörst du?... Wer bin ich, häh?«

»Der mächtigste kleine Mann der Bronx.«

Aljoscha verspürte keine Rachegelüste mehr. Er wollte seinen Bruder zurückhaben, er wollte Paul. Er ließ das Schwert fallen, und Felipe rannte fort, kehrte in die Wildnis zurück, aus der er gekommen war, eine Wildnis, die die Bronx war und dann auch wieder nicht, denn ein Sturm brauste in Aljoschas Kopf, der brutaler und schonungsloser war als jeder Stadtbezirk. Er hatte die Dixie Cups und geschwärzte Glaspfeifen und die kleinen Lötlampen, mit denen die weiße Kohle erhitzt wurde, unendlich satt. Er würde nie ein zweiter Rembrandt werden. Er konnte nur Dünen malen.

Marianna hob das Schwert auf und stieß es in die Scheide zurück, während Aljoscha mitten auf die Straße lief. Er war wie ein Schlafwandler, der nicht mehr nach Hause zurückfand. Ohne Paulito hatte er kein Zuhause mehr. Marianna musste ihn vor Krankenwagen und einem leeren Bus zur Seite stoßen. Ein Mietwagen hielt für sie an. Marianna stieg mit ihrem Künstler ein. »Sutton Place South«, sagte sie.

Der Fahrer trug eine dunkle Sonnenbrille, und unter seinem Hosenbund steckte eine Glock. »Wo ist das, kleine Mama?«

»Über die Brücke.« Das war alles, was sie über die Grenze zwischen Manhattan und der Bronx wusste. Der Fahrer wusste, dass Mietwagen in Manhattan nicht willkommen waren, dass die anderen Taxifahrer ihn beschimpfen und seine Scheiben einschlagen würden, wenn er nicht schnell genug rein und wieder raus war. Aber irgendwie mochte er die kleine Mama und ihr Schwert und den katatonischen Jungen bei ihr. Also brachte er sie zum Sutton Place South.

»Akzeptieren Sie American Express?«, fragte Marianna den Fahrer.

»In letzter Zeit nicht«, antwortete er. »Aber ich sag dir was … leih mir dein Schwert. Ich geb's dir in einem Monat zurück. Wie heißt du?«

»Marianna.«

»Gut. Ich werd es beim Portier abgeben.«

Sie gab ihm das Schwert und stieg hastig mit Aljoscha aus. Sie brachte ihn nach oben. Clarice aß auf der Terrasse zu Abend. Wodka und kalten Kartoffelauflauf. »Niedlich«, sagte sie. »Meine beiden Lieblings-Merliners … was hat er denn? Er sieht aus, als wäre er von einem Schiff gestürzt.«

»Mutter, ist es dir nicht aufgefallen? Ich war drei Tage nicht zu Hause.«

»Unmöglich«, antwortete Clarice. »Hab ich dich nicht gestern Abend erst beim Zähneputzen gesehen?«

»Nein«, sagte Marianna. »Das muss Fantômas gewesen sein.«

»Wie kannst du es wagen, wegzulaufen und deiner Mutter nicht mal Bescheid zu sagen?«

»Ich bin nicht weggelaufen. Ich habe Aljoscha aufgesammelt.«

»Gesammelt. Den kann man doch nicht sammeln. Sieht er vielleicht aus wie ein Spielzeug?«

Eine Träne ließ sich unter Mariannas Auge nieder. Sie riss Clarice die Wodkaflasche aus der Hand, schickte sie von der Terrasse und brachte sie ins Bett. Es war noch nicht einmal sechs Uhr, aber Clarice rollte sich zusammen und begann sofort zu schnarchen. Und dann fiel Marianna eine besondere Leckerei für Aljoscha und sich ein. Sie zauberte einen Teig in einer riesigen Schüssel und machte ihre bewährten Mokka-Makronen. Und während die Kekse im Ofen backten, stieg sie mit Aljoscha unter die Dusche, und sie schämte sich überhaupt nicht, sich vor ihm zu entblößen. Sie küsste ihn unter dem Wasserstrahl, und seine dunkelblauen Augen schienen ihre Nacktheit zu registrieren.

»Aljoscha, hab keine Angst.«

»Merlin«, sagte er. Das war der einzige Laut, den er von sich gab, und Marianna hätte ihn noch Stunden geküsst, wenn sie nicht die anbrennenden Kekse gerochen hätte. Sie ließ Aljoscha eine Minute allein und spurtete los, um zu retten, was noch zu retten war.

24

Mimi Brothers stand vor dem Castle Motel und plauderte über Funk mit Abner Gumm. »Shooter, heute ist überhaupt nichts los... ich kann nicht mal eines der Mädchen füttern. Sekunde, ja? Ich glaub, ich hab einen Freier. Sieht irgendwie komisch aus, wie ein Hühnchen, das von der Wall Street rübergeflattert ist.«

Sie hatte mit den anderen Mädchen an zu vielen Pfeifen genuckelt. Ihr Blick war trüb geworden. Sie erkannte den Freier im Bankeranzug erst, als er nahe genug war, um die Sprechmuschel ihres Funkgeräts zuzuhalten. Es war Sidel, in der einzigen Verkleidung, die Schwester Mimi Brothers hätte täuschen können. Ohne seine ausgebeulte Hose sah er aus wie jeder x-beliebige Bürgermeister.

»Mimi, sag Ab, er soll rauskommen.«

»Was, wenn ich's nicht tue?«, fragte sie.

»Dann sperre ich dich für den Rest deines erbärmlichen Lebens in deinen Van.«

»Von wegen«, sagte Mimi. »Dazu fehlen dir die Eier... ich konnte dich k.o. schlagen.«

Für eine Puffmutter hätte er Mitleid empfinden können, aber diese Puffmutter hier war Abners Spionin. Sie ließ ihre Muskeln spielen, wodurch die Tätowierung auf ihrem linken Bizeps sichtbar wurde. *Heart of Gold*. Die drei Worte begannen zu zucken. Sie hoffte, Big Guy einen Scheitel ziehen zu können, solange er die Tätowierung anstarrte, um ihn dann in ihren Lieferwagen zu schleifen und anschließend mit ihm zu machen, was immer der Shooter wollte. Doch Big Guy packte blitzschnell ihre Faust und drückte mit beiden Händen zu. Die Krankenschwester jaulte auf. Sie umklammerte immer noch das Funkgerät.

»Ruf ihn«, raunte Isaac.

»Shooter«, krächzte sie ins Funkgerät. »Ich hab hier ein Bargeldproblem. Kommst du mal raus zu meinem Wagen?«

Isaac hörte den Shooter knurren: »Bin gerade beschäftigt, Babe ... mach gerade mein Nickerchen.«

»Dauert nur 'ne Sekunde.«

Der Shooter kam in Bademantel und Pantoffeln aus dem Motel geschlurft. Isaac stand hinter der Krankenschwester, wurde von ihr verdeckt. Blut schoss ihm in die Schläfen. Die blaue Vene pulsierte wie verrückt. Er musste nicht Fantômas spielen. Er war der König des Verbrechens. Er packte den Shooter und warf ihn zusammen mit Mimi Brothers in den Lieferwagen. Der Gestank widerte ihn an. Der Lieferwagen roch nach vergammelnder Schokolade und Rattenscheiße. Das war Mimis Atmosphäre.

Sie griff nach einem ihrer Baseballschläger. Isaac musste ihr einen Schlag auf die Stirn verpassen. Sie sackte in Shooters Armen zusammen. »Mr. Mayor, sind Sie völlig verrückt geworden?«

»Schnauze. Fünfzig Jahre hast du die Bronx gemolken, Ab, seit du diese Kiste geerbt hast. Es war nie nur ein Hobby. Es war eine gottverdammt giftige Berufung. Was war dein erstes Motiv, Ab? Sag die Wahrheit!«

»Nackte Mädchen«, sagte der Shooter. »Ich stand auf der Feuerleiter vor ihren Badezimmerfenstern und habe sie fotografiert, bevor sie in die Wanne stiegen. Das war ein tolles Ding. Finden Sie nicht auch, Isaac?«

»Es ist nicht von Interesse, was ich finde. Du hast die Bilder verkauft, oder nicht?«

»An jeden Mann und Jungen im Viertel.«

»Du warst der Audubon der Bronx, ein Vogelbeobachter… Aber die Badezimmerfenster hast du irgendwann hinter dir gelassen, stimmt's? Du bist mit deiner Kamera durch die Bronx gestreift, Ab, bist einfach überall gewesen, der gute alte vertrauenswürdige Ab, das Wunderkind. Du hast dich mit den Gangs verbündet, bist ihr Wächter geworden.«

»Das war meine eigene Idee«, sagte der Shooter. »Wer sollte mich verdächtigen? Ein unschuldiger Mann mit einer Kinderkamera. Ich konnte unter jeder Polizeiabsperrung durch und eine Gang warnen, wann die Kugeln fliegen würden.«

»Ach, aber das alles brachte nur Pennys ein… bis Crack ins Spiel kam.«

»Isaac, ich habe die Drogen nicht erfunden.«

»Aber du hast für die Bronx Brigade gearbeitet.«

»Natürlich. Ohne Brock Richardson könntest du in der Bronx keinen einzigen Tag überleben. Ich musste an Bord gehen.«

»Und du hast zwischen ihm und den Dominikanern getanzt.«

»Unsere Gangs hatte Brock schon massakriert. Er brauchte die Dominos. Martin Lima war der Einzige, der noch flüssig war.«

»Und du, Ab?«

»Ich schlag mich so durch«, sagte der Shooter. »Ich hab Löcher in der Hose, genau wie der Bürgermeister von New York.«

»Dann musst du blind sein, auch wenn du eine Kamera hast. Ich trage einen schweineteuren Anzug aus persischer Wolle.«

»Das sind die Kleider eines Kandidaten.«

»Halt's Maul«, sagte Isaac. »Wo ist Barbarossa?«

»Glauben Sie vielleicht, ich hab ihn im Motel? Sehen Sie doch selbst nach. Ich leih Ihnen auch eine von den Fotzen.«

Isaac klopfte ihm einmal auf den Schädel. »Wo ist Barbarossa?«

»Richardson hat ihn. Ich bin in seine Geheimnisse nicht eingeweiht. Ich schieße für ihn nur Porträts. Ich bin der Hausfotograf.«

Isaac gab ihm wieder einen Klaps. »Wir können das den ganzen Tag so machen. Ab, wo ist Barbarossa?«

»In Claremont Village«, sagte der Shooter.

»Ich bin ein Blödmann«, brummte Isaac und verpasste sich einen satten Schlag vor die Stirn. »Claremont Village ... Richardson braucht keine andere Bude. Es ist der einzige Ort, an dem ich bestimmt nie gesucht hätte. Dieser Wichser macht gemeinsame Sache mit African Dave.«

»Es ist nicht Daves Schuld. Die anderen Warlords auf dem Dach haben sich gegen ihn verbündet. Er musste zu Richardson gehen. Die Apachen haben gedroht, Claremont Village niederzubrennen und die Warlords von den Dächern zu schießen. Die kennen keine Skrupel. Daves Kinder wären dabei draufgegangen.«

»Dave ist Junggeselle«, sagte Isaac. »Alle Warlords sind Junggesellen. Die sind so was wie Nomaden auf diesem Dach.«

»Trotzdem sind sie auch Familienväter«, beharrte der Shooter. »Dave zum Beispiel hat sechs Frauen. Ich hatte eine Session mit der ganzen Brut. Soll ich es Ihnen zeigen?«

»Halt's Maul. Du bringst mich jetzt zu Barbarossa. Du wirst mich aufs Dach begleiten.«

»Was denn? Im Bademantel? Es ist fast Winter.«

»Ich nehm dich in die Arme, Ab. Ich halte dich warm.«

»Aber lassen Sie mich wenigstens meine Kamera holen. Ich kann ohne diese Box nicht reisen. Ich krieg das große Zittern ohne. Ich werd Dave sagen, ich komme, um Barbarossa zu fotografieren.«

»Gut«, sagte Isaac. »Du wirst ihn ohne Kamera fotografieren.«

Er verschnürte die Krankenschwester mit einem angefressenen Stück Seil und stopfte ihr zwei Socken in den Mund, stieß Abner Gumm aus dem Wagen, überquerte mit ihm den Grand Concourse und führte ihn den Hügel hinunter nach Claremont Village und sein gnadenloses Regiment der Scheinwerfer, die wie halbtote Augen in eine endlose Welt starrten.

Der Shooter war noch nie so lange ohne seine Kamera gewesen. Er verlor jedes Harmoniegefühl, die musikalische Grundschwingung, die ihn am Leben hielt, seine urpersönliche Verzückung, wenn er klickte und klickte. Er musste alles in Rahmen sehen, musste die Welt durch das Auge seiner Kamera einfangen, sonst war er nicht glücklich.

»Isaac, ich ertrinke«, sagte er. »Ich werde mich verheddern und Ihnen nicht helfen können.«

»Keine Angst. Ich werd dir schon Feuer unterm Arsch machen. Die Worte werden schon kommen.«

Sie standen im zentralen Garten inmitten kaputter Laufställe. Nicht einmal die riesigen Betonschildkröten, die wie Reptiliengötter in den Boden gebaut worden waren, konnten den Zerstörungen von Claremont Village widerstehen. Ihre Nasen, Augen und Beine waren abgehackt worden. Ihre Panzer waren zu porösem Staub zerfallen: Diese Schildkröten waren nackt. Isaac fragte sich, wie viele Kinder wohl auf die Rücken der Schildkröten geklettert waren. Es waren noch die zuverlässigsten Wesen in der Siedlung.

Er stieß den Shooter an. »Winken«, sagte er. »Das hier ist dein Land, nicht meins. Ich bin hier nur ein ungebetener Gast.«

Der Shooter brachte ein Lächeln zustande. »Ich bin schockiert. Das hier ist eine städtische Siedlung. Claremont ist Ihr Land.«

»Winken, Shooter, oder ich lege dich zu den Schildkröten schlafen.«

Der Shooter winkte. Mit einem Mal waren er und Isaac in grelles Scheinwerferlicht gebadet. Zwei Männer, die in einem farblosen Regenbogen gefangen waren. »Alles in Ordnung«, sagte der Shooter. »Sie erkennen uns.« Er flitzte mit Isaac aus dem Regenbogen, aber die Fahrstühle waren kaputt, und so mussten sie neunzehn Etagen hinaufsteigen. Beiden war schwindlig, als sie schließlich das Dach erreichten.

Barbarossa war mit Handschellen an einen Bleistuhl gefesselt, ein Stuhl, wie er auf Polizeirevieren benutzt wurde, um Inhaftierte daran zu hindern, wie aufgescheuchte Truthähne mit den Möbelstücken wegzulaufen, an die man sie fesselte. Richardson musste African Dave diesen Stuhl besorgt haben.

Zwei Teenager-Mädchen saßen auf Barbarossas Schoß und schmusten mit ihm, während sie ihre kleinen Pfeifen rauchten. Beide hatten Glocks unter den Strumpfbändern. Isaac erkannte Martin Limas Crack-Babys, die aus ihrem weißen Cadillac heraus die Bronx kurz und klein schossen. Der Prinz selbst war ein pockennarbiger, millionenschwerer Junge. Wie Billy the Kid trug er einen italienischen Anzug. Isaac hatte noch nie mit dem Zauberer gesprochen. Martin Lima rauchte Crack mit African Dave, der mit einer Hand seinen tragbaren Suchscheinwerfer umklammerte und ihn hin und her schwenkte, als könnte er den Himmel lesen.

»Dave«, sagte Isaac, »würdest du den Mädchen sagen, sie sollen aufhören, Barbarossa zu küssen. Er ist verheiratet. Seiner Frau würde das gar nicht gefallen.«

»El Caballo«, sagte Martin Lima beinahe schüchtern. »Da werden Sie schon mich bitten müssen... die Mädchen gehören mir.«

Isaac verbeugte sich vor dem Prinzen. »Bitte...«

»Miranda, Dolores, zischt ab. Ihr belästigt El Caballos Schwiegersohn.«

»Aber wir mögen ihn, *papito*«, sagte Miranda. »Wir lieben ihn. Wir wollen seine *esposa* sein.«

»Seid ihr taub? Beleidigt ihn nicht. Er ist verheiratet.«

»*Papito*«, bettelte Dolores, »kauf ihn mir.«

»*Niñas*, das hier ist El Caballo. Er wird noch sauer auf mich.«

»Aber wir sind es doch, die in deinem Bett schlafen, *papito*, nicht er.«

Martin Lima schlug die Mädchen, vertrieb sie von Barbarossas Schoß.

»Ich verwöhne sie zu sehr, El Caballo. Verzeihen Sie mir.«

Jetzt konnte Isaac auch die Striemen und Schrammen auf Barbarossas Gesicht erkennen. Am liebsten hätte er sie alle abgeknallt, einschließlich der Crack-Babys und Abner Gumm. Doch er musste so kalt bleiben wie der König des Verbrechens.

»Nimm ihm die Handschellen ab, ja?«

»Es ist wirklich tragisch, El Caballo, aber ich habe den Schlüssel nicht. Er gehört den Apachen ... hey, Shooter, wieso bist du hier?«

»Um ein Foto von Barbarossa zu machen.«

»Das ist aber nett«, sagte Martin Lima und bemerkte gar nicht, dass der Shooter überhaupt keine Kamera dabeihatte. Big Guy hatte recht gehabt: Abs Kamera war zu etwas geworden, das man sich automatisch vorstellte, wenn man an Ab dachte.

»Joey«, sagte Isaac, »mit dir alles okay?«

»Ja, Dad«, erwiderte Barbarossa. »Meine Zunge hat geblutet, aber es hat wieder aufgehört. Es schmeckt nach Salz.«

»*Príncipe*, würdest du mal in deine Tasche greifen und dein Mobiltelefon rauskramen ... und Brock bitten, den Schlüssel vorbeizubringen.«

»Brock hat ihn nicht. Ich habe ihn.«

Isaac warf einen Blick hinter sich. Birdy Towne schleppte sich in Cowboystiefeln und senffarbener Hose dahin, wie ein angeschlagener Cowboy mit einer Krücke unter dem Arm. Er war mit Richardson gekommen, der einen langen Mantel trug.

»Was ist passiert, Birdy? Bist du auf einen lebenden Alligator gelatscht?«

»Nee. Es ist noch viel bitterer. Deine kleine Keksbäckerin hat mich mit ihrem gottverdammten Holzschwert geschlagen, als ich gerade mal eine Sekunde nicht hingesehen hab. Sie hat diesen kleinen Wandmaler beschützt.«

»Scheiße«, sagte Isaac. Aljoscha hatte er völlig vergessen. Sein Kopf war der reinste Sumpf. Er konnte nicht einmal einen seiner Merliners retten. Er konnte nur senffarbene Cowboys erfinden, die die Bronx auffraßen. »Wo sind sie jetzt, Birdy?«

»Romeo und Julia? Die kratzen sich gegenseitig am Bauchnabel. Wir werden sie finden... genau, wie wir Sie gefunden haben. Der Shooter gehört zu unserem Radarsystem. Wir haben seine Spur in dem Moment aufgenommen, als er das Motel verließ.«

»Ja«, sagte Isaac, »er ist mein ganz persönlicher Vergil.«

»Isaac, Sie haben ein Problem. Sie lesen zu viele Bücher... Dieser Mann hat mir alles beigebracht, was ich weiß. Er ist der größte Lehrer von ganz New York. Aber er glaubt, die Welt sei voller maskierter Männer, die ständig auf irgendwelchen Dächern herumrennen. Stimmt's nicht, Joey?«

»Wir sind jetzt auf einem Dach«, sagte Barbarossa.

»Ja, weil das ganze Leben von Big Guy auf ein Dach hinausläuft. Aber wir tragen keine Masken.«

»Red kein Blech, Birdy«, sagte Richardson. »Halt's Maul!«

»Ah«, sagte Isaac, »er war mein begriffsstutzigster Schüler, und seht nur, wie weit er es gebracht hat... *Príncipe*, hast du gebetet?«

»Gebetet? Wieso?«

»Birdy kann mich und Barbarossa nicht umlegen, ohne dich umzulegen.«

»He«, sagte Birdy, »wer sagt...«

Martin Lima funkelte ihn an. »Lass El Caballo ausreden.«

»Ich bin viel zu gefährlich, um am Leben zu bleiben. Ich werde Richardson gnadenlos jagen und zur Strecke bringen.

Ich werde seine ganze Einheit hinter Schloss und Riegel bringen. Dabei hat er noch so ehrgeizige Ziele. Er möchte gern in die Politik, aber das kann er nicht, es sei denn, er bringt mich um.«

Martin Lima begann zu lachen, während er zwischen den Zähnen stocherte. »Birdy hat recht. Sie sind ein Geschichtenerzähler, und ich bin der einzige Banker der Bronx. Richardson arbeitet für mich. Ohne meine Kohle kann er nicht überleben. Ich bin hier derjenige, der es sich leisten kann, Leute umzulegen, und aus welchem Grund sollte ich El Caballo töten?«

»*Príncipe*, du hättest meine Kurse auf der Akademie besuchen sollen. Brock wird einen größeren Banker finden. Uncle Sam. Wenn Billy the Kid erst mal im Weißen Haus sitzt, wird er sich Geld beim Onkel borgen. In der Zwischenzeit gerate ich ins Kreuzfeuer. Der Bürgermeister und sein Schwiegersohn beißen im Kampfgetümmel ins Gras, während Brock das größte Drogendepot der Bronx aushebt. Claremont Village. Das wird die Auflagen der Tageszeitungen in die Höhe schießen lassen, *Príncipe*. Immerhin bin ich der ehemalige PC. Es ist nur logisch, dass ich mit Brock auf dem gleichen Dach aufgetaucht bin.«

»Und was ist mit Dave und den Warlords? Haben die bei dieser Nummer die Hände auf dem Schoß und drehen Däumchen?«

»Das machen sie doch jetzt schon. Sie haben in dem Moment ihre Unabhängigkeit verloren, als sie sich bereit erklärt haben, als dein Depot zu fungieren. Die Warlords deponieren den Stoff für dich und Brock. Was sind sie denn schon? Clowns mit Suchscheinwerfern.«

»Wer ist hier ein Clown?«, fragte African Dave, dessen Lippen durch die Pfeife bereits geschwärzt waren. Er folgte dem Strahl seines Suchscheinwerfers, ein merkwürdiger, flüssiger Bogen, der sich in den Himmel hinaufbiegen konnte. Er nahm eine Maschinenpistole hinter dem Gehäuse des Scheinwerfers heraus und richtete sie auf Isaac. Aber der korpulente Prinz glitt geschmeidig über das Dach und trat Dave die Waffe aus der Hand. »Keine Kanonen, Dave. Es könnte zu einem bedauerlichen Unfall kommen ... kümmer dich wieder um deinen Scheinwerfer.« Und der Prinz kehrte zu Sidel zurück. »Ich habe hier das Sagen. Frag Brock.«

Brock war mit der Fluppe in seinem Mund beschäftigt; Graskrümel fielen auf seine Finger. Isaac hätte gern gewusst, was Richardsons langer, senffarbener Mantel verbarg: Er erinnerte an den Mantel, den ein Cowboy zum Schutz gegen Wind und Staub anzog. »Er ist der Prinz«, sagte Brock. »Ich bin nur ein Angestellter.«

»Kapieren Sie nicht?«, sagte Martin Lima beinahe flehend zu Big Guy. »Wir mussten uns Ihren Schwiegersohn schnappen.«

»Warum?«

»Um Sie an den Verhandlungstisch zu holen. Leben und leben lassen, das ist mein Motto. Sie wollen Kultur? Ich werde meinen Beitrag leisten. Zweihunderttausend Flocken für die Merliners, wer immer das ist. Ich bin nicht egoistisch. Die Bronx ist groß genug für Sie und mich und Brock.«

»Nehmt Barbarossa die Handschellen ab.«

»Aber werden Sie mit uns kooperieren, El Caballo?«

»Zuerst die Handschellen.«

Der Prinz raunte einem seiner Crack-Babys etwas zu. Sie ging daraufhin zu Birdy Towne, klaute ihm einen kleinen

Schlüssel aus der Tasche, trat hinter den Stuhl des Gefangenen und befreite Barbarossa.

Birdy zog seine Glock. »Er muss da sitzen bleiben. Er darf sich nicht rühren.«

»Brock«, brüllte der Prinz, »sag Birdy, er soll das Ding wegstecken.«

»Chef«, sagte Birdy, »du darfst Big Guy nicht vertrauen. Er ist unberechenbar. Er wird Barbarossa nehmen, und er wird niemals aufhören, uns zu jagen... lass uns den beiden ein Ding verpassen, wie du gesagt hast.«

»Halt's Maul«, fuhr Richardson ihn an.

»Brock«, sagte der Prinz, »wer ist hier der Planer? Ich oder du?«

»Ich bin der Planer«, sagte Isaac.

Der Prinz bellte ihn an. »Halten Sie sich da raus. Sie schlafen in Manhattan. Das hier ist unsere Show.«

»Irrtum«, sagte Isaac. »Die Apachen gehören mir. Brock gehört mir. Und du auch. Ich bin hier der Herr. Mir gehört alles. Claremont Village. Das Yankee Stadium. Alles.«

»Mister«, sagte der Prinz, »ich habe Ihre Finanzen überprüft. Sie stehen haarscharf vor dem Armenhaus.«

»Trotzdem bin ich hier der Herr.«

»Prinz«, sagte Brock, während die Fluppe allmählich auseinanderbröselte. »Er ist der große Mann. Er ist unser Herr.«

»Ich leg Barbarossa um«, sagte Birdy. »Ist mir scheißegal.«

Der Prinz gab seinen Crack-Babys ein Zeichen. Sofort griffen sie nach den Glocks unter ihren Strumpfbändern. Doch Richardson zog eine Nighthawk unter seinem langen Mantel hervor und erschoss Miranda und Dolores. Der Prinz war wie gelähmt. »Dave«, sagte er, »tu irgendwas.«

Isaac sprang auf Barbarossa zu, riss ihn mitsamt dem Bleistuhl um, zog ihn aus der Schusslinie... als Leuchtspurgeschosse wie wundersame Glühwürmchen mit bösartigem Stachel von der anderen Seite des Daches herüberkamen. Die übrigen Warlords hatten offenbar beschlossen anzugreifen. Das hier war Claremont Village, wo es ganz eigene Spielregeln gab.

Birdy zielte weiter auf Isaacs Rücken, während um ihn herum die Leuchtspurgeschosse flogen. Richardson knallte Birdy und Prince Martin Lima ab. Isaac musste einfach hinstarren. Noch nie hatte er eine solch tödliche Glaskanone gesehen.

Dave erwiderte das Feuer der Warlords. »Arschgesicht.«

»Chef«, sagte Richardson, »wir sollten besser abhauen.«

Isaac hätte ihn abknallen sollen. Es wäre nur eine geringfügige Dreingabe zu diesem Gemetzel gewesen. Doch er musste dauernd an Candida Cortez und das Baby denken, das sie in sich trug. Brock war ein üblerer Delinquent als die Latin Jokers oder die San Juan Freaks, aber er war Isaacs Delinquent.

»Dad, soll ich ihn erwürgen?«, flüsterte Barbarossa Isaac ins Ohr.

»Nein. Wir werden schon noch eine Möglichkeit finden, den Wichser fertigzumachen.«

Sie krochen zwischen den Leichen und Daves zerschmettertem Dachmobiliar umher, als sie Abner Gumm bemerkten. Der Shooter saß bei Dave und seinem Scheinwerfer, hatte die Finger gekrümmt und formte damit das Objektiv einer Kamera. »Mama«, sagte er, »genau wie in Vietnam.«

Barbarossa schleifte ihn vom Suchscheinwerfer fort. »Was weißt du schon von Nam? Du Pisser warst doch noch nie nördlich der Bronx.«

»Joey«, sagte der Shooter unbeirrt, »das Licht, das Licht ... Diese Geschosse sind mir über die Augäpfel geschrammt. Ich hab's gespürt, Mann.«

Barbarossa schlug ihm auf den Mund und trug ihn hinter Sidel und Brock Richardson vom Dach, der seinen senffarbenen Mantel bereits wieder zugeknöpft hatte.

25

Kamerateams aus der ganzen Welt tauchten auf. Isaac konnte den Mythos nicht zerstören, der ihn umgab: Der Bürgermeister von New York hatte seinen Schwiegersohn aus Claremont Village gerettet, dem übelsten Ödland der Bronx. Big Guy konnte in eine Gangsterhöhle hinein und lebendig wieder herauskommen, konnte inmitten eines fürchterlichen Feuersturms noch niesen, Bandwürmer und Schläge auf den Kopf überleben. Angst hatte er nur vor einem einzigen Mann: Sweets. Der Police Commissioner war nicht bereit, mit Politikern zu steppen oder Isaacs Scheiße zu schlucken.

Big Guy musste zur Police Plaza. Er wusste, dass Sweets eine großangelegte Razzia in Claremont Village durchführen, die Warlords mit seinen Scharfschützen der Emergency Services Unit »neutralisieren« würde. Sie hatten Elefantengewehre und gepanzerte Fahrzeuge und undurchdringliche Schilde. Isaac fuhr auf den vierzehnten Stock hinauf und wartete eine halbe Stunde in Sweets' Vorzimmer. Schließlich tauchte Sweets aus seinem Büro auf. Er war eins dreiundneunzig groß und schaffte es, dass Isaac sich in seiner Gegenwart wie ein verschissener Zwerg fühlte. »Du wirst auf keinen Fall mit der ESU nach Claremont Village gehen.«

»Sweets, könnten wir das in deinem Büro diskutieren?«

Isaac betrat das Büro, in dem er fünf Jahre gelebt und das Sweets von ihm geerbt hatte, einschließlich Teddy Roosevelts Schreibtisch und den Schlingpflanzen.

»Ich werde dich verhaften, wenn du meinem Tactical Team zu nahe kommst. Claremont ist tabu.«

»Aber darf ich nicht wenigstens aus meinem Hubschrauber zuschauen?«

»Keine Hubschrauber«, sagte Sweets. »Diese Arschlöcher verfügen über alle mögliche militärische Ausrüstung. Die holen dich mir nichts, dir nichts vom Himmel.«

»Wer leitet den Angriff?«

»Ich. Zusammen mit Brock Richardson und der ESU.«

»Brock?«, fragte Isaac.

»Die Bronx ist sein Revier. Ich kann ihn nicht außen vor lassen.«

»Er hat mit den Warlords gemeinsame Sache gemacht. Er hat auf diesem Dach geschlafen.«

»Er ist dein Baby«, sagte Sweets. »Ich werde ihn Internal Affairs zum Fraß vorwerfen, allerdings erst, nachdem ich Claremont Village eingenommen habe.«

»Sweets, lass mich als Beobachter mitkommen. Ich werde auch keine Kanone ziehen. Du kannst meine Glock haben.«

Sweets schaute in Isaacs unglückliche Augen. »Du wirst dich immer schön hinter den Schutzschilden halten?«

»Versprochen.«

»Und du wirst auch eine Weste tragen?«

»Ich bin der Bürgermeister. Ich werde lächerlich aussehen mit Fiberglas unter der Jacke ... okay, ich werde eine Weste tragen.«

Zusammen mit Sweets fuhr er in die Bronx. Die ESU hatte sich bereits neben den verwundeten Schildkröten im öffentlichen

Park von Claremont formiert. Die Polizisten trugen allesamt Elefantengewehre. Mit ihren Helmen und Schilden erinnerten sie an Gladiatoren. Richardson trug eine kugelsichere Weste. Er hielt Sweets' Megafon an die Lippen und brüllte zum Dach hinauf. »African Dave, das ist deine letzte Chance, dich zu ergeben. Legt die Waffen nieder und kommt runter. Ich wiederhole: Die Waffen niederlegen und ...«

Leuchtspurgeschosse trafen die Schildkröten und die Schilde; die Warlords richteten ihre Scheinwerfer auf die Augen der Gladiatoren und blendeten das komplette Einsatzkommando. Isaac saß in einer roten Wand aus Licht fest. Doch die Gladiatoren hoben ihre Schilde in den grellen Schein und stürmten das Hauptgebäude. Isaac folgte ihnen die Treppe hinauf, galoppierte wie sie, immer mehrere Stufen auf einmal. Die Warlords hatten die Tür zum Dach verbarrikadiert, aber die ESU räumte den Weg mit Vorschlaghämmern frei. African Dave stand mit mehreren Warlords auf der anderen Seite seiner Privat-Copacabana, ihre Frauen und Kinder standen vor ihnen.

»Sweets«, sagte Richardson, »es ist erbärmlich. Frauen und Kinder auszunutzen, sie als lebende Schutzschilde zu verwenden. Soll ich mit den Wichsern verhandeln?«

Doch dann tauchte ein Hubschrauber über der Copacabana auf. Er gehörte nicht zur ESU. Isaac lachte sich ins Fäustchen. Offenbar hatte Richardson Billy the Kid von der geplanten Razzia berichtet, und Billy musste natürlich wie ein Deus ex Machina über das Schlachtfeld galoppieren, der Mann, der Präsident sein würde. »Hier spricht der Gouverneur«, brüllte er ins Megafon. »Sofort das Gelände räumen ... die Waffen auf den Boden!«

Sweets legte die Hände über seine Augen und schüttelte den Kopf… als die Warlords ihre gesamte Feuerkraft auf Billy the Kid richteten. Der Schwanz des Hubschraubers brach weg. Die Maschine zitterte im Wind und krachte zwischen zwei Schildkröten in den Park. Sweets' zweites Team musste Billy retten und aus der brennenden Maschine ziehen.

»Na, Jungs, wie gefällt euch das?«, brüllte African Dave hinter seinem Schutzschild aus Frauen. »Also, wer ist der nächste?«

Isaac kroch zwischen zwei der Schilde und fing an, die Copacabana zu überqueren. »Isaac«, sagte Sweets, »du brichst dein Versprechen. Kommst du bitte wieder zurück?«

»Ich habe versprochen, stillzuhalten und einen Kampf zu beobachten, aber nicht ein Gemetzel, Sweets.«

Die Warlords feuerten nicht auf El Caballo. Die Kinder hatten schmutzige Gesichter. Isaac schaute in ihre Augen, berührte ihre Stirn und ging dann zu Dave. »Du bist kein Krieger. Du bist nicht mal ein Nihilist. Du hast meinen Scheißrespekt nicht verdient.« Vor den Augen der Frauen, Kinder und Warlords verpasste er Dave eine schallende Ohrfeige. »Na los. Pulverisier mich, Dave. Zeig uns, was für ein Held du bist.«

»Wir mussten alle Weiber mobilisieren«, sagte Dave. »Richardson kam mit seiner Todesschwadron.«

»Das hier ist nicht Richardsons Show«, sagte Isaac. »Dave, komm mit mir.«

Die Warlords senkten ihre Waffen und überquerten mit Isaac dem Tapferen die Copacabana.

Sweets' Männer entdeckten einen ganzen Berg Crack und verteilt über Windeln und Babyscheiße sechzehn Millionen Dollar in kleinen Scheinen. Reporter streiften durch

Claremont Village und interviewten zwölfjährige Kinder, die noch nie eine Schule von innen gesehen hatten. »David Copperfield«, kritzelten sie in ihre Notizblöcke. »Oliver Twist.« Hoffnungsträger der Demokraten besuchten »diese übelste Gosse und Kloake der westlichen Welt«, aber Sidel war schon dort gewesen, Sidel hatte völlig unbewaffnet die Warlords gefangen. Dottie Dreamer vom *Newsday* redete pausenlos über Billy the Kid *seligen Angedenkens*. »Es wird eine neue politische Hochzeit geben. Das ist meine Vermutung.« Und dann tauchte im *Newsday* ein Foto des Gov in einer unfeinen Haltung auf. Billy wurde von einer Frau ausgepeitscht, die nicht seine Frau war. Irgendetwas an dem Foto kam Isaac bekannt vor; er war sich fast sicher, wessen Auge Billy the Kid da beobachtet hatte. Abner Gumm war die Feuerleiter eines Hotels hinaufgeklettert, um Billy the Kid mit einem Callgirl zu erwischen.

Big Guy machte sich so langsam Sorgen. Sein Name wurde mit J. Michael Storm verknüpft. »Ein Dreamteam«, sagte Dottie. »Der erfahrene Sohn unterstützt von seinem geistigen Vater. Michael Storm, der einen hässlichen Baseballkrieg beendete, und Isaac Sidel, der passionierte Polizist (und Bürgermeister), der sein Leben riskierte, um die missbrauchten Kinder von Claremont Village zu retten. Die Republikaner können sich nur noch auf ein Kamel setzen und ans Ende der Welt reiten.«

Isaac reagierte nicht auf Dottie Dreamers Anrufe. Er entzog sich allen Reportern und Parteifunktionären. Er hatte nicht einmal Bernardo Dublin, den er anbrüllen konnte. Bernardo zog aus dem Hinterzimmer aus, als Isaac mit Sweets in die Bronx gegangen war. Isaac konnte sich nicht mit Mariannas Keksen trösten. Sie backte jetzt für ihren Hausgast, Aljoscha.

Aber keiner der beiden hatte ihn zu Kartoffelchips auf der Downtown-Terrasse eingeladen.

»Sie haben mich vergessen«, sagte er. »Es sind noch Kinder ... sie haben ihr eigenes Leben. Was hat Birdy noch gleich gesagt? Romeo und Julia.«

Und dann rief der Baseballzar an. »Isaac, wir müssen reden.«

»Das glaube ich kaum, J.«

»Ich erwarte Sie um sechs.«

Er drückte sich davor, J. allein zu besuchen. Er nahm Barbarossa mit, dessen Gesicht immer noch blau und schwarz war (niemand erholte sich schnell, wenn er von Birdy zusammengeschlagen worden war). Clarice öffnete ihnen die Tür.

»Wo ist Aljoscha?«, fragte er.

»Ich weiß nicht. Er lässt ständig den Kopf hängen. Er ist nicht gerade ein besonders gesprächiger Junge.«

»Er trauert um seinen Bruder. Und er konnte kein Wandbild für ihn malen.«

»Er könnte das ganze Apartment hier verschönern. Ich hätte nichts dagegen.«

Bernardo saß mit J. und Tim Seligman im Wohnzimmer. Bernardo hätte Barbarossas Zwillingsbruder sein können. Beide waren schwarz und blau.

»Wo ist Aljoscha?«

»Weichen Sie nicht aus«, sagte Seligman. »Deshalb sind Sie nicht hier. Wir können Sie nicht als Präsidentschaftskandidaten aufbauen. Wir haben da das jüdische Problem. Aber wenn wir die Reihenfolge umkehren? Mit einem Episkopalen an der Spitze und Ihnen direkt dahinter können wir gar nicht verlieren. Der abenteuerlustige Sohn und der Law-and-Order-Dad, um beruhigend auf ihn einzuwirken.«

»J. ist nicht mein Sohn.«

»Isaac, wir sprechen hier in Bildern. Sie haben J. geformt.«

»Und was ist, wenn ich nicht kandidieren will?«

»J. würde ohne Sie nicht antreten wollen. Aber habe ich vergessen zu erwähnen, dass Margaret Tolstoi in D.C. ist?«

»Ich dachte, sie wäre in Prag und lebte dort mit einem Kulturattaché zusammen.«

»Wir mussten sie versetzen, Isaac. Sie wurde zu populär ... sie hatte eine Beziehung zu einem rumänischen General.«

»Und Sie erlauben mir, sie zu sehen, wenn ich ein braver Junge bin.«

»Wir werden den General abziehen und nach Bukarest schicken.«

»Damit ich meine gefährliche Liaison haben kann.«

»Es gibt keine Gefahr«, sagte Seligman.

»Und warum kann ich Margaret dann nicht als Bürgermeister sehen?«

»Darüber hatten wir doch schon gesprochen«, sagte Seligman und verdrehte die Augen. »Sie leben in einem Glashaus. Aber als Vizepräsident stehen Sie in der zweiten Reihe ... Isaac, die Partei braucht Sie. Man kann nicht mehr zurückrudern, wenn man sich erst einmal auf die Politik eingelassen hat.«

»In Ordnung. Dann lassen Sie Brock Richardson für mich ermorden. Das ist mein Ernst. Wenn Ihre Freunde das nicht erledigen wollen, wird Joey ihn für mich ausschalten.«

»Mr. Mayor«, sagte J., »könnten Sie ein wenig diskreter sein? Wenn wir die Republikaner abhören, tun sie es vielleicht auch.«

»Und was sagt die Grand Old Party zu Sidel?«

»Das reinste Dynamit. Die haben Todesangst.«

»J., wie haben Sie den Streik beendet? Was haben Sie den Clubbesitzern versprochen, damit sie nachgeben?«

»Nichts. Ich sagte, wenn ich die Politik hinter mir ließe, würde ich in Erwägung ziehen, das Amt des Commissioner of Baseball zu übernehmen.«

»Brillant. Sie legen beide Seiten aufs Kreuz, ohne sich selbst auszutricksen. Und was wird aus Sidereal, wenn Tim Seligman Sie ins Weiße Haus steckt?«

»Es wird keine Komplikationen geben. Porters Bank wird die Anteile unserer Familie aufkaufen, und das Geld wird in einem anonymen Treuhandvermögen verwaltet.«

»Perfekt«, sagte Isaac. »Ein anonymes Treuhandvermögen. Und wie viel Geld werden Mama, Papa und Marianna mit Sidereal verdient haben?«

»Peanuts«, sagte J. »Präsidenten brauchen kein Taschengeld.«

»Super.«

»Sie können Brock nicht umbringen. Er ist eins Ihrer Kinder. Wir kommen alle aus Ihrem Mantel. Das war es doch, was Tolstoi über Puschkin gesagt hat, nicht wahr? Erinnern Sie sich, Isaac. Sie waren unser Lehrer.«

»Sie bringen da was durcheinander, J. Dostojewski hat das über Gogol gesagt und über seine geniale Erfindungsgabe für Phantome und Geister. Aber ich habe nicht den gleichen Mantel.«

»Doch, haben Sie. Sie haben Richardson installiert, ihn und seine anderen Banditen... wir werden ihn als Kandidaten der South Bronx für den Kongress aufbauen.«

»Und es spielt überhaupt keine Rolle, J., dass er Kinder ermordet hat?«

»Wir stellen ihn auf. Basta.«

»Chef, ich komme aus dem Mantel«, sagte Bernardo, der neben Clarice saß. »Ich und Barbarossa.«

»Was hat Bernardo hier zu suchen?«

»Er ist Clarices neuer Bodyguard«, antwortete J. »Ich leihe ihn mir von der Bronx Brigade aus.«

Bernardo musste wohl der Trostpreis für Clarice gewesen sein. Sie würde die Frau des Kandidaten mimen, wenn Bernardo mitkommen konnte. J. würde seine Frau nicht bespitzeln müssen. Er würde immer genau wissen, in welchem Bett sie lag.

Marianna kam mit bedrückter Miene ins Wohnzimmer. »Onkel Isaac, Mom und Dad haben mir nicht erlaubt, in die Mansion zu kommen. Sie sagten, ich müsse dich in Ruhe lassen. Du könntest nicht so viel Zeit mit einem kleinen Mädchen verbringen.«

»Wo ist Aljoscha?«

»Der ist weggelaufen. Er liebt mich, aber er hasst Manhattan.«

»Red keinen Unsinn«, sagte Clarice. »Er konnte nicht hier bleiben. Er ist ein Zuchthäusler.«

»Man kann ein zwölfjähriges Kind nicht Zuchthäusler nennen. Er war in einer Jugendstrafanstalt. Das ist zwar mittelalterlich, aber ein Gefängnis ist es nicht. Und jetzt entschuldigt mich bitte alle, ich würde gern Aljoscha suchen … Darf ich mir Ihre Tochter ausleihen, J.?«

»Fragen Sie Clarice.«

»Sie ist dumm. Aber nehmen Sie sie ruhig mit, wenn Sie mögen.«

»Was ist mit unserem Deal?«, fragte Seligman.

»Ich werde drüber nachdenken. Ich kann keine spontanen Entscheidungen treffen. Ich bin nur ein Kerl, der in einem Glashaus lebt.«

Und Isaac ging mit Marianna und seinem Schwiegersohn. »Wo ist dein Schwert?«

»Ein Mietwagenfahrer hat es sich ausgeborgt. Er hat versprochen, es zurückzubringen.«

Sie stiegen in Isaacs Limousine, und Big Guy hörte den Polizeifunk ab, schaltete von Frequenz zu Frequenz. Es gab eine neue Ein-Mann-Bürgerwehr in der Bronx. Er nannte sich der Gute Ritter. Er tauchte in verschiedenen Vierteln auf und griff ortsansässige Kleinganoven mit einer Art Schwert an. Isaac bekam die Geschichte über sein Funkgerät rein.

... Ambulanz mit drei jungen Hispanics unterwegs auf dem Landweg ins Bronx Hospital. Alle drei haben zahlreiche Prellungen und waren mit Schusswaffen und Messern bewaffnet. Laut einer Zeugin, die ihren Namen nicht nennen will, haben sie versucht, eine bodega in eins-drei-fünf Grand Concourse zu überfallen... ein männlicher Hispanic hat sie mit einem Schwert entwaffnet und ist dann verschwunden... keine weiteren Einzelheiten zu dem Schwert. Muss wohl der Gute Ritter gewesen sein...was habt ihr?... Yankee Stadium, großes Spektakel... junger Hispanic verunstaltet große Wand... soll ich einschreiten?

Barbarossa raste mit heulender Sirene zum Yankee Stadium. Es war wie früher, als Isaac noch der PC war und Joe gerade erst begonnen hatte, Marilyn the Wild den Hof zu machen. Big Guy war geboren worden, um Ärger zu machen, nicht, um zu regieren. Ihm war nach tanzen auf der Straße zumute.

Vor dem Stadion hatte sich eine größere Menschenmenge eingefunden. Isaac musste lachen. Er war beinahe sogar glücklich ... ohne Margaret Tolstoi. Er erblickte ein riesiges Bild auf der Südwand des Stadions. Paulito Carpenteros mit dem blauen Halstuch der Latin Jokers als Kopfbedeckung. Und Aljoscha hatte Paul nicht vor irgendeinem idyllischen Hintergrund gemalt. Er hatte die Bronx nachgebildet, *seine* Bronx, von der Third Avenue Bridge mit blauen Haien im Wasser bis zum Yankee Stadium und dem Castle Motel und einem kleinen Bastelladen an der Jerome Street mit einem dämonischen Gesicht im Schaufenster; von der Cross Bronx, die an eine gewaltige tote Schlange erinnerte, bis nach Claremont Village und Crotona Park; der ganze Rest des Bezirks war eine einzige große Sahara mit einem Gebäude hier und da und endlosen Dünen.

PAULITO CARPENTEROS, HERR DER SOUTH BRONX
RUHE IN FRIEDEN, GENERAL
BEZAHLT AUS DER KRIEGSKASSE DER LATIN JOKERS

Isaac stieg mit Joe und Marianna Storm aus dem Wagen. Er musste sich in die Menge stürzen, und als die Leute ihn um ein Autogramm baten, da grunzte er nur: »Nicht jetzt.« Zwei Streifenpolizisten trafen ein. Sie standen mit Marvin Hatter, Präsident der Yankees, neben Aljoscha, der auf seiner kleinen Leiter wie ein Glasjunge aussah.

»Gott sei Dank«, sagte Marvin Hatter. »Isaac, ich will nicht, dass dieser Junge verhaftet wird, aber wir können auf unseren Wänden keine Graffiti dulden.«

»Das ist kein Graffito, Marvin. Es ist ein Kriegerdenkmal.«

»Wir können es hier trotzdem nicht dulden.«

»Ich bin hier der Hausherr, Marvin. Das Denkmal bleibt.«

Marvin Hatter starrte in die Menge, taxierte das große Interesse an Aljoschas Kunstwerk, schüttelte Isaac die Hand und verschwand wortlos mit den beiden Polizisten.

Big Guy fand sich selbst auf der Wand wieder. Der Junge hatte ihn mit blauen Koteletten und einem leichten Buckel gemalt. Die Bronx war nicht nur eine Sahara. Da waren Menschen versteckt zwischen den Dünen, wie eine kleine Familie: Isaac erkannte Richardson mit einer Fluppe im Mund, Marianna mit ihrem großen Medaillon, Marilyn the Wild, Bernardo Dublin mit Maske, Martin Lima und seine Crack-Babys Miranda und Dolores... Isaac hatte um diese beiden kleinen Mädchen nicht einmal getrauert. Big Guy schämte sich.

Aljoscha kam die Leiter herunter. Er hatte acht Stunden gearbeitet und war nun hungrig wie nur was. Marianna umarmte ihn. »Du hättest nicht weglaufen sollen... ich habe mir Sorgen gemacht.«

»Ich musste Paulito malen«, sagte Aljoscha. »Und das hier ist die einzige Wand, die groß genug war. Jetzt wird sich jeder Homey, der sich ein Spiel der Yankees ansieht, an Paul erinnern.«

Isaac wusste nicht, was er mit Aljoscha machen sollte. Ihn adoptieren, ihn zum neuen Geschichtsschreiber der Bronx ernennen? »Joey«, sagte er, »geh doch bitte zu einem Deli und besorg uns ein paar Sandwiches.«

»Wir brauchen keine Sandwiches«, sagte Marianna und zog einen Schwung Kekse aus ihrer Tasche.

Aljoscha versenkte seine Zähne in einen Keks. Es war weder Erdnusskrokant noch eine Mokka-Makrone.

»Rum-Rosine«, sagte Marianna. »Ein neues Rezept...«

Und Aljoscha kletterte wieder auf seine Leiter. Er musste noch die Modellflugzeuge in David Six Fingers' Geschäft malen. Ruhe in Frieden, Homey. Der Große Jude konnte ihn in den Knast schicken, es war Aljoscha egal. Aber ohne seine Leiter könnte er nicht leben.

»Onkel Joe«, sagte er zu Barbarossa, »wohin wird Big Guy mich bringen?«

»Irgendwohin«, sagte Barbarossa. »Wir werden sehen.«

Sie sahen Isaac an, warteten auf ein Zeichen.

»Aljoscha.« Mehr hatte Isaac nicht zu sagen. Er konnte einen Glasjungen nicht in einem Glashaus verstecken. Beide könnten zerbrechen. Und dann betrachtete er das Bild auf der Wand genauer: Aljoscha hatte auch die Gracie Mansion gemalt, hatte sie auf eine kleine Düne zwischen Claremont Village und Crotona Park gesetzt. Die Villa hatte Kamine und Veranden, aber dieses Glashaus lag nicht am Meer, es blickte auf all die anderen Dünen hinaus wie ein gespenstischer Leuchtturm. Big Guy hüpfte wie verrückt vor Freude um die Leiter herum. Aljoscha war dabei, Manhattan zu schlucken, Stück für Stück. Isaac musste sein Glashaus nicht verlassen. Er konnte mit Aljoscha dort leben und es einfach die Bronx nennen.